枫荻集

段儒东 著

合肥工业大学出版社

作者

1963 年作者与父母合影

2000年随中国作家代表团出访巴基斯坦，与大学生交流

在威尼斯

在德国克拉霍夫小镇吃午餐

2013 年在北戴河

目　　录

评　论　卷

散　文　卷

杂文卷

小品卷

报告文学卷

附　录

评 论 卷

PINGLUN JUAN

江淮儿女多才俊

——安徽青年作家扫描

前不久，省作家协会召开了全省青年作家创作会议，36 名青年作家出席并展示了各自创作成果。这次聚会，实际上是对我省文学新人的一次检阅，它昭示着安徽文学界第三梯队业已形成。环顾这支方阵，虎虎有生气，他们沐浴着新世纪的曙光，正在大踏步登上文坛。

安徽作家队伍有着优良的传统。早在二十世纪五六十年代，以陈登科、鲁彦周等为代表的众多作家就高擎现实主义文学大旗，为社会奉献了大量优秀作品。“文革”十年，全国文学界遭受灭顶之灾，安徽作家自然也未能幸免。党的十一届三中全会之后，安徽作家重新跃马横戈，杀上文坛，创作了《天云山传奇》《杨花似雪》《张玉良传》等一批很有影响的作品，曾被文学界誉之为“皖军”。历史进入改革开放新时期，新变化、新观念催动了文学新发展，以许辉、季宇、王英琦、陈源斌、潘军等为代表的一批作家又先后崛起，他们接过前辈的现实主义大旗，在思想的力度和艺术的深度方面又有了新的开拓，成为当今安徽文坛最为活跃的中坚力量。

然而，也就在这一历史时期，严肃文学遇到了前所未有的挑战。社会日益商品化，生活日益世俗化，一切向“钱”看，急功近利，浮躁之风日盛，兼之人们消遣休闲方式的多样化和铺天盖地的传媒对读者的大量分流，文学殿堂很快“门前冷落车马稀”，迅速萎缩而退居生活边缘，大多数作家几乎都陷入了无奈的沉默。

令人欣慰的是，也就在这一历史时刻，一批文学新人则以初生牛犊不怕虎的气概，开始了自己的创作生涯。

涡阳的孙志保出手不凡。1994 年，他刚满 27 岁，便在《清明》上发表了中篇处女作《黑白道》，此后便一发不可收，陆续发表了《盼望潇洒》《枪手》《葵花朵朵》《父亲是座山》《温柔一刀》《灰色鸟群》《麦子熟了》等 10 部中篇。这些作品发表后大多被各家选刊转载，其中《黑白道》和《温柔一刀》先后荣获第三届、第五届“安徽文学奖”。他的中篇小说集《黑白道》去年被中华文学基金会列入 21 世纪文学新星丛书推出，由华夏出版社出版。

另一位出手不凡的是安徽文学院的许春樵。自 1998 年发表中篇小说《无梦时代》之后，短短三年时间，就有《跟踪》《找人》《悬空飞行》《谜语》《缴枪不杀》《守望冬季》《放下武器》等 8 部中篇小说以及 8 篇短篇小说问世。他的小说集《谜语》同样被中华文学基金会作为 21 世纪文学新星推出。

如果说孙志保的作品以沉稳、厚重著称，那么，许春樵则以机智、幽默见长。这两位青年作家都训练有素，功力深厚，相信他们将是安徽青年作家群体的领军式人物。

除此之外，在小说创作领域，还有几位青年作家不可小觑。淮北市的郭传火，长期在纪实文学和影视文学中耕耘，收获颇丰。继《中国保姆》之后，已出版了好几部作品，新近又将有三四部长篇新作陆续问世。霍邱的陈斌先，自 1986 年以来，已发表了文学作品 150 万字，他的中篇小说《县乡行动》发表后反响不错，曾荣获《清明》“建国 50 周年征文”奖。淮南市的曹多勇，1989 年以来共发表中短篇小说 70 余篇，长篇小说《大河湾》也已正式出版。省公安厅的女作家汪萍，则不声不响地在《清明》上一连发表了《彼岸没有风景》《落花时节》《自由如鸟》《尘缘》《台湾亲戚》5 部中篇小说，让许多人大吃一惊。天长市的钱玉亮，20 世纪 80 年代末至 90 年代初，就有短篇小说集《裸体世界》《江南江北》出版，另外还有《浪漫之舞》《冬至》《毛桃的故事》《大路通天》等中篇小说问世。此外，合肥的郭明辉、铜陵的钱玉贵、霍邱的张子雨、马鞍山的卞博，作品数量虽还不算多，但都有相当分量，潜力颇具、值得关注。

在散文创作领域，肥西县的凌泽泉也许是佼佼者，他先后发表散文800余篇，另有散文集《绿化心灵》也即将出版。《清明》杂志社的苗秀侠，成绩不菲，她先后在《随笔》《清明》《散文世界》上发表过《那座木楼》《酸李》《女儿墓前的述说》《戏缘》《迷路》等作品，另外还出版了散文集《青梅如豆》。太湖的余世磊，笔力遒健，1999年出版了散文集《家住山中》。桐城的洪放和省艺术馆的胡迟，都在致力于散文创作，前者大气磅礴，后者才气横溢，极富文化底蕴，他们都是“小荷才露尖尖角”，未来不可限量。

诗歌这几年较为沉闷。尽管如此，诗人的心并没有停止跳动。桐城的白梦，在全国数十家报刊发表诗作300余首，最近又向读者奉送了一本诗集《白梦真情诗选》。《清明》杂志社的赵宏兴也在全国各地报刊发表了大量诗篇。其他可圈可点的青年诗人还有不少，这里不一一赘述。

相对于文坛的不景气，这几年儿童文学倒一枝独秀，不断有新人新作涌现。我省青年作家在这个领域的担纲者也许要数阜阳的杨老黑。他近几年连续出版了《少年秦始皇》（长篇小说）、《糟糕市的怪怪事》（短篇童话集）、《猎犬和它们的主人》（短篇小说集）、《第八探组》（长篇童话集）。《少年博览》杂志社的伍美珍，2010年一年就出版了4部儿童文学作品，令人瞠目。萧县的陈曙光和阜阳的邢思洁，在这个领域也各有建树。安徽少儿出版社的韩进，则在儿童文学研究方面硕果累累，出版了好几部专著。

以上列举的只是青年作家中的一些代表性人物，还有许多作家也都在各自领域取得了不错的成绩，如梁诗冥、侯继伟、孙子夜、李国彬、朱立文、方志平、吴成道、纪良发等等。

需要特别强调的是，我省青年作家大多是在严肃文学不景气、文学创作处于低谷时而加盟文学队伍的。这说明，他们较少功利色彩，并不把文学视作赚钱的生财之道或者升官的敲门砖。他们之所以致力于写作，纯粹是因为他们热爱文学，视文学为自己的生命。这些人一开始就处于自觉的写作状态，怀着某种使命感和责任感，把文学当作崇高职业，苦苦追求，即便为之献身也无怨无悔。他们很清楚，文学是孤独的、寂寞的、清贫的。因此，他们能抗拒压力和世俗的诱惑，心甘情愿地坚守这片精神的孤岛。这就是作家的素质，具备了这样的境界，再加上他们长期生活在基层，呼吸于人民群众之中，拥有丰厚的生活积累，再加上社会转型时期多姿多彩的世态给文学提供的重大机遇，因此，青年作家所孕育的巨大潜力以及蕴藉的强大爆发力，将是人们难以想象的。

江淮儿女多才俊，重振皖军，再铸辉煌，大有希望！

2001 年

我省文学创作的喜和忧

进入新世纪以来，我省文学创作的势头令人鼓舞。虽说在商品大潮冲击下文学受到社会冷落，无奈地退居边缘地带，但这似乎并没有影响作家的积极性。老作家宝刀未老，笔耕不辍；中年作家风华正茂，新作迭出；一大批青年作家脱颖而出，锋芒初露。“老中青”三代作家连同在各地各战线上的文学新人奋力拼搏，每年都有大量作品问世，出书热潮长盛不衰。2002 年参加“安徽文学奖”角逐的散文诗歌类专著就达五十多部，参评的长篇小说数量也很可观。随着创作不断取得新的成果，作家队伍也在不断扩大，目前我省作协会员已逾千人。近几年来，有关领导部门加强了对文学创作的扶持力度，出台了一系列鼓励措施，创作的大环境越来越好。日前，又传来喜讯，我省重要的文学创作阵地《清明》荣获国家期刊大奖，进入全国百家重点社科类期刊之列。据悉，获此殊荣的全国大型文学期刊总共只有四家，《清明》能够四居其一，这再次证明，具有深厚文化积淀的江淮大地人杰地灵，勤劳智慧的江淮儿女在文学创作上也一定能够大有作为。

与此同时，我们也清醒地看到，这些年我们作品数量虽然为数不少，而质量却参差不齐，一般化的平庸之作占据了大多数。对此，读者普遍不满意，有关领导部门也很着急。有论者尖锐指出，“如今的长篇小说越来越没看头了，大多‘精神缺钙’‘思想贫血’，读着没意思，不过瘾……说穿了，问题出在作家身上。”这番话，值得我们深思。

环顾近几年的文学创作，应该说，我省作家的进步是明显的，特别是在叙述方式和表现手法上，普遍有了很大的提高。有些作家的艺术技巧甚至相当圆熟，完全具备大手笔的素养。然而，能在全国文坛产生震撼的作品，千呼万唤，迟迟不肯问世，原因何在？影响和制约一些作家破壳而出、登高一跃的内在因素，在我看来，主要有两点：一是缺乏创新思维和勇气，二是生活积累还不够丰厚。

作为人类审美对象的文学作品，求新求异是其最本质的特征，也是衡量作品生命力的基本标尺。通观我国和世界的文学艺术发展史，可以清楚地看到，历代文学艺术家们之所以能够创作出传世之作，一个重要原因就是他们具有踏着时代前进的鼓点不断探索、勇于创新的精神。仔细阅读我省的一些文学作品，就其个体而言，似无可挑剔，之所以不为国人注目，就是因为缺乏新意和创意。有的作家喜欢跟在别人后面，你写什么我也写什么，你怎么写我也怎么写，亦步亦趋。别人把女人比作花，我也把女人比作花，由于失去创新精神，难免落入平庸之列。所以，我们要想创作出在全国叫得响的作品，没有创新精神和标新立异的勇气，断然不行。

创新求异又必须以学识为基础。离开深厚的传统文化的修养以及对人类最新思想成果的把握，单凭闭门冥思苦想，是无济于事的，弄不好还会走上邪道。曹雪芹、鲁迅以及巴金等经典作家的创作实践告诉我们，作品的分量和品位与作家本人的思想、学识、境界密切相关，以己昏昏，既不能使作品昭昭，更不能让读者得到启迪。“先器识而后文艺”，加强学习、扩大视野、苦练内功，我以为是我省作家，特别是中青年作家攀登高峰、出精品力作的必由之路。靠反复包装和炒作，欺世媚俗，固然可以热闹一时，但终究成不了气候，我们绝不要效仿。

生活是创作的源泉，老生常谈，说多了似乎令人生厌。但恰恰是生活积累贫弱而又自我感觉良好，是当今长篇小说缺乏生活底蕴、没有人生感悟和心灵震撼的原因之一。身处变革时代，社会五光十色，人生大起大落，悲喜交替，跌宕沉浮，作家呼吸其间，当然不乏创作素材，随手拈来，写写短篇、中篇应不成问题。而这，也正是我省近几年中篇小说创作较为活跃的重要原因。但如果从事鸿篇巨制，没有相当的生活积累和沉淀恐怕是不行的。陈忠实没有几十年的陕北农村生活体验，能推出《白鹿原》吗？我们有些作者，急功近利，过于浮躁。创作准备不足，动辄就是长篇，似乎不写长篇小说不过瘾，写好后又不肯反复打磨，急于脱手，其结果，书或者是出了，反映却很平淡，除了送人，很少有人问津，造成精力和资源的浪费。也有一些作者，明知生活积累不足，又不肯沉下心来深入挖掘，便埋头在故纸堆里找材料，用古人编故事、作文章，乃至各种“戏说”盛极一时。历史题材当然不能排斥，但毕竟不是文学创作的主流品种。社会转型时期的现实生活是如此丰富多彩，深刻地再现这个伟大的变革时代，是历史的呼唤，是人民的需要，一切有使命感和责任感的作家，都应该自觉地把关注的焦点和创作的重点放在现实生活上，放在无愧于伟大的时代上，有关部门在“评奖”“招标”等活动中，似乎也应该加强这方面的引导。

文学创作的繁荣，我省文学创作的重大突破，离不开文学评论的积极参与。随着全省文艺评论家协会的成立，我省评论队伍得以重建，评论缺席的沉闷局面有望改观。可是，就目前情况看，说真话、开展实事求是的文艺批评，仍是一道难题。一些评论家，包括不才的笔者在内，恭维性的文章多，批评性的文章少，“文艺批评”变成了“文艺表扬”，致使一些作家听不到不同声音，总是自我感觉良好，缺乏进取动力。一些平庸之作被吹得天花乱坠，面对一些不良创作倾向没有人敢吭声，从而也误导了读者，损害了文坛。因此，要使我省文学创作的局面有一个根本性的重大突破，实事求是、公正科学的文学批评也是必不可少的。

2003 年

安徽中短篇小说创作新趋势

2003—2004 年度安徽省社会科学文学艺术奖（文学类）评审工作业已结束。这次评奖实际上是对我省近两年创作成果的一次检阅。参评的中、短篇小说（集）共计 16 部，其中 5 部获奖。这批作品基本上体现了我省近两年小说创作的状况，代表了最新创作水准。通览这些作品，我们发现尽管当今文学创作总体不算很景气，但蕴藉于作者中的创作激情并未明显消退，大家都在寻救新的突破，以适应急剧变化的时代和生活。其中，某些新语境、新视野、新意识以及新的叙事方式，可谓暗潮涌动，初露端倪，昭示了我省小说创作某种新趋势，值得关注。本文着重以五部获奖的作品为例，试图就此作些初步探讨。

一、深重的人文情结

小说创作中的现实主义追求和坚守，始终是我省文学创作的一个地域性的特色。这一特色，由陈登科、鲁彦周等为代表的老一辈作家奠基，由张弦、祝兴义等为代表的一批中年作家承继，再由许辉、许春樵、孙志保等为代表的一大批青年作家实践和弘扬，逐步演变为安徽一以贯之的创作传统。追溯这一传统的成因，固然有着多方面因素，而安徽省作为一个农业省份，以农村和农民为主的经济格局，或许是其要素之一。毕竟，祖祖辈辈来自农村、血管里流淌的是农民血液的作家们，当他们拿起笔的时候，农民的命运、农民的情感和农民的生存状态，很自然就成为他们关注的焦点和表现的中心。现实，是他们绕不开的情结。进入新时期，社会现代化的急剧推进，加速了城市化的进程。千千万万的青年男女，组成民工大潮，离开了土地，离开了农村，开始向城市进军。他们从打工开始，逐步向工厂、商店以及各种服务行业渗透，日渐演变为新的城市居民。于是，作家的目光很自然地伴随他们流动，这些人生活的变迁、命运的坎坷和情感的跌宕，也就成为作家们新的关注焦点和表现中心。本次获奖的五部作品，绝大多数都选取了这类题材。

钱玉贵的《遭遇城市》尤其突出。全书收录作者近年创作的9部中篇小说，绝大部分是以这类城市“边缘人”为表现对象，小芳便是其中代表人物之一。小芳原是一个美丽纯洁的山村姑娘，难以忍受的贫困生活使她离开了故乡，懵懵懂懂地闯进了城市，几经周折，不幸为人所骗，对此，她痛苦不堪。后来，她有幸成为保姆，并爱上了单身的男主人许琛，命运面临一次转机。可惜，许琛在一次外出探险中死于非命，小芳美丽的爱情之梦旋即破灭。已经习惯城市生活的小芳为了维持生存，便不得不从事卖笑生涯。她含辛茹苦，小有积蓄，却又不幸落入爱情陷阱，从此，踏上了不归路。小芳的遭遇，反映了在城市化进程中，一些农村青年所付出的沉重代价。

同钱玉贵的《遭遇城市》一样，李国彬的小说集《罗拉》也大笔墨地揭示了打工者进入城市后的生存状态。所不同的是，李国彬在作品中注入更多理想化的色彩，因此也就获得了更多诗意空间。该小说集中的短篇小说《融入》，写一个向往城市生活的名叫朵的打工女青年，在一个婚介所充当婚托，朵的美丽，为老板开辟了滚滚财源。可是，当朵萌生了真正的爱情，企图逃离骗人的生涯时，她发现，老板的控制俨然一张巨大的蜘蛛网，使她欲罢不能。最终，她被迫离开城市，重归乡村。究竟是什么阻碍朵融入城市？朵的最终不能融入，是传统观念的惯性，还是现代意识的排斥？读者只有依靠自己的思索和想象了。然而，当她重回乡村时，能够被接纳么？《花艳参差》中彩霞的经历，或许回答了这个问题。彩霞进城后的遭遇与小芳大致差不多，不同的是，彩霞比较幸运，她以自己的冰清玉洁感动了一位商人，商人最终答应为彩霞家乡修一条公路。家乡人表面上把彩霞当作招商引资的功臣供奉，暗地里都说她的钱不干净，骂她是婊子。不论彩霞如何洁身自好，恐怕她再也难以洗刷世俗的污垢了。

小芳、朵和彩霞等人物形象，是城市弱势群体的一个缩影。作家关注他们的生存状态，揭示她们悲剧性的命运，寄寓着深刻的同情，体现了作家沉重的人文关怀。人文情结，从来就是一切有正义感和使命感的作家始终不渝的创作元素和动力。看得出来，我省作家的创作语境正在朝此领域拓展。

二、新视野的灵敏开拓

在这次获奖作品中，除了对社会弱势群体的强烈人文关注，我省作家密切把握社会进程，随时在生活中捕捉有意味的新题材的能力，也得到了良好的体现。其中代表性的作品当数季宇的中篇小说《猎头》。

伴随市场经济的发展，世界围绕自然资源和人才资源的争夺日趋白热化。人才的得失往往决定一家企业的兴衰，这在当今时代已不是天方夜谭。人才的培养和储备，早已是西方一些跨国公司战略运作的要素，许多人才中介机构也就应运而生，人们把这些以猎取人才为目的公司称之为“猎头”。中国虽然起步稍晚一些，但在加入WTO之后，随着粗放型经济向集约型转化，产品科技含量的日益提高，人才作为生产要素更加突出，围绕人才的争夺战愈演愈烈已是不争的事实。

《猎头》描写的就是一场轰轰烈烈的人才争夺战。作品围绕环球和东方两家企业对待同一个人才的不同动机和态度，以及世纪和伯乐两家中介机构在推荐、撮合人才方面的不同原则和做法，形象地揭示了交战各方面的胸襟和境界，描绘了参与其中的各种人的精神素养和基本品质，从而深刻地阐明了“猎亦有道”，进而升起了“做人要有做人的原则”这一面朴素而又深邃的思想大旗。作品的题材取自社会，作品的思想将通过艺术形象反哺社会，为企业竞争和人才市场的健康发展提供一个基本准则，而这对整个社会的行为规范都将不无裨益。

《猎头》题材新颖，在近期小说创作中独树一帜，作品发表后，引起社会广泛关注，曾有众多报刊予以转载。这再一次说明，新时期的读者期待新的审美空间，而不断变化的现实生活，又为作家们提供了驰骋的新天地。我省一些实力派作家正在抓住机遇，不断朝新的题材领域进取和开拓。

三、都市意识的觉醒与提升

在五部获奖的中短篇小说中，有一部作品引起评委们特别的注意，有的评委甚至指出，如果将作者的姓名隐去，你很难相信这部作品是出自安徽作家之手。这部作品就是李国彬的《罗拉》。

该作主要是写现代人的精神危机导致的家庭灾难。刘露露和王 art 是小说中的一对主人公。19 岁的艺校学生刘露露在夜晚回家的路上遭人强暴。此时她正在排练大型歌舞剧《爱之后现代》，是剧中主角。执导此剧的就是舞美老师王 art。无法排遣的创伤和阴影使刘在排练时常常走神，乃至在正式演出时惨遭失败。王为排演此剧倾注了所有积蓄，他并未因为演出砸锅而责难刘，最终由于相爱，两人结为夫妇。可是，盘踞于内心的阴霾影响了夫妇生活质量，忧郁的情绪不断扩散、蔓延，夫妇间进入了漫长的无休无止的争吵，以至演变为家庭暴力而离婚。王后来因为忧郁、暴怒，情绪失控，沦为杀人犯。

这幕家庭悲剧的罪魁就是精神忧郁症。由于竞争加剧和生活节奏加快，当代人大都承受着巨大的精神压力。据说，当今世界上忧郁症患者近两亿，亚洲有五千万，忧郁症成为世界上三大疾病之一和危害人类生命的十大隐患之一。人们通常把这称之为都市病。可以说，《罗拉》是首次近距离地直面这一题材，作品洋溢着强烈的都市意识。小说采用第一人称叙述的方式，把现代人内心世界的烦躁、失落、焦虑、羞赧、紧张、恐惧、沮丧、悲观等情绪演绎得惟妙惟肖、淋漓尽致。作为现代读者，我们也许距离忧郁症太近，或者自身就或浅或深地感染有某种成分，作品在阅读者心灵所产生的感动和震撼也就不言而喻了。

都市生活的危机不仅体现在人的精神上，更普遍、更直观的还是体现在人的情感上。或许是生活中面临的诱惑太多，或许是人际交往的机会太大，或许是信息的流速太快，人们的情感起落跌宕，男女之间的聚合离分，都以前所未有的速度运转。当今大都市的离婚率普遍高于结婚率，或许就是家庭危机的一个侧面印证。

张子雨的短篇小说集《打死我也不信爱情》共收录作品10篇，这些作品大多写的是都市青年的感情纠葛和生存状态。其中《补丁》较具代表性。李乐平在一家道歉公司工作，充当道歉使者（这职业本身就极具现代性）。工程师李皮在美国就读期间，与外国女人有染，被妻子程红发现，李皮特地委托道歉公司向程红道歉。李乐平在代表李皮向程红的道歉过程中，竟不经意地与程红陷入了感情旋涡。李乐平的妻子王京发现丈夫与程红私情后，毅然与李乐平离了婚。李乐平毕竟是深爱自己妻子的，他为自己所犯的错误感到忏悔。他与道歉公司签约，派自己出马，代表自己向王京道歉。一波三折，王京最终接受了道歉，重新开始了他们带“补丁”的婚姻生活。作品充满了调侃和幽默，却也蕴含着深刻的哲理。在日常生活中，人们可以用带补丁的碗，穿带补丁的鞋，为什么就不能接受带补丁的婚姻呢？李乐平对王京说：“补丁其实就是代表一个过程，你那么在意过程吗？”现实生活中，人难免犯错误、走弯路，重要的是不断修正和弥补。乌托邦式的完美主义，田园牧歌式的理想主义，在现代社会已经找不到寄生的土壤，相反，残缺和不完整则是人们时时刻刻面对的课题，也是人们必须接受的现实；否则，你就无法在这个地球上生存。作品对现代意识的提升意义是显而易见的。

四、叙事方式的美学追求

从一定意义上说，小说创作是语言的艺术、叙事的艺术。回顾我省的小说创作，这方面似乎是一个弱项。作家们注重的多是作品内容，而对语言和叙事方式，则不太看重。因此，总让人感到朴实有余，灵动不足。在生活节奏普遍加快以及人们审美趣味发生很大变化的今天，叙事方式在创作中的地位日益突出。通观这次获奖作品，我们欣喜地看到，局面正在发生变化，叙事方式已经成为作家们的一项课题和美学追求。

《打死我也不信爱情》的语言风格特别鲜明。作品的语言活泼机智，幽默俏皮，极富人物个性。字里行间跃动着一股灵气，具有强烈的艺术感染力。往往在表面调侃的背后隐藏着让人辛酸的内容，构成巨大的反讽效果，读来别有一番滋味。其中的《玫园》却又一反常态，作者用诗意语言，含蓄委婉地叙述了一个凄美的爱情故事，充满了古典情韵。由此，我们不难看出作者驾驭文字的智慧以及叙事技巧的圆熟，凡此均显示出作者巨大的创作潜力。

与此相类似的是曹多勇的中篇小说《好日子》。作品采用第一人称，娓娓地叙述了“我”下岗之后艰难困苦的生存状况。与之相映的是，李冬因为娶了大港商的女儿，摇身一变成了大商贾。“张开大嘴把企业最值钱的三座楼一口吞进了肚子里”，改装为娱乐中心。当年，“我”和李冬是球友，都曾追求杨曼玉，杨曼玉坚决地选择了“我”，成了“我”的爱妻。如今，李冬把杨曼玉聘进了公司。我也渐渐觉察出杨曼玉与李冬之间有了暧昧关系。“我”以同学名义，请求李冬在公司里为“我”安排个差使，意在对妻子行为进行监督，不料却遭到了暗算。作品结尾写道：“我想待来年开春，我腿上关节炎好点了，再找一份稳固的工作做……一股寒风踅过来，倏地一下钻进我的脖子里。我浑身冒着滚烫的火，没有觉着一丝冷。”

生活之苦，伤病之疼，夺妻之恨，三箭齐发，“我”的身心应该是鲜血淋漓。作者却把这一切控制在纯净的文学叙述空间里，既没有剑拔弩张，也没有哭天抢地，而是不愠不火，娓娓道来。一种被强烈压抑的张力，通过篇名《好日子》在读者的心灵加倍地迸发出来，产生了巨大的震撼。作者对弱者的同情和关怀的艺术效果，也得到了充分的体现。

曹多勇是位很勤奋的作家。他创作了大量短篇小说，2003 年还出版了长篇小说《大河湾的故事》。中篇小说《好日子》则是他创作水准的一次重大突破。他在叙事方式上的美学追求，有一定代表性，体现了我省创作界正向更高境界攀登。

这次参评的 16 部中短篇小说（集）除上述 5 部获奖作品之外，其余作品亦各有千秋，例如，于亚丽的《相爱的片刻》，着重写当代青年男女的感情纠葛，写他们对爱情的追求、执着和坚守，缠绵凄婉，真切感人。作品语言活泼，叙事灵动，剪裁得体，有很强的可读性。作者才 25 岁，属于新生代，作品带有明显的网络印记，风格类似于“新新人类”，基调则健康向上。陈曙光近几年在儿童文学领域艰苦耕耘，颇有建树，他的中篇小说《傻子的瓜园》富有文化内涵和神秘色彩，故事生动，洋溢着儿童情趣。金从华的《天天送你玫瑰花》，善于从日常生活中捕捉形象，采撷故事，展示人生百态，借助短小的篇幅寄寓着作者的观察与思考，给人一定启迪。郭启林的《同学中年》着力刻画当今一些人的精神状态和处世哲学，形象生动，发人深思；俞礼云的《浪漫生活》则描绘乡村教师的酸甜苦辣，作者充满了同情和无奈。他们的作品厚重扎实，对传统小说理念有着较为深刻的理解。董惠珍追求的是纯文学的天空，她的《天堂之约》是一篇充满古典韵味的现代言情小说，女主人公之死暗示了纯情之恋在世俗化状态下的必然结局，读来令人唏嘘。其他诸如吴皑鸣的《民间笔记》、陶继森的《柳下情》、方雨瑞的《雨瑞精选小说集》、沈巧技的《跋涉》等，都不乏可圈可点之处，限于篇幅，这里就不一一详述了。这些作品题材多样，手法各异，千姿百态，蔚然壮观，显示文艺百花园的大好春光。

五、值得期待的思想和艺术空间

回顾这次参评的中短篇小说，我们为总体性的进步感到喜悦，对于作家们的积极探索感到鼓舞。然而，不无遗憾的是，这一次一等奖名额依然空缺。这说明，打造真正的精品力作，作家们还面临着很大的发展空间。我认为这主要集中在两个层面：一是提升思想和力度；二是加强艺术创新。

丰富多彩的现实生活固然为文学创作提供了广阔空间，而千奇百怪的社会现象同时也为作家呈示了诸多难题。文学对现实生活不应该是简单直录式的，需要提炼和加工，对素材的取舍和打造，其中必然寄寓着作家的思想境界和美学追求。一般说来，作品的思想力度反映了作者的思想深度，大作家必然是大思想家。我们要克服作品的平庸，首先必须战胜思想的平庸。因此，要创作出具有思想穿透力的优秀作品，作家们还需要在学识修养和打造境界上狠下功夫。唯其如此，才能见人所未见，言人所不能言。摆脱思想的平庸化和作品的平面化、世俗化，依然是我们文学创作面临的一项艰巨任务。

其次，需要强化创新意识。文学创作，核心本质是一个“创”字。没有首创精神，也就没有文学。千百万人都在搞文学，千人一面，众口一词，大家都在不断重复，久而久之，势必让读者闻味而逃，谁还来读你作品？审美的本质是求新求异，喜新厌旧，不懂得读者的心理当然不配搞创作。因此，面对人民大众日新月异的审美需求，有出息的作家必须牢固树立创造意识，不断求新求变，尽可能在作品的思想含量和艺术形式方面推陈出新。

上述两点，我认为是我省文学创作亟待攻克的堡垒。谁能横刀立马，敢于突破，谁就有望摘取下届文学奖最高桂冠。鹿死谁手，我们不妨拭目以待。

2005 年

安徽长篇小说创作的多元化态势

近几年来，安徽长篇小说创作呈现蓬勃发展之势。以“安徽文学奖”申报参评作品为例，设奖以来历届参评的长篇小说一般只有几部，至多也不过十部，而2009—2010年度“安徽文学奖”参评的长篇小说猛增到28部，数量上翻番。如果考虑到还有相当数量作品未曾申报参评，短短两年间，安徽就有如此众多的长篇小说问世，这势头确实非常可喜，这在我省文学创作史上应该是前所未有。纵览这些作品，不但数量众多，而且在叙事对象、叙事方式以及叙事风格上呈现多元化的格局，作者结构也是各路人马、各显神通，有一种百花齐放、千帆竞发的景象。长篇小说创作出现的这种新局面，体现了当今物质社会和人们精神领域的某些发展变化，昭显了文学创作和大众审美的某些新动向，值得关注和探讨。

长篇小说勃发的驱动力

小说作品在体裁上按照篇幅长短、字数多少划分为长篇小说、中篇小说、短篇小说以及微型小说。长篇小说一般在10万字以上，因其厚重的篇幅、巨大的容量为作者提供了深入开拓和纵情驰骋的空间，在设置故事情节、塑造人物性格、展示时空场景等方面有着其他小说形式难以企及的优越性。近几年长篇小说的异军突起，大致有以下几方面的原因：

1. 急剧变化的社会生活和跌宕沉浮的人物命运需要借助大容量的作品展示

改革开放三十多年来，随着工业化的迅速推进和城市化的不断加速，中国社会出现了翻天覆地的变化。这个变化速度之快、涉及面之广、程度之剧烈、影响之深远，在中国历史上都可谓前所未有。昨天还是穷乡僻壤，不经意间一座城市拔地而起；昨天还是刀耕火种，今天就跨入了现代化的集约式生产；许多人昨天还在温饱线上挣扎，今天就住进了洋楼开起了豪华车……落差之大，叫人瞠目结舌。这种变化不但体现在物质层面上，也体现在精神层面上，人们遵循数千年的价值观念和道德准则，一夜之间受到质疑、挑战，甚至颠覆。伴随物质和精神的改变，人们的命运也随之大起大落，跌宕沉浮。外在世界的光怪陆离让生长在这个时段的作家目不暇接。作为社会一员，他们呼吸其间，有着诸多刻骨铭心的体验。作为一名作家，他们凭借敏锐的眼光，需要对外在世界的各种变化做出自己的评价。他们或许有太多太多的感受要展示，有太多太多的情感要抒发，有太多太多的思考要表达，短小的文字篇幅已经很难容纳，长篇创作便很自然地进入他们视野。因此，急剧变化的社会生活和大起大落的人物命运为作家提供了鸿篇巨制的最丰富的题材，这是作家们选择长篇小说创作的最基本的原动力。

2. 市民阶层文化消费习惯和审美趣味的变化为长篇小说勃发提供了肥沃的土壤

社会变革解放了生产力，促进了经济发展和繁荣。科学技术的发展把人类带进了信息化时代。电视的普及极大地方便了人们的阅读和娱乐。坐在家里看电视成了当今社会最广泛、最普遍、最便捷的文化娱乐方式。而情节曲折、故事生动、人物命运坎坷的电视连续剧最能吸引人们的眼球，让千千万万的普通市民欲罢不能。有需求就有生产，社会大众的这种文化消费习惯促进了电视连续剧的空前大繁荣。而电视连续剧生产的最主要源头便是长篇小说。长篇小说生活背景宏大，人物形象众多，故事曲折、情节跌宕，最适合于改编为电视连续剧。下游产业的强大需求无疑拉动了上游产业的发展。有相当数量的长篇小说创作的出发点和落脚点就是旨在改编为电视连续剧。毕竟，一部电视连续剧的社会效益和经济效益远非一部普通长篇小说的效益可比拟。在一个日益商品化的社会里，文化产品的商品属性极度膨胀，投入和产出的性价比不能不左右一些作家的行为，长篇小说剧本化的创作倾向充分暴露了一些作家的这一算计。可以说，电视连续剧的普及和昌盛为长篇小说创作勃发提供了肥沃的土壤。

3. 作家期望借助长篇力作打造自己的创作地位

进入新时期以来，我省创作队伍不断扩大，一批文学新人茁壮成长。他们最初大多是通过诗歌、散文、中短篇小说的创作而步入文坛的。随着创作经验的积累、艺术水准的提高以及文学视野的不断扩大，有些作者已不满足于眼下的“小打小闹”，他们希望借助厚重的长篇小说实现自己创作水准的提升和创作生涯的突破，进一步打造自己的创作地位。诚然，文学的价值是不能以作品的篇幅长短来考量的，文学史上不乏诸如鲁迅、契诃夫那样的短篇大师和文学巨匠，然而，世俗的眼光和现实的需求仍旧不乏吸引力。况且，随着生活的积累和驾驭文字能力的提高，在中短篇小说创作的基础上进一步向长篇领域拓展和延伸，也是无数作家创作生涯的普遍途径。回顾现当代文学史，也确实有大量作家正是通过鸿篇巨制得以奠定自己的创作地位。我省许多中青年作家，希望在长篇领域有所建树，也属情理之中。

长篇小说创作多元化格局

生活是文学创作最基本的源泉。我省作家们虽然同处当今社会，共同呼吸于江淮大地，由于各人所处具体环境不同，生活阅历不一样，思想观念也存在差异，他们观察生活的角度和深度也就明显不同。兼之各人性格不一样，审美倾向和美学追求不一样，流淌在他们笔下的文字势必会带有明显的各自印记。纵观本届“安徽文学奖”28 部参评的长篇小说，它们在叙事对象、叙事方式以及叙事风格上大都各不相同，呈现明显的多元化格局。

1. 叙事对象多元化

从大的方面来看，28 部长篇小说的叙事对象大致可分为现实叙事和历史叙事两大类，其中现实叙事共 19 部，占三分之二；历史叙事 9 部，占三分之一。这说明对现实生活的关注和反映，仍旧是当今小说创作的主流倾向。

以现实社会生活为叙事对象的作品，其题材选择又大致可分为以下几个类型。

以社会变革为叙事对象，代表性作品有郭明辉的《老板娘》和张子雨的《旧城》。前者通过描写农村小镇妇女李玉芝的坎坷经历和生活变迁，折射改革开放三十年来给普通群众生活和命运带来的巨大变化。后者描写同住一个院子的三户人家在旧城改造和拆迁过程中的不同遭遇，展示社会转型时期旧的生活秩序和价值观念所受到的巨大冲击，揭示真善美和假恶丑的相互搏击和转化。

以人物的经历和命运为叙事对象，代表性作品有冯克勤的《巧凤》和吴子长的《残缺的月亮》。《巧凤》以改革开放半个世纪为社会背景，揭示社会动荡和变迁在一个女人身上的投影，着重刻画主人公巧凤的性格和命运。《残缺的月亮》则是描写一个普通妇女极其平凡的一生，寄寓着作者对弱者的关注和同情。

以现实社会问题为叙事对象，代表性作品有何世华的《沈小品的幸福憧憬》和姚岚的《留守》。随着农民工海潮一般地涌向城市，数以亿计的妇女和儿童留守在农村，他们的生存状态引起社会广泛关切。这两部作品都真实地揭示了当下留守妇女和留守儿童的情感困顿以及凄苦生活，体现了作者的悲悯情怀，旨在引起社会疗救的注意。

以当代人的情感纠葛为叙事对象，代表性作品有子薇的《等你归来》、刘永彪的《难言之隐》、甄文的《半个月亮》、金飞的《沙老大》、李希华的《蛾》等。这类作品大都描写爱情追求、婚外情、婚姻变故、家庭危机，反映人们不同的价值标准和伦理操守，不同的性格和品质，揭示当代人的精神危机、情感纠葛和爱情悲剧。

以现代都市的职场生活为叙事对象，代表作品有耿伟的《凯鲁雅克的小船》。作品以现代都市生活为背景，描写白领青年面对混沌的社会和险恶的职场，怀揣理想主义，勇于拼搏，敢于进取。

以当代人的犯罪心理为叙事对象，代表作品有李国彬的《杀人有理》。作品通过 12 个不同犯罪案例的描写，剖析人物犯罪动机和不同心理，揭示人性的弱点和扭曲，折射人伦领域存在的种种社会弊端。

以当代青少年成长为叙事对象，代表性作品有张尘舞的《流年错》。作品叙述女主人公从小学、中学到大学的生活历程和学习生涯，表现青少年成长中的烦恼，揭示新时期青少年的青春年华。

还有其他类型的现实叙事，不再一一列举。

在历史叙事方面，大致有以下几个不同类型。

以重大历史事实为叙事对象，代表性作品有季宇的《新安家族》。作品以清末民初为时代背景，描写徽州汪、鲍、许三大家族的矛盾纠葛、恩怨情仇以及兴衰更替，展示徽州商人内求发展、外争商权的艰难曲折的历程，赞颂一代商人的民族情怀。

以抗日和解放战争为叙事对象，代表性作品有吴超的《冷枪》和李幼谦的《卧底中将》。《冷枪》以抗日战争时期南京陷落为背景，描写中日两支特种小分队之间的斗智斗勇以及惊心动魄的生死较量。《卧底中将》则描写解放战争时期潜伏于敌军内部的我方特工人员以及隐蔽战线的地下工作者的艰险经历和特殊贡献。

以历史人物为叙事对象，代表性作品有潘冠杰的《徽州走出去的晚清名妓赛金花》和张兴华的《少年曹操》。前者着重描写在八国联军蹂躏北京的年代里，赛金花以自己的特殊方式救助平民百姓，拯救了故宫，同时又促成了庚子议和，做出了当时士大夫们所不能做的贡献，同时又揭示一个不为世俗所容的传奇女子的坎坷生涯，阐释了在一个封闭的国度里一个开放的女性必然的悲剧性命运。后者则描写一个大政治家、军事家曹操少年时代的聪明智慧和独特性格。

以古代男女的恩怨情仇为叙事对象，代表作品有唐玉霞、王毅萍的《情断南京》、刘湘如的《风尘误》、赵东云的《流血的后宫》等，这类作品大都描写古代仕女的情感冲突和性格命运，注入了作者的爱憎和同情。

其他还有以草原传奇为叙事对象的酋长有德的《獒王》以及以“文革”冤假错案为叙事对象的朱希和的《黑与白》等。

无论是现实题材还是历史题材，其叙事对象几乎涵盖了生活的方方面面，并且还在不断地向新的领域拓展和延伸，呈现出明显的多元化倾向。

2. 叙事方式多元化

现实主义是我省文学创作领域最为传统的表现方式，一直占据着主流地拉。以陈登科、鲁彦周为代表的前辈作家在这方面做出了重大贡献。进入新时期以来，中青年作家继承和发展了这一传统，有着各自不同的建树。也有一批作家在继承的基础上，尝试向新的表现领域突破。最典型的是潘军，他的创作实践采用了大量的现代派的表现手法，对传统实施解构和颠覆，成为先锋派的代表人物之一。其次是许辉，他的新写实的叙事方式在我省也是独树一帜。

现代主义作为一种思潮于20世纪末在我国涌现，有着深刻的思想文化背景。由其派生的先锋文学、新历史主义、新写实、新状态等等文学流派在进入新世纪之后，有逐渐退潮迹象。现实主义开始了回归。尽管如此，现代主义对某些传统的解构和颠覆仍有其历史功绩。其开拓的一些充满现代意识的叙事方式丰富和发展了文学创作，势必会为坚守现实主义和作家们所采纳融合。

回顾我省作家这两年创作的长篇小说，不难发现先锋文学的某些影响。《沈小品的幸福憧憬》中，跳动的语言，律动的节奏，充盈着现代气息；作品中反复出现的彩色气球，作为幸福的象征，蕴含着无穷的意味，给人丰富的联想。《凯鲁雅克的小船》的扑朔迷离的故事情节、主人公放荡不羁的外在形象以及险象环生的职场解构当代都市，充盈着混沌莫名的忧患意识。《杀人有理》以侦探形式出现，笔触直指人的内心世界，揭示人性的软肋，在叙事方式上自成一格。《流年错》借鉴网络语言形式，幽默的叙述里蕴含着无奈和感伤，跃动着时代的节律和气息。凡此种种，均显示我省长篇小说创作叙事方式的某些新变化，呈现出多元化的发展趋势。

3. 叙事风格多元化

风格是作家成熟的象征。我省作家通过多年的艺术实践，逐步形成了各自不同的叙事风格，这在长篇小说创作中亦多有体现。《老板娘》的语言俏皮、调侃、不动声色的叙述中暗藏着反讽意味。《旧城》语言则幽默风趣，亦庄亦谐，情节发展中充满传奇色彩。《留守》的语言质朴自然，有浓郁的地方风情，创作手法近似纪实。《巧凤》浸润着地域文化特色，叙事老道，内容较为厚重。《难言之隐》叙事别致，明褒暗贬，风格冷峻。《半个月亮》则活泼跳跃，洋溢着青春朝气。在叙事风格上，我省作家愈来愈显示出多样化的特征。

4. 作者结构多元化

进入新时期以来，我省作家队伍发生了很大变化。除了一批专业作家在继续坚持耕耘之外，涌现了一大批签约作家，他们年富力强，生机勃勃，成为我省文学创作的中坚力量。更主要的是，散布在各条战线的广大业余作者纷纷进入创作领域，他们有的是公务员，有的是教师，有的是医生，有的是工人。由于生活积累比较丰富，兼之具备一定文学素养，便在工作之余，或者在退休之后，开始尝试文学创作，而且一出手往往就是长篇小说。最具代表性的就是前省委副书记、前省政协主席方兆祥，他从工作岗位上退下来之后，热衷于文学创作，短短几年，连续出版了《罂粟花》《龙头老太》两部长篇小说和其他随笔，作品的思想性和艺术性都不错，受到广泛好评。在本届“安徽文学奖”获奖作品中，《冷枪》作者吴超是首次从事文学创作，《流年错》的作者张尘舞也是初次在文坛露面，两人出手都不凡，显示了极大的创作潜能。这说明长篇小说创作不再是专业作家的专利，大量的业余作者将进入这个领域，预示着长篇小说的作者队伍将出现多元化的格局。

长篇小说创作的发展趋势

社会在继续发展，人们的生活状态和审美情趣也在不断变化。随着各阶层、各行业的业余作者的加盟，长篇小说的作者队伍将更加壮大，今后的创作也将会呈现更加多元化的态势。

展望未来，长篇小说主要将会在两个层面继续推进：一个是“文以载道”，强调文学的认识功能和教化功能；另一个是文化消费，追求的是娱乐消遣。

一批肩负着责任感和使命感的作家，将会继续坚守现实主义的传统，不断加强对现实生活的关注和挖掘。对他们而言，最大的挑战是开拓精神和创新意识。只要勇于探索，敢于进取，“见人所未见，言人不能言”，努力提高作品的思想深度和艺术力度，就有可能打造出富有震撼力的精品力作。这是我省长篇小说创作的希望所在。

为适应大众化的审美需求，仍将有不少作家，瞄准电视连续剧市场，继续创作适合改编电视的“好看”的小说。对他们而言，最大的挑战是思想水平和艺术品位。只要本着提高全民族道德情操的基本宗旨，努力处理好文学元素与戏剧冲突之间的关系，相信会有一批既有美学品位同时又适应市场消费的作品产生。

当然，还有界乎两者之间或者出乎两者之外的其他类型作品。

无论如何，多元化将是未来长篇小说创作的最基本的态势。

2011 年

散文的新视野

在新时期的文学创作中，散文凭借其短小活泼、形式自由等优势，成为最为活跃的文学品种。而副刊散文又借助报纸传媒走进千家万户，作者多，读者广，使上述优势得以进一步发挥，因而颇受欢迎。回顾2003年度全省报纸副刊散文，在题材上给我最为突出的印象是：更加贴近现实，更加关注人生、人情和人性。早些年那种沉湎于个人小天地，游戏情感，无病呻吟，被读者讥之为“小资”“小女人”之类的作品，虽不能说完全销声匿迹，但到底是少多了。副刊散文逐步摆脱世俗化、庸俗化的窠臼，高扬人文精神，走向更为开阔的境界，值得文学创作界关注。

促使副刊散文这种嬗变的，不是别的，而是SARS。

2003年那场肆虐大地、震惊中原的“非典”，大家都记忆犹新。SARS的凶残和突兀，几乎使全社会陷入一片恐慌。人们好像第一次意识到，生命原来是如此的脆弱，不堪一击，死神其实就潜伏在每个人的身边，无论是富翁还是贫民，无论是官员还是百姓，大家都平等地面临共同的挑战。于是，如何对待生与死，如何对待自己和他人，如何对待健康与财富，很自然地成了热门话题，一场有关价值观和人生观的大讨论旋即悄然展开。全省30多家报纸副刊就此发表了各类文章，如《江淮晨报》的《生命的状态》，《合肥晚报》的《保卫生命》《好好活着》，《淮北晨刊》的《秋日黄昏的人与鸟》，《安庆日报》的《坚强而有用地活着》，《淮南日报》的《从非典时期走过》《非典型关系》，等等，这些文章从各个不同角度对人生的意义及生命的价值进行全面的反思和深入的探讨，既有珍惜生命、善待自己的真诚告诫，也有勇赴国难、舍生取义的慷慨讴歌，可以说是危难时刻的一次精神提升，给身处逆境中的同胞送去了温暖，带来了启迪，较好地体现了文学功能和作家的道义。

也许是对生命有了新的认识，或者对人生有了新的感悟，人们在苦难中似乎找到了一双发现爱的眼睛。那些早先看起来很平常的人和事，如今在新的生命体验面前，忽然有了非同寻常的温馨。于是，对亲人的怀念和追忆，对亲情的回味和珍惜，成了副刊散文创作的又一热点。如《安徽工人日报》的《送父打工》，《马钢日报》的《远行》，《阜阳日报》的《刻骨铭心的中秋节》《写给二十岁的女儿》，《淮北矿工报》的《我的矿工兄弟》，《淮南矿工报》的《怀念我的母亲》，《亳州报》的《父亲，你在家里还好么》，《芜湖日报》的《2·3 米杭罗》，《拂晓报》的《父亲和牛》等，都是其中代表性的篇章。这类作品感情真挚，亲切自然，充满人情味，极富感染力，既给读者以审美愉快，同时又能唤醒埋藏于心中的情感，教人学会爱、懂得爱，由爱亲人扩展到爱他人、爱故乡、爱祖国。富有人情味的作品，在净化心灵、提升人际关系、增强民族凝聚力方面，具有润物细无声的特殊功能。

当然，现实生活中不全是阳光和鲜花，也还有瘟疫和荆棘，商品社会与生俱来的自私和冷漠同样在折磨人们。有人想不开，欲跳楼自杀，楼下驻足围观者达数百人，公然有人发出“跳啊跳啊”的喊叫，甚至还有人起哄：“嗨，你要跳就跳吧，跳个好看的！”《安徽日报》的《生命难以承受冷酷之重》一文，对于发生在湘潭和杭州的这两起毫无人性的现象进行了痛斥。文章悲愤地问道：“倘若那些意欲轻生者是你们的至爱亲朋，你们也会如此怂恿、激励他们走向完全可以避免的死亡吗？今天你们用冷酷无情对待别人，明天别人也可能同样对待你！”《江淮晨报》的《记住良心的底线》和《阜阳日报》的《爱乃师德之魂》也同样鞭笞了新闻界、教育界存在的某些非人道行为。显然，人性的丧失，在当今社会绝不是个别现象，同样引起了报纸副刊散文的强烈关注，是作家们驰骋的又一个领域。

《安庆日报》的《盲人日记》通过一个盲童的叙述，寓言式地揭示了人性恶的一面：一条狗为逃避人们的残杀，躲到了盲童身边，“这时狗的一只不住哆嗦的脚踩着了我的棉袄，我摸到了狗腿上浓密的毛，那条腿在抖，我往上摸，整个狗都在剧烈的抖动。狗脸紧贴着我的脸，喉咙里发出异样的哀叫，我听出是求我救它，于是我一下伸出手抱住狗的头，‘不要打它！不要打它！’可这时有人从后面拉住棉袄把我拖出桌肚，几条扁担几乎同时打在狗身上……”这条可怜的狗，终于成了人们餐桌上的佳肴，人们津津有味地吃着狗肉，盲童呢，心里却在不住地泣血！文章显然告诉人们，心灵的残缺其实比身体的残缺更加可怕！

《巢湖日报》的《女人，你因谁而残》，直接为妇女自古以来遭受的非人性的摧残而呼喊。文章罗列了女性从套铜环、缠小脚到束胸、丰乳、割眼皮、隆鼻梁的演变历史，揭示了男权社会里妇女的畸形命运，呼吁现代女人要自尊自强，“切不可为迎合男人的喜好去自残”。

总之，对人生的关注，对人情的讴歌，对人性的呼唤，构成了2003年报纸副刊散文的基调，体现了作者和编者对人的尊重和关爱。文学就是人学，以人为本的思想，无疑应该贯穿于一切创作过程中。离开人和社会生活，奢谈文学，不过是缘木求鱼，结局只能是滑稽。

2004年

回顾《清明》风雨路

《清明》是安徽唯一一家大型文学期刊，创刊于 1979 年。我原先在《安徽文学》工作，1987 年开始进入《清明》。当时，由于办刊经费不足，省里决定《清明》与《安徽文学》两刊合并，在两刊原有编辑部基础上组建新的编辑部，我是合并后的《清明》两位负责人之一，在刊物扉页挂名都是“主办人”。1994 年，另一位负责人退休，由我担任常务副主编，孙叙伦、季宇为副主编。1995 年，我正式出任《清明》主编，直至 2003 年退休。屈指算来，我在《清明》工作前后有 17 年光阴。2014 年是该刊创刊 35 周年，抚今追昔，风风雨雨，五味杂陈，深感办刊的不易和艰辛。

坚持现实主义不动摇

《清明》创刊时，正值我国迈开了改革开放的历史性步伐。改革给社会带来了深刻巨大的变化，同时也促进社会视角和热点的快速转移。作为观念形态的文学，一方面有了充分驰骋的难得机遇，另一方面却又面临被“边缘化”的严峻挑战。文学的命运也就是文学期刊的命运。《清明》有过发行量扶摇直上的美好的岁月，也有过寂寞难耐的困惑时刻，甚至还曾出现过断炊的存亡危机。

记得 20 世纪 80 年代中期，中国文坛“主义”迭出，流派纷呈。表面看来似乎很热闹，其实不过是文学对日益“边缘化”的一种无奈和挣扎。

文学期刊界也不甘寂寞，纷纷打出“新状态”“新写实”“新市民”“后现代”“新先锋”等等各类旗号，以招揽读者。与此同时，有不少期刊则在刊名、开本、版式、装帧上大做文章，力图改头换面，吸引眼球。面对这种滚滚而来的“创新”浪潮，《清明》也受到很大冲击。这是继20世纪70年代末80年代初的以性描写为特征的“地摊文学”冲击波之后，我们遇到的又一次巨大挑战。

面对文学界的各种思潮，我们采取的方针是：以不变应万变，坚持社会主义现实主义不动摇。

我始终坚信，文学创作不能脱离社会、脱离生活、脱离实际。文学创作必须关注人民群众，努力表现普通百姓的情感、命运和诉求，时刻与他们保持一致和共鸣。在表现形式和艺术手法上，不排斥借鉴世界上其他民族的创作经验，但基本点应该是中国作风、中国气派，适合普通读者的审美需求和欣赏习惯。因此，在一次与新闻界的座谈会上，针对期刊界“城头变幻大王旗”的趋势，我代表编辑部坚定地表示：“现实主义命题虽然古老，但远未走到尽头，它仍旧具有旺盛的生命力。《清明》将坚持现实主义不动摇，坚定地走自己的路”。

面对现实，贴近生活，关注弱势群体是我们选稿取材的着眼点。社会转型时期，新旧体制大碰撞，利益分配和生活方式急剧变化，折射于人们精神领域，各种世界观、人生观、价值观激烈冲突。命运沉浮，人生百味，姿态万千。面对这一现状，作家队伍也出现分化，有人振奋，有人颓唐，有人进取，有人沉默。编辑部始终勇敢地直面人生，不断推出反映崭新生活、揭露现实矛盾、展示心灵变化的力作。这些作品以跃动的时代脉搏、厚重的历史感、浓郁的生活气息、崭新的精神风貌以及鲜明的人物形象赢得读者的喜爱，引发了普通群众的强烈共鸣。其中大量作品被兄弟报刊转载和选载，被电影厂、电视台、广播电台改编制作，发挥了良好的社会效益。

实践证明，《清明》的这个坚持是正确的。新世纪一开始，各种浪潮开始偃旗息鼓，许多文学期刊都纷纷发表声明，表示要重振现实主义。文学创作界也开始了现实主义回归。《清明》由于没有赶时髦，瞎折腾，少走了一段弯路，从而把握了先机，赢得了尊敬。许多兄弟省市的重量级作家和大批读者也正是在此期间认知了《清明》，开始加盟我们的创作队伍和读者队伍。

努力打造个性和特色

物竞天择，适者生存。审时度势，扬长避短，是适应社会竞争的一个基本法则。《清明》要在如林期刊之中占有一席之地，必须独辟蹊径，形成自己的个性和特色。有好心人曾经进言，希望多发些名家作品，以扩大影响，壮大军威。然而安徽是一个农业省，财力有限，《清明》每年区区4万元办刊经费远不如京、上、广等的兄弟刊物，拿什么与他人争夺名家名流？以己之短较别家之长，势必败北。况且，我们始终认为，读者读的是文学作品，不是作家姓名。名家之作固然有些明星效应，但也绝非篇篇珠玑。与其拿出版面发表名家的平庸之作，还不如发表非名家的上乘之作，对读者更加有益。另外，名家与非名家也是相对而言，今天的名家也是昔日的非名家而来的，只要不断有佳作问世，今日的非名家也许就是明日的大名家。因此，我们还是坚持以质论文，无论是名家还是非名家，来稿一律欢迎，取舍则以质量为准，优中选优。实践证明，这种“认稿不认人”的办刊原则效果不错。不少初次在本刊亮相的作者的作品，由于其扎实的生活积累、质朴的艺术风格和浓郁的时代气息，受到海内外读者的欢迎和好评。更重要的是，大量文学新人通过《清明》初出茅庐，登上文坛，逐渐成为新时期文学创作的新生力量。例如，新疆的韩天杭，上海的李肇正，河南的傅爱毛，亳州的孙志保，铜陵的钱玉贵，合肥的郭明辉，六安的陈斌先、张子雨等等，都是通过《清明》而崭露头角。

《清明》由于长期坚守贴近现实、关注民生，以及不断发现和培养文学新人这些原则，从而形成了自己的个性和特色，受到文学界首肯。

建设优秀的编辑队伍

期刊需要人去办，稿件需要人去取舍，作者需要人去发现和团结。一般说来，刊物的质量与编辑的素质密切相关，刊物的面貌也就是编辑的精神面貌。因此，要办好刊物，树立品牌，首称必须建设一支过硬的编辑队伍。

幸运的是，《清明》拥有一批优秀的编辑，他们有强烈的敬业精神，甘于奉献。张守诚、温文松、邹正紧、倪和平都是资源编辑，具备良好的专业素质，任劳任怨，为《清明》可谓鞠躬尽瘁。

为了加强编辑队伍建设，在我任职主编期间，经过努力和争取，先后调进了二位编辑，一位是淮北的潘小平，一位是安庆的杜仲。潘小平口锋笔健，才气横溢；杜仲勤奋谦和，是位出色的画家和优秀的美编。有他们二位的加盟，编辑部整体实力上了一个台阶。此外，我们还突破了人事体制限制，不拘一格选用人才，先后从社会上直接聘用了三位编辑，一位是小说家舟扬帆，一位是诗人赵宏兴，一位是散文家苗秀侠。他们后来都成为编辑部的业务骨干，为《清明》付出了艰辛的劳动，做出了重要贡献。

永远忘不了那艰辛的岁月。《清明》办刊经费入不敷出，极其困难。编辑人员外出组稿，常常是选择最便宜的交通工具，每到一地也总是寻找最便宜的住所。登门造访作者，也是宁肯步行而不愿花钱搭车。有时登门求助企业支持，没少碰壁……回首往事，苦涩不堪！在《清明》出版一百期的纪念会上，创刊人、老作家陈登科先生题写了一副楹联："千难万难百事难，一期一期一百期"，形象地道出了办刊的艰辛和坚韧。

可以说，正是因为有了这样一支胸怀开阔、甘于奉献的编辑队伍，《清明》才得以维系生存，并且红红火火、蒸蒸日上。无论是全省还是华东地区期刊界评奖，《清明》总是属于优秀期刊之列。2000 年，《清明》入选国家期刊方阵和国家核心期刊。2001 年，进入全国社科类百家重点双效期刊。2003 年，即我退休当年，《清明》首次荣获国家期刊百种期刊优秀奖，这是中国期刊界最高奖。据悉，获此殊荣的大型文学期刊当年全国只有四家，两家在北京，一家在上海，像安徽这样的"第三世界"，仅此《清明》一家。誉之为"山沟里飞出金凤凰"，想必无大谬。

编辑们为安徽争得了荣誉，为文学事业做出了贡献，没有谁为他们请功，也没有谁为他们颁奖。他们无怨无悔，继续孜孜孜不倦，埋头耕耘。当他们一个个退休时，除了带走视力衰退、颈椎酸痛、腰肌劳损这些职业馈赠，便是两袖清风。正如鲁彦周先生在纪念《清明》一百期题词中所感叹的那样："三十功名尘与土，八千里路云和月"。

毕竟社会在进步。今天的《清明》办刊条件已经是今非昔比，用不着为经费犯愁。愿它在振兴中华、实现中国梦的征途上，一路走好。

2014 年

诗人严阵“封笔”之我见

严阵先生是中国当代一位杰出的诗人。早在 1954 年，他以一首《老张的手》轰动当时的文坛，从此开启了他的诗歌生涯和文学道路，先后出版有《江南曲》《琴泉》《竹矛》等抒情诗集，并著有长篇叙事诗《山盟》等。严阵的诗，激情澎湃、热烈似火，抒发了对祖国的爱、对人民的爱，以及对美好生活的热爱和憧憬。在艺术上，他的诗歌节奏明快、音韵铿锵、诗画融合，读起来朗朗上口，洋溢着意蕴美、音乐美和绘画美。因此深受人民大众的喜爱，激励鼓舞了无数读者。不少青年人，也正是在他诗歌的哺育影响下，踏上了文学创作的道路。

20 世纪末，严阵有过一段海外生涯，分别在澳洲和美国辗转考察，体验异域风情。尽管西方文明给他留下了诸多美好印象，但他无时无刻不在思念自己的祖国。有了比较和鉴别，他对祖国有了更新的视角、更深刻的认识，热爱之情也就更加强烈。回国之后，他经过反复打磨，创作了酝酿已久的长篇抒情诗《含苞的太阳》。这首诗以反复回荡的“我爱你，我的中国”这一气势磅礴的主旋律，从各个角度描绘了祖国的大好河山，展示了她苦难的过去、英雄的现在，以及美好的将来，淋漓尽致地渲染了对祖国难以遏制的热爱，一颗以真诚铸就的赤子之心跃然纸上，力透纸背。《含苞的太阳》由中国作家出版社推出后，在诗坛激起强烈反响。此后不久，中国作协在京专门为它召开了一次研讨会。笔者也应邀参加了这次会议。与会的作家、诗人以及评论家对这首诗一致给予高度评价，认为它以现代意象和崭新架构开创了新时期诗歌创作新高度，是严阵诗歌生涯的扛鼎之作。

正当人们翘盼诗人继续披荆斩棘、再攀高峰之际，2002 年秋天，笔者接到严阵寄来的抒情长诗《天空》，他在附信中告诉我，这是他的封笔之作，此后不再从事诗歌创作了。我觉得此举是严阵诗歌生涯中的重大事件，必须认真对待。为此，我作为《清明》当时主编，决定打破《清明》每期发诗不超过 10 个页码的惯例，以 20 个页码的篇幅在第六期加按语全文发表了这首长诗。在当期刊物扉页的“主编寄语”栏目中，我还特别指出：“《天空》是严阵诗歌创作的封笔之作，展示了诗人激荡的情怀和不老的诗心。”

至于严阵封笔的原因，我当时并没有细想。我的直觉是，严阵今后不再写诗了，可能他想把自己的精力用在其他方面，例如写小说、散文。因为他在这两个领域的造诣同样不菲，已有大量作品问世。特别是他那时正迷上了绘画，从他送给我的画作中，我感到他出手不凡，新颖独创，别具形式，是另一个值得开拓的新天地。我想，严阵放下诗笔，拿起画笔，大概是想以另一种形式展示他对生活的观察和热爱。诗与画本来就是一家嘛！

同年 11 月，唐先田先生在《新安晚报》上以“严阵封笔”为题，也谈到此事。他说，诗人在为《谁能与我同醉》写的代前言《我仍才华横溢》一文中宣告：“这两部诗（指《含苞的太阳》和《谁与我同醉》），乃是我今生今世在诗坛的封笔之作。从此以后，各位将不会看到严阵的新创诗歌了。”至于封笔的缘由，文章引用严阵的话是：“我一直不愿看到的是：落尽最后一片叶子的树，依然站在原地被迫含笑展示自己的那种无奈。”显然，严阵谦虚地认为，自己诗歌创作已经抵达自己所能企及的顶峰，有急流勇退的意思。与之印证的是，此后笔者与严阵在北京参加全国作代会的一次交谈中，他曾劝告我，要学会做减法，要舍得放弃，这或许也同样流露了要见好就收的人生感悟。

除此之外，联想到当时文坛欲望横流、花样百出的状况，个中是否也透露了严阵极端失望、不肯为伍的情绪。2001 年，严阵在《致安徽青年作家创作会议》（载《清明》2001 年第三期）一文中指出：“我是说文学作品，现在却有这种情况出现，那就是越畅销越赚钱的东西越不堪入目，越令人作呕。”我在海外听说，国内有什么“美女作家”，什么“新新人类作家”，什么“超先锋作家”，他们的作品之所以能够畅销，就是因为他们愿意不惜笔墨在人体有限的那几个隐秘部位翻来覆去的折腾，写那些折腾的所谓“感觉”。他强调指出：“这种文字不但正派的中国读者唾弃它，就是海外读者也早就厌烦那一套。”当时的诗坛也盛行所谓欲望化写作，“下半身写作”曾经喧嚣一时，乌烟瘴气。笔者亲耳听见诗人严阵愤怒地感叹：“当今的诗坛，就是被一些写诗的人自己糟蹋掉了！”面对这样的窘境，一位正直的老诗人不肯同流合污，决意从此封笔，想必也在情理之中罢。

然而，几乎让所有人意料不到的是，严阵在沉寂十年之后，于2013年3月27日在《人民日报》上发表了他的抒情诗新作《中国梦》！这篇诗作因为与新上任不久的国家领导人提出的“努力实现中华民族复兴的中国梦”的伟大号召不谋而合，震惊了海内外，在中国文化界又一次产生巨大反响。

人们奔走相告，深为我省诗人的最新成就感到自豪和骄傲。不过，在欢欣鼓舞的同时，也有不少读者对诗人当年“封笔”的言论感到迷惑不解，有着种种猜测和议论。

一位曾经声称要封笔的诗人，在他的耄耋之年再一次引吭高歌，而且非同凡响。对于这一文学现象，我们究竟应该如何解读呢？

我觉得，要真正读懂严阵，恐怕要从以下几个方面进行深入挖掘和探讨。

第一，诗人具有为人民呐喊一辈子的高尚情操。严阵内心热情似火，骨髓里浸透着对人民和生活难以割舍的热爱。20世纪50年代初，他的成名作《老张的手》，就是以一位普通农民长满老茧的大手作为诗眼，描写他含辛茹苦、艰难奋斗的一生，谱写了一曲对普通劳动者的赞歌。20世纪60年代初，他创作长诗《中国矿工颂》，热情讴歌矿工兄弟忘我劳动、无私奉献的精神：“每盏灯下都立着当代英雄的群像，每条路上都有创业艰辛的记载”，“是你给每个家庭送来了温暖啊，你把万盏灯火送向夜的大街”。诗人对劳动者的这种赞颂，绝非是应时即景的表面文章，而是有着深刻的体验，凝聚着真挚的情感。

20世纪80年代末的一个冬天，严阵当选为安徽省作协主席不久，他再次来到淮南煤矿深入采访。笔者有机会与他同行。后来，我在一篇题为

《太阳在狭窄的空间喘息》（载《清明》1989 第二期）一文中，详细记载了与严阵共同下井的一次经历：

那天是农历冬至，气温零度左右。

在更衣室里，我们把衣服脱得精光，穿上矿工服：单衣单裤，外套一件棉背心。戴上矿工帽，系一条白毛巾，到灯房领了一盏矿灯和一副电瓶，再领一只自救袋，在矿工帮助下，披挂整齐。然后，抖簌簌地来到井旁，挤上一架可容纳二十余人的罐笼，一声哨响，便沉入黑洞洞的深渊。

在标号“-250 米”之处，“哐当”一声，罐笼停了。

一条巨大的通道。有电灯照明，能见度不差。地上铺有铁轨。我们沿着铁轨走了大约百余米，爬上了一列机车，车厢很矮，挤满了人。大家都不作声，睡着了似的。只听见行进的列车发出沉闷的轰隆声。

列车在通道里运行了 4500 米。下车之后，我们又步行了一阵子。在一个绞盘机旁，我们脱下棉背心，重新武装好，开始攀井。

黑黢黢的小井，在头顶上笔直地竖着，40 米高，极端狭窄，勉强容纳一人。扶手是铁的，湿漉漉的沾满了煤渣，手必须抓紧，脚必须踏牢，倘若滑脱，后果不堪设想。腰不能躬，头不能低，否则就会碰到井壁。每攀一步，都要付出力气。及至爬上井面，我已是两腿发软，大汗淋漓。休息片刻，便向工作面挺进，爆破的硝烟，尚未散尽，直呛鼻子。坑道越走越窄，越走越矮，越走越黑。稍不注意，头盔便“砰”的一声碰到坑顶上，震得煤渣直落。

弯腰驮背地行进了一阵子，接着就跪下来爬行。再伟大的汉子也得跪下来，作狗状。幸好是在地下 250 米深处，谁也看不见谁，谁也不笑话谁。再往前去，坑道只剩下一个极小的缝隙，天地之间不过尺把距离。爬也别想通过，只能直挺挺地伏在地上，用脚往后蹬，胳膊肘往前撑，匍匐前进。这时，前面看不到人，后面听不见声音，漆黑的世界仿佛只剩下我一个。要是有煤块塌下来，别想逃离半步。

先前听过介绍，井下危险，瓦斯、水、火、流沙和塌顶，时刻威胁着矿工的生命。井下采煤，宛如虎口拔牙，事故时有发生，死人在所难免。新庄的一个煤矿漏顶，进水 13 万立方，淹死 12 人。也就在前两天，孔集的一位老矿工被埋在井眼里。想到这些，不免有些紧张，下意识地抬起臂部，想爬快点。刚一用力，便结结实实抵在煤层上，像被一只无形大脚重重踩了一下，复又老老实实地趴下，继继匍匐。

终于到了一个转折点。一个大约45度的陡坡，费了好大的劲，调过身子，头朝上，脚朝下，双手拽住一根绳子，顺坡往下滑。滑行中，忽然听到身边有喘息声，凭借头上矿灯看去，原来是两位矿工躺在那里，再往下去，又是如此。事后才知道，矿工们正是躺在那里工作。是他们第一个接触这些煤，这些在地下沉睡了千百万年的煤。他们用那双粗糙的手，一铲一铲地把煤送上皮带机，然后装车上井，输送到祖国的四面八方。

来到一个水平面，再也无心恋战，赶紧沿着一口竖井鱼贯而下。这口小井，比原先上攀的那口更糟糕，没有扶手，只吊着一根绳子，双手抓住，脚踩在井壁上，一点一点往下滑。井口不住往下漏水，似花果山水帘洞，我身上衣服湿透了。

回到大通道，离下班时间还早。调度安排了一辆专列。到达进口，风呼呼地吹，我浑身哆嗦，牙齿直打架。湿衣服沾满了煤渣屑，沉甸甸的，走起路来，嚓嚓地响。

我看看老严，一身矿工装束，满脸漆黑，只有牙齿是白的。这位年已六旬、身高马大的山东汉子，刚才他在地下几百米的狭窄空间里是怎样爬行的呢？也像我一样作狗状匍匐用脚往前蹬吗？有过同我一样紧张害怕吗？看他笑呵呵的样子，我心中不由升腾起一股感动和敬佩。

试想，若非怀着神圣的宗旨，若非对劳动者充满感情和尊重，诗人能够吃这个苦，受这个罪，冒这个险吗？

后来，我们又钻井矿工居住的窝棚，采访了大量的普通矿工，收集到大量的素材。1989年3月，严阵在《人民日报》发表了报告文学《今天，谁是最美丽的人》。他说：“矿工做的太多太多，我写得太少太少。矿工是最真实的人，最善良的人，最美丽的人。作为一个作家，我愿为他们呐喊一辈子！”

第二，严阵对文学有着神圣的情结和执着的追求。他毕生从事文学创作，发表了难以数计的诗歌、小说、散文和报告文学，可以说著作等身。几十年的创作实践，他深深明白文学对于净化读者心灵、提升大众情操、激发人民斗志、凝聚民族情感所拥有的积极作用和巨大力量。他在《致安徽青年作家创作会议》一文中写道：“文学之所以神圣，那是因为它是社会的良心，它是一个国家甚至全人类的旗帜和号角。”基于这样的境界和信念，他怀着强烈的责任感和使命意识，孜孜不倦，埋头耕耘，把毕生精力献给了文学事业。凡同严阵接触过并熟悉他的人都知道，他日常生活中既不抽烟，也不喝酒，除了写作，他别无所好。记得当年寓住合肥的那些日子，我们几位友人常去他家里坐坐，有时也拉他打几圈麻将。他总是输多赢少，牌技实在不敢恭维。后来，他寓住北京，没有了牌友，麻将也就从此不再问津。除了散散步，整天就是伏案写作、绘画。在我印象中，严阵是一位真正意义上的作家，他心无旁骛，除了写作还是写作。写作是他生活的全部，是他的灵魂，是他的生命。要想让他封笔，岂不是要了他的命吗?!

第三，严阵心系祖国，关注社会，勇于听从时代的召唤。改革开放几十年来，祖国的现代化事业突飞猛进，人们的生活出现了翻天覆地的变化，一个欣欣向荣的伟大中国喷薄而出，整个世界为之瞠目。然而，较之经济建设迅猛发展，思想文化建设却相对滞后。社会的急速转型也带来了价值观的裂变。一切向钱看成了时尚一时的审美标的，传统的道德观念受到严峻挑战。老人在大街上摔倒了，要不要上去搀扶一把，竟然成了全民讨论的话题。这对于一个拥有五千年文明史的泱泱大国，不能不让人焦虑忧心。春节前夕，央视记者采访普通民众，问题是："你幸福吗?"许多人回答很现实：有了住房，所以幸福；有了小汽车，所以幸福；娶了媳妇，所以幸福；能吃饱喝足，所以幸福……严阵从电视上看到这一系列报道，非常不安。他敏锐地意识到，"中华民族到了/最危险的时候/因为最成功的时候/就是最危险的时候"。历史告诉人们：生于忧患，死于安乐。一个民族如果躺在个人小天地里，缺乏远大目标，不思进取，就很危险。诗人大声疾呼："我们更需要关注的/是一个国家的美/我们更需要关注的/是一个民族的美/我们更需要关注的/是一个时代的美/我们更需要关注的/是一种历史的美"。联想到中华民族几千年来的兴和衰，特别是近代中国所蒙受的苦难和屈辱，以及无数先辈抛头颅、洒热血的艰辛奋斗，诗人不由思绪翻腾，感慨万千，他奋笔疾书："我们需要有一个新的梦/需要一个/新的/中国梦!"《中国梦》这篇力能擎天的诗篇就这样在《人民日报》诞生了。

其实，"中国梦"这个概念，并非是诗人第一次在这里提出，早在十多年前，他在《含苞的太阳》长篇抒情诗中就曾经写道："我爱你/我的中国/我爱你所有的花……每一颗小草/都是我中国梦不可缺少的/不可缺少/都是我中国心上经常照耀的/经常照耀”。这说明，心系祖国，复兴中华的中国梦在诗人心中萦绕盘旋由来甚久，是诗人根深蒂固的情结。实现复兴中华的伟大中国梦，是党心民心所向，是历史的必然要求，是时代的强烈呼唤。诗人站在时代的最前沿，体现了崇高的精神境界和敏锐的洞察力。实践再次证明，严阵不愧是新时期的伟大歌手！

综上所述，我们不难看到，一位血管里流淌着爱祖国、爱人民的诗人，一位视文学事业为自己全部生命的勤奋作家，一位肩负历史使命、随时听从时代召唤的伟大歌手，是永远也不会放弃手中如椽巨笔而停止放声歌唱的。生命不息，创作不止，这将是严阵先生的最好写照！

2014 年 10 月 10 日

时红军及其爱情诗

我与时红军结识是在20世纪80年代初期。其时，我在《安徽文学》杂志社当编辑，负责文学评论及“议政·议经·议文”杂文专栏。红军在宿县，因为常有诗歌在《安徽文学》上发表，每值出差到合肥，不忘到编辑部转转，于是，我们认识了。不久，他从宿县调到合肥，在《富民报》任职。初来乍到，合肥的朋友不多，寒舍便成为他造访的对象。记得首次登门，是一个夏天的夜晚，他不断地用他那浓重的淮北口音大声地朗诵自己的诗作，那激情，犹如三江春水，滔滔不绝，夜深人静，仍无倦意。为不影响家人休息，我们只好把吟坛由客厅搬上阳台。朦胧月光下，我静静地听他朗诵，心里暗暗惊诧：那魁伟的身躯里竟蕴藏那么丰富而又纤细的情感！

红军租住的民宅，离我住所不远，彼此便经常走动。谁家有文朋诗友聚会，总忘不了邀请对方作陪。那时请人吃饭，一律是在家里，从不上酒店，因为穷，消费不起。记得有一天，红军通知说，老家带来了螃蟹，请几位朋友去品尝。那年头，螃蟹可是稀罕物，大家兴致自然很高，欣然赴约。席间，左等右等，上来的螃蟹竟只有三只，而且都很小，每人分到的也不过两条腿，未免让人有些失望。事后，红军妻子徐燕悄悄告诉我，她不知道红军要请客，孩子吵着要吃，她就烧了几只给孩子吃了，为此，挨了红军一顿痛斥。这事给我印象很深。我不由想起了我的小姨。她家孩子多，可是，凡是有点什么好吃的，却总是要给我送一份，母亲在世时常说："你那小姨呀，吃只虱子也要给你送条腿。"事实上，红军对待朋友也是如此。他性格豪爽，交游甚广，人来客往非常频繁，常常为了沽酒待客，徐燕不得不临时向人借钱。"克己待人"这个词，用于红军夫妇，我觉得再贴切不过。只可惜不是所有朋友都能记得他们这番情意。

红军天生一副诗人气质，率真，冲动，爱得强烈，恨得也强烈。高兴时，昂着脖子，咧开大嘴，笑得"咯咯"的，像个天真的孩子；生起气来，骂骂咧咧，暴跳如雷，简直是粗野的汉子。他发脾气，自捶自擂，样子很可怕，维持时间并不长，不要理睬他，很快就没事了。有一次，我们在一位友人家里玩牌，不知为什么，红军恼火了，桌子一掀，拂袖而去，三头牛也拉不回。不日，这位友人姨娘谢世，大家相约去告别。遗体前，众人都是深深三鞠躬，唯独红军纳头便拜，偌大的身躯"扑通"一声跪将下来，峰折峦倾一般，在场的老人亲属感动得号啕大哭。

红军的诗，一如其人，激情澎湃，爱憎鲜明。他登上诗坛，正碰上十年浩劫，政治风云激荡着诗人年轻的心，他欢呼过、跳跃过，也诅咒过、迷惘过。是对是错，当然只有留待历史去评说。作为诗人，他聊以自慰的是，没有矫情，也无做作，一切都是发自内心的，他的诗是他情感历程的真实记录。进入新时期以后，红军的诗歌创作也日臻成熟，思想和技巧都达到一个新的高度。此间的创作，意境广阔，题材丰富，其中有政治的、社会的，也有人生的、哲理的，当然还有爱情的。比较而言，我觉得他的爱情诗尤其富有特色。

像许多同龄人一样，红军的青春期是在僵硬寒冷中度过的。"那一场洪暴/骤然而持久/淹没了最后一块绿洲/那一场冰雪/冷峻坚厚/冻僵了馨香/绞断了温柔"（《觅》）。当这个生产木偶的时代结束之后，春回大地，万物复苏，人性、人情破土而出。"岁月/不再是无味的，酸转化为甜/生活/有了阳台，阳台上有了色彩"（《因为……所以……》）。诗人"冷藏的青春"勃发了生机，"凝固的年华"焕发了活力，他得以放飞自己的情感，开始了苦苦的寻觅。于是，有了"四只忧郁的眼眸/同时迸发出火花"的"偶遇"；于是，有了"一座移动的小岛/小岛上/垒起我们爱的巢"；于是，有了"走，走，走/跟紧我的脚步/拉牢我的手"。诗人"终于把一块神秘的大陆发现"，他是勇敢的，仿佛"一只飞蛾，扑向炽烈的情焰"，自信"即便化为灰烬，灵魂也获得永恒的温暖"。久旱逢甘霖，诗人踏上了浪漫之旅，阳光，净土，期待，重逢，分别，再见，千般风韵，万种柔情，“心里尝不完的甜蜜”。诗人一边“在爱的海洋里”荡舟，一边“在诗的牡丹园”里采撷，情和诗同时攀上了巅峰。

然而，红军毕竟已经不太年轻。对于“竟在落花季节，才叩响世界的门环”，虽然也深深感到惋惜、无奈，甚至悔恨，但他从未丧失清醒，也从未放弃对生活的责任。即便在爱的天空纵情翱翔的时刻，他也没有忘记：“我呀，固然有一双翅/可远方又有自己的窝”，“我们都属于自己/而又不完全属于自己/大部分的生命/支付给自己亲手制作的那份生活”（《别》）。他深切地意识到，“家是港湾，我是船”，面对“妻子瘦弱的肩膀”，“女儿天真的眼瞳”，以及“父亲的训斥”和“母亲的呼唤”，诗人驾驭的方舟，终于调棹返航了。

当然，诗人并不是空手而归。他载回了仅仅属于他的“一枚至高无上的勋章”，载回了生命的体验，也载回了温暖和充实。所有这些，无疑将会永远伴随他，留给他在花径散步时细细咀嚼，在湖畔徜徉时反复品味。同时，也将不时给他以灵感，以启迪，以激情，进而流淌成文字，升凝为隽永的诗篇。

红军是坦诚的。他的爱情诗最显著的特点就是强烈的纪实性。没有虚妄，没有掩饰，自始至终都是情感的自然流露和真实记录。了解他的朋友都知道，他的爱情诗其实就是一部自传体的爱情故事。这故事不仅体现在情感的萌生、发展和结局上，甚至也体现在情侣的生活细节上。例如《八分钟》，写的就是与情人相约，利用列车停靠的短暂间隙，彼此见上一面。从列车进站时“欢快的车鸣”，到“开车铃幸灾乐祸地响了”，展示了诗人渴盼、寻觅、焦急、失望、无奈的情绪演变，一波三折，凄婉动人。短短的诗章，实际上是一篇日记，真实地描绘了爱河上飞溅的一组浪花。强烈的纪实色彩，虽然也在一定程度上限制了红军爱情诗内涵的扩展，甚至影响它的美学价值，但这毕竟是他所独具的特色。正是凭借这鲜明的特色，使红军的爱情诗有别于同时期的许多其他诗人的爱情诗，新时期的诗坛应该有他的一席之地。

1999 年

关于吴晨笳文集《河东河西》的通信

儒东兄：

您好！日老日衰，久疏问候，乞谅。

吴晨笳，是我们省文联搞创作的老同志，是早有成就的小说家。他的短篇，坚持现实主义，有特色，饶才华；由于人如其文，朴实冲和，无争无攘，在文苑未能得到应有之反响。直到望八之龄，中国文联出版社合其小说、散文印行这文集《河东河西》，庶稍慰于晚晴。

他对您素来仰慕，有意请您给这集子写一评论，以光篇幅，着我陈情，恳祈一挥笔，遂其愿望。

他谢谢了，我也谢谢了。

谨祝

秋礼！并向夫人问安！

彭拜

2001 年 10 月 28 日

彭公：

大札接读，所转赐的吴晨笳先生新著《河东河西》亦同时收到，谢谢！

吴晨笳先生是我省文坛宿将，我与他早年有过接触，但知之并不多。

印象中，他身材修长，面容清癯，轻言细语，为人和蔼。记得1990年，我曾编发过他的散文《古楼夕照》，那是一篇相当出色的文字，记叙的是他居住十年的一座小楼的沧桑。文章把一位文化人的怀旧、寒微、困惑、无奈揭示得淋漓尽致，风格淳厚质朴，含而不露，怨而不张，与您当年的《乔迁志思》有异曲同工之妙，给我印象十分深刻。

吴晨笳出道其实很早。在新中国成立前，他就曾在上海《大公报》《诗创造》上发表过小说和诗歌。算算，那时他只不过20岁左右。新中国成立后，他风华正茂，不断有新作见诸《人民文学》《北京文艺》等刊，在当时安徽的文坛，应属佼佼者。只可惜，到1957年，他的创作便戛然中断。直至1980年《人民文学》发表他的短篇小说《起火》，其间整整23年，留下的竟是一段空白。在一个人的生命史上，34岁至57岁，应该是创造的黄金季节，是成熟的收获季节，倘若把“创造”“成熟”“收获”掐掉了，人生还能剩下什么呢？无怪吴晨笳不无自嘲地说：“对于我，就如一支藕折去中间粗壮的两节。”这藕的粗壮部分真的是永远无以挽回了，这是吴晨笳的不幸，是包括您在内的许多前辈作家的不幸，也是我们这个时代的不幸！

《河东河西》收录的作品，其实就是一支藕的前后两节，前面一节，如《姐妹》《拓荒者》《果园里的故事》诸篇，充满朝气、理想和希望，处处洋溢着一位青年作家的才气和活力，但在今天看来，则未免有些粗糙和稚嫩。后面一节，如《起火》《菜园巷风波》《河东河西》诸篇，更多的是思考、探求和挣扎，缊藉的是一位作家的沉稳、正直和呼喊，只可惜碰上了一个新潮迭起、流派纷呈的时代，作家的声音显得有些苍凉、有些嘶哑、有些落伍，为嘈嘈杂杂的时尚洪流所淹没，未能引起广泛关注。

在我看来，吴晨笳奉献给文坛的不只是他的作品，更主要的是他的精神，是他对文学的那种痴心不改、无怨无悔的执着精神。而这正是生活在商品化时代、呼吸急功近利的浮躁之风的一些文学青年所缺乏的，也是最宝贵的。至于他的艺术成就，与同时代的许多作品一样，只能是化作春泥，以供后人种植参天大树。

吴晨笳的创作生涯在前辈作家中有普遍意义。他代表了一种现象，不妨把他称作“吴晨笳现象”，即创作的周期与生命的周期阴差阳错，藕节断了，丝却连着，这丝的价值何在？这是值得探讨的，然而，这是一个很大的题目，非我力之所能及也。

既承彭公错爱，原是不该推脱。只是近期委实太忙。除了刊物自身运转，还有其他一些活动。如组织召开一些作品研讨会，参加一些作品评奖等。望着案头上堆积的50余部必读的参评作品，心里总是惴惴不安。没有办法，唯请原宥我的不恭，并请转达我对吴晨笳先生的敬意和歉意。

匆此，顺颂

秋安！

段儒东

2001年11月4日雨夜

许辉小说印象

在我省作家队伍中，许辉是一位创作个性独特、对美学追求有着自觉把握的作家。他的作品，无论是散文还是小说，无论是纪实还是虚构，都具有属于他自己的叙事方式，洋溢着独特的艺术风格，是区别于其他众多作家难得的“这一个”。最近出版的小说集《人种》，收录短篇小说20篇，中篇小说10篇，集中体现了他的创作特色和风格，读后印象深刻。

许辉的小说，好像不太注重故事，也不太理会情节。叙述是慢条斯理、漫不经心、信马由缰式的，有时甚至显得有些拉杂，有些琐碎。然而，就是这些近乎原生态的叙述，那一片片场景，一个个人物，一句句对话，却让你置身浓郁的乡土风情之中，呼吸着泥土的气息，感受着市井百态，体味着普通百姓的酸甜苦辣！

摒弃内心情感的直接揭示，着力勾画人物的行为举止，让读者据此去揣摩和品味人物的心灵世界，是许辉小说塑造人物性格最突出的特点。短篇小说《碑》是这方面的代表作。罗水才中年丧妻丧女，痛苦、思念、凄凉、孤独是不言而喻的。作品仿佛刻意回避这类字眼，只是描写了罗水才替妻子、女儿打碑石的虔诚过程，以及诸如夜里早醒、门外看星星等细节。唯一能沾点揭示这个男人心思边的叙述是：“歇息处也是枯草坡，这时才留意了，身下身左的枯草里，都已冒着绿青青的芽子了。那些芽子望去甚有张力，生命的趣味浓厚，又鲜活不尽。罗水才望得痴了，心间暗想：这都叫咋讲哩！”究竟罗水才“心间暗想”的是什么，什么叫“咋讲哩”？作品没有说，但读者却不难品味出：绿芽生机盎然，而好端端的妻子、活蹦乱跳的女儿，为什么一下子就没了呢？草木有枯有荣，人为什么就不能死而复生呢？还有，春天来了，万物复苏，沉寂多时的男人性意识是否也在觉醒呢？等等。对死者的痛惜之情、难以割舍之爱以及内心的莫名躁动，统统都蕴藉在字里行间！

许辉小说另一个鲜明特点，就是对整个作品究竟要表现什么、昭示什么，作者总是守口如瓶，不肯作半点阐释，甚至连暗示也没有。一切留给读者自己去体会和评说。最典型的代表作是中篇小说《夏天里的公事》。作品不厌其烦地叙述了公务员李中的一次会务活动的过程。没有半点褒贬，没有一句批评，没有丝毫评论，但读者却从李中的经历中读到了官场，读到了腐败，读到了乡镇干部的现状，读到了形式主义，等等，从而也就感受到了作者的愤懑、忧虑以及近乎黑色的幽默。

一切寄寓在不动声色的散淡的叙述之中，文字不过是路标，让读者循此前进，自己去观察和玩味。审美秘诀在于发现，有了发现，于是也就获得了审美愉快。这是作家的追求，也是他的高明之处。

2010 年

为弱势群体造像

——浅谈郭明辉小说

青年作家郭明辉继中篇小说集《一个人的陷阱》之后，最近又由作家出版社出版了他的第一部长篇《男课》。与此同时，《中国作家》今年第一期集中推出了他的三部中篇：《寻找一棵树》《腊月初八打劫》和《一八九四年的厨子》。据悉，他的另一部长篇小说《女经》也将在今年问世。新作迭出，锐不可当，显示了这位青年作家极其旺盛的创作态势。

浏览郭明辉的小说，第一印象是：好读。亦庄亦谐的生活化语言，跌宕起伏的故事情节，以及充满悬念的人物命运，这些都是他打造作品魅力的重要因素。其次，他的作品内容紧紧扣住人生，如男女之间的感情纠葛，贫富贵贱的差异转换，生与死的终极抉择，等等。极富时尚性和挑战性，格外引人注目。此外，似乎也还得益于他的“包装”，最典型的如《男课》，书名乍看上去有点“性教材”的意味，颇能招揽一些眼球。其实，这不过是作家适应市场的一种招数。当你读完他的作品之后，真正能打动你的，让你唏嘘不已的，依旧是人物，是人物的命运，尤其是那些被侮辱、被损害、被剥削、被歧视的弱势群体的命运！

当今时代正处于社会转型时期，这个过程将漫长而痛苦。两极分化，财富蹦极便是这个时期的社会特征之一。在城镇化加速的同时，日益边缘化的农村则相对处于倒退状态，于是，便出现了千百万农民涌向城市的民工潮。这些青年农民，由于知识积累和技能打造方面的准备不足，其中一部分赖以谋生的手段，男人只剩下力气，女人唯有青春。这或许也是一种阶段性的原始资本的积累，只是这种积累方式和过程代价惨重，充满了血和泪。《男课》中的陈迎香，为了维持弟弟的学业，先是当“三陪女”，继而又被迫充当别人性贿赂的工具。弟弟后来沦为杀人犯，全家希望破灭，她的精神也随之彻底崩溃。《寻找一棵树》中的霍兰媚也是由于生计无着，被迫做“二奶”，给别人借腹繁衍后代，一旦“合同”期满，便被一脚踢开。《腊月初八打劫》中的打工青年王改革和他的伙伴，拼死拼活干活，而老板却故意拖欠工资，侵吞他们养命钱。百般无奈之下，王改革铤而走险，结果沦为抢劫犯。这些人的惨痛经历和悲剧命运，其实正是当今社会弱势群体生存状况的真实写照。

陈迎香、霍兰媚和王改革这些“男盗女娼”之徒，是社会公害，自然为世人所不屑。他们不仅咀嚼着各自的命运黄连，同时也得承忍着社会道德的总体歧视。也就是说，他们承载的是灵与肉的双重负荷。难道，这公正吗？

作家并没有替他们公开辩驳。他只是用细微传神的笔触，剖析他们活生生的灵魂，展示他们活生生的形象。陈迎香原本是良家女子，她肩负的家庭使命是维持弟弟的学业。对于“三陪”，她打心底也怀着屈辱感，当有机会“从良”之后，她便毅然决然地拒绝昔日嫖客的纠缠，严守做人之道。霍兰媚的少女时代原也有一段纯洁的爱情，这爱情之树一直牢牢植根于她的心田，从未枯萎过。她为别人代孕，只是为了金钱；而当她母性意识被唤醒之后，金钱便变得粪土不如。只要孩子留在身边，即便一辈子当牛做马都心甘情愿。这不正是千百年来使炎黄子孙繁衍不息的母亲形象吗？至于王改革，原本就是正派青年，凭的是劳动吃饭，他的血汗钱被老板无耻地侵占，没有人替他讨回公正。他被迫采取暴力形式，只是拿回自己应得的工资，多一分钱他都不要。恰恰是他不肯多拿别人一分钱，导致案情败露而锒铛入狱。像王改革这样的本分青年，较之那些巧取豪夺、贪得无厌的老板们，哪个更应该受到惩办呢？

良家女子沦为娼妓，正派青年逼为盗贼，究竟谁之罪？

岂不值得人们深思吗？然而，现实情况是：利用色相和性贿赂谋取地位和金钱的电视节目主持人宁阳溪们，依然被人们众星拱月似的追捧；以权谋私、以官猎色的电视厅副厅长冯太渊们照样红得发紫；为非作歹、花天酒地的韦少商、许老板们，照样生财有道。这些权势新贵们利用独特优势，买通媒体，左右舆论，是非颠倒，黑白混淆，把现实的不公正逐渐演变为集体无意识和集体不公正。这才是真正危险所在，也正是作家忧心和愤懑的啊！

作家从来就是人民大众的代言人，凭借敏锐的感知力和忧患意识，见微知著，鞭笞时弊，“以引起疗救的注意”（鲁迅语），这正是作家的道义所在。一开始就把注意力瞄准弱势群体，揭示被褴褛的衣衫和羸弱的身体所掩盖的金子般的灵魂，这是郭明辉创作的一大特色。我欣赏这一特色，因为它体现了作家的正义感和使命感。郭明辉正年轻，来日方长，有理由相信，他会一路高歌！

2005 年

青春期的一曲挽歌

——读郭明辉《1983年的手抄本》

读罢郭明辉的《1983年的手抄本》，脑海中不由蹦出歌德《少年维特的烦恼》扉页上那几句话，大意是：青年男子谁个不善钟情，妙龄女子哪个不善怀春。这是人生的至洁至纯，为什么从此中有惨痛飞迸？郭明辉与歌德无论是时间和空间都相距甚远，然而，流淌在他们笔下的青春期男女的那种哀怜和酸楚，给人感觉却有异曲同工之妙。

《1983年的手抄本》娓娓叙述的是20世纪80年代初期一对青年男女初恋的故事。应届高中毕业生陈景观借助小小作弊，高考取得了好成绩，即将远走高飞。命运的改变，他不仅为家庭挣得了脸面，也为自己赢得了芳心。同学沈小玉暗暗喜欢上他，悄悄向他敞开心扉，俩人逐渐坠入爱河。他们演绎的原本是羞涩、甜蜜、梦幻般的青春故事，然而，万料不到的是，就在这对初恋青年亲热、温存的时刻，竟然碰上了“拉网行动”，双双万般尴尬地落入“严打”的法网。

作品并非简单地讲述一个爱情故事，其着眼点是描写和提示青春期男女性意识的觉醒和躁动。贯穿作品的是当时坊间流传的手抄本《少女之心》。陈景观一直盘旋脑际，孜孜设法读到这个手抄本。这昭示了一个青年人对性的好奇和渴望。他喜欢上沈小玉，看重的也并非是她的人品和美貌，吸引他更多的是沈小玉那“鼓鼓的、圆圆的屁股”。当同伴点拨他沈小玉就是“手抄本”时，他情不自禁想偷尝那禁果。这里，我们无须对陈景观作道德的评判，我们应该承认，处在那个年龄段的健康青年性意识的躁动是再正常不过的事。我们甚至可以认为，被封建意识禁锢了几十年乃至上千年之后，面临改革开放的潮头，整个社会也开始了包括性意识在内的人性的觉醒和躁动。“这是人生的至洁至纯”，没有什么好谴责的。然而，“人性的复归”却遭受到“严厉的打击和惩处”。这才是社会悲剧！

手抄本《少女之心》，笔者当年听说过，可惜没有机会读到。向读过的朋友打听，说是比当今某些文学作品不知道要“干净”多少。《少女之心》当年被列为禁书四处查抄，而今许多热衷描写“下半身”的作品竟堂而皇之地正式出版，这不能不让人感叹社会变迁的巨大反差。“手抄本”在小说中是一个隐喻，是一种象征，意谓“性”文学。青春期的青少年为之好奇，一睹为快，不值得大惊小怪。成人可以加以劝阻和引导。即便是恋爱中的男女有某种性行为，也不应该视之为道德沦丧甚至犯罪而予以打击。这其实也是对基本人权的尊重。《1983 年的手抄本》今天读来，似乎有“立此存照”的社会意义。它使我们得以再次重温那个已经逝去的非人时代。联想到前不久人大通过的刑法修改条例，强调了尊重和保护人权，我们更能真切地感受到社会开放和时代进步的足迹。

叙事上，《1983 年的手抄本》秉承了郭明辉一贯的创作风格。语言清新自然，朴实流畅，娓娓的叙述中隐含俏皮、调侃和诙谐，生活气息极其浓郁。作家善于借助生动的细节揭示人物的内心世界。写陈景观在大腿上写字作弊时的生理反应，对沈小玉母女提西瓜扭动的臂部的注视，等等，都揭示了这个青年人内心萌动的性意识。作品比较注重人物的刻画，善于借助语言的张力揭示不同人物的不同性格，显示了较高的文学品位。即便是写轰轰烈烈的“严打”，作家也是不动声色，须眉不张，只是通过陈景观触目所见的“严打”标语，展示了环境的残酷以及投射给他的心灵阴影，字里行间蕴藉着作家对摧残人性行为的辛辣的嘲讽和无声的抗议。

郭明辉近年来在长篇、中篇和短篇小说创作上硕果累累。在题材上，他左冲右突，不断拓展，涉猎甚广。然而，仔细观察，我们不难发现，他的作品一以贯之的有条主线，那就是对人性、人情、人的命运的不断挖掘和开拓，以及对普通百姓和弱势群体的强烈关注。从《一个人的陷阱》

《寻找一棵树》到《男课》《女经》以至《老板娘》等，莫不如此。这无疑是一位有使命感的作家的正确追求。郭明辉创作方兴未艾，我们深信他将会有更多佳作问世。

2012 年

漫话诗人吴昭元

7 月中旬，著名诗人严阵先生回合肥，在谈及诗歌创作时，他说：“当今诗坛不景气，全是写诗人自己造成的。有些人简直是在糟蹋诗歌!”他还列举了近些年出现于诗歌创作中的种种荒唐现象。

我也有同感。回想 20 世纪 70 年代末 80 年代初期，诗歌在思想解放运动中功勋卓著，留下了不少脍炙人口的篇章。不幸的是后来，由于种种原因，诗歌日益沉湎于形式上的花样翻新，一些人用文字晦涩掩盖思想贫乏和灵魂苍白；也有人由于精神颓废，干脆来一个污水横泼。诗歌严重脱离了社会，脱离了生活，脱离了群众，变成了少数自娱自乐的文字游戏。这样的诗坛，受到读者普遍的冷落，当然不奇怪。任何事情，破坏容易建设难，诗歌创作要想重新找回自己，恢复品格，赢得读者，看来还有相当一段路程要走。

我们也无须悲观。中国自古就是一个泱泱诗歌大国，一时的沉寂并不意味永远的沉寂。诗坛也在新陈代谢，吐故纳新。一些诗人被淘汰，一些诗人在崛起。最近几年崭露头角的诗人，因为有了前车之鉴，得以另辟蹊径，出手多半不凡。池州诗人吴昭元，就是其中一位。严阵在“序《雨江南》”一文中说：“读到昭元的诗集《雨江南》，不由使我在欣慰的同时，隐隐看到了中国诗歌的春天。”

我与昭元交往多年，亲眼看见他在诗歌创作道路上的艰辛跋涉。值《雨江南》出版之际，我想谈谈对作者的一点印象，权当为读者提供一点背景材料。

如痴如醉的江南情结

翻开《雨江南》，我们便会立即置身于杏花春雨之中，感受到风的轻柔，雨的湿润，花的芬芳，草的葱绿，山的秀美，树的挺拔；当然，还会看到呢喃的春燕，听到悠扬的牧笛，以及纯朴的乡音。所有这些富有灵性的生命，跃动着的精灵，为我们编织了一幅画，一幅生机盎然、蓬勃向上的生活画。

春天开始呢喃时
细雨的滴嗒声
如灵性之手将一片片
铺满山村的碎片拾起
像拾起一曲曲意味深长的歌谣

——《雨江南》

剑一样的芽
刺破沉默的雨
纷雨　搅缕缕晓风
捻成丝线
缝一针自己的颜色

——《杨柳风》

守住岁月的青春
无语开放一瓣瓣
嫣红的祝愿
心中的雨点淋湿了
月的身影

——《桃花》

牧歌如酒
从笛孔中流出
江南醉了
卧在夕阳下

——《夕阳下》

真是如痴如醉，柔情似水！

昭元的诗作，就题材而言，几乎离不开江南；歌的是江南，吟的是江南，写的是江南，思的还是江南。人们把他称作“江南诗人”，我想一点也不为过。

那么，昭元何以对江南情有独钟呢？

我想，这恐怕要从诗人的童年说起。

昭元是农民的儿子，出生在长江之滨的一个小山村。他 4 岁丧父，6 岁丧母，从小就孤苦伶仃地匍匐在土地上，知道种瓜得瓜，种豆得豆。幼小的心灵上，很早就刻上了阳光、雨水和土地。穷人的孩子，肩膀长得快，为了求学，他四处打工，给窑场挑砖头，一担就是 200 多斤，衣服磨破了，碎布嵌进血肉模糊的肩膀里。晚上，请场医帮他用钳子往外夹。场医从他肉里挑出了一片片碎布，也情不自禁挑出了自己一串串眼泪。昭元笑笑，没事一样，第二天咬着牙继续担。

不经过冬天，哪能懂得春天。挨饿受冻的小孤儿，乡亲们的一箪食、一瓢羹，他都视作是山、是海。感恩和报恩的情绪连同赤橙黄绿青蓝紫的故事，很早就植入了昭元的心田：

那长长短短
丝丝缕缕的乡情
深深浅浅踩出
歪歪扭扭的童年

故乡的月
不知何时向窗口走近
于是我写上满满一页情怀
随流星

一直落入沉沉的远方

心页上的诗
叶子嫣然　诗也嫣然
故事依旧挂在
篱笆墙上
有青　有白　有红　有紫

——《乡情》

贫瘠的故乡用一草一木哺育了他，美丽的江南用一山一水造就了他。昭元读中学，上大学，成长为一名堂堂正正的国家干部。后来，又与一位美貌贤惠的江南女子结为伉俪，生儿育女，成家立业。

吃水不忘掘井人。报效家乡，报效父老，报效祖国的热血，始终在昭元的血管里奔腾。

有一次抗洪，他通宵鏖战在圩堤上。突然，险情发生，咆哮的洪水将大堤撞破，昭元来不及多想，带头跳进水里，以身护堤。结果，他被水冲走数十米，幸好被人救了上来。

还有一次，也是因为抗洪。大堤出现险情，必须紧急调兵。偏偏电线杆被风刮断，电话不通（那时手机还未问世）。昭元跳上一辆三轮警用摩托车，摸黑赶往指挥部报信。雨狂路滑，警车一头栽进山沟里，把他埋在泥淖中。他好险当了烈士。

也许是因为他命大，也许是因为这方水土需要他，两次死里逃生，为我们保留了一位诗人。于是，我们今天才有机会读到《月中情》《古枫》《父亲的土地》《老桥的回忆》《老家像条船》《思念老家》等等一系列乡情浓厚、意境绵绵的篇章。

昭元的江南诗，当然不是停留在对山水的简单歌颂上，也不是停留在对故乡的一味思念上。他的许多诗作，体现了对劳苦大众命运的强烈关注，蕴藉着深沉的人文关怀。

社会在变，生活在变，农村也在变。在《山村风情》中，诗人满怀喜悦的心情为我们描绘出了一幅新人、新事、新风尚的风俗画，体现了他对农民发家致富的热烈赞颂。当然，诗人也看到，贫困依然是困扰农村的阴影，所以在《杜鹃渔歌》中写道：“艄公的心事如水鸟隐约的叫喊/岁月之手将你揉成古朴的褐色黄昏”，寄寓着对普通百姓的深深同情。至于对社会两极分化，城乡差别日益扩大，诗人更是心情沉重，满怀忧虑：“桥已天天见老/水却依旧新鲜/鱼与网没有船/一幅油画等待拍卖/价格让人吃惊”（《老桥的回忆》）。

昭元对故乡的一往情深，无疑体现了诗人的爱国情怀。他对人民群众命运的同情和关注，反映了作家的使命感和良知。我觉得，爱国主义和人文精神是昭元诗歌创作的基调，是他诗作的最基本的也是最可宝贵的品格。

深深浅浅：诗的脚印

昭元在大学攻读的是哲学，由于成绩优异，毕业后即被选送到市委宣传部工作。其时，适值全国开展“实践是检验真理的唯一标准”的大讨论，思想解放的洪流开始冲破种种禁锢。昭元学以致用，如鱼得水，在邓小平理论指引下，发表了大量有关实事求是、拨乱反正的文章，备受关注。他出任市委宣传部副部长时，年方三十来岁。

按说，他应该循此前进，继续在社会科学的理论领域攀登。不料，他偏偏迷上了诗歌，不经意地变成了诗人。

人生，总是充满了戏剧性。

池州山灵水秀，乃千载诗人之地。自古以来，吟诗作赋，出联对歌，系当地民间文化习俗。姜秀珍就曾将民歌唱进了北京人民大会堂。昭元的岳丈唐先生，儒雅脱俗，以诗书治家，酷爱文学。耳濡目染，昭元逐渐对诗歌产生兴趣，非常自然，况且，他天生就是一副诗人气质。这一点，我们后文再谈。

我与昭元结识，是在1990年前后。有一次，我外出采访途经池州，他作为当地宣传部门负责人，到宾馆来看我。彼此见面，谈诗论文。记得他兴致勃勃地大段大段地背诵他的诗作，乐此不疲。我惊叹他超常的记忆力，并对他说，你作为宣传部门负责人，配合中心工作开展一些鼓动性的宣传，当然是应该，而要想成为诗人，写些富有生命力的作品，就要把笔触伸进人的精神世界，在生活中不断挖掘诗意的美，不能停留在标语口号上。

1992年冬，我被抽调参加省委路线教育工作队，在青阳县待了半年。当时，昭元在池州地委路线教育办公室主持工作，是各路工作队的总管。由于工作关系，他经常到青阳。每次来看我，他都会带来几首新作。我发现，他的视野日渐开阔，题材不断拓展，开始注重诗意的挖掘和锤炼，不时有闪光的诗句冒出，只是力度尚嫌不够，总体构思还较为稚嫩。

这以后，我们友谊不断加深，交往日渐密切。他每次来合肥，必定带来自己的新作；我去池州，首先问及的也是他的新作。作为他的第一读者，我总是有褒有贬，是好说好，是坏说坏，毫不隐晦。

昭元在诗歌创作上倾注了大量心血，一步一个脚印，坚实有力，进步神速。他现在的诗，活泼跳跃，清新自然，字里行间洋溢着一股灵气。尤其是在意境的挖掘和意象的运用上，驾轻就熟，特色独具。与此同时，他非常注重把对人生和社会的哲学思考，借助于艺术形象蕴藉于诗意之中，增加了诗的思想含量和表现力度，大大提长了诗的品位。

一直以为翠微亭是册字帖
从立柱到拱顶
那是竖划与停顿
通往翠微亭的路
每一寸都是书法的筋骨
轻轻地抚摸
感受南宋墨汁的体温
又怕哪个笔划在那里喊疼

匍匐的亭墩
它是书法史用金子打剩的一页
岳飞临风感赋
犹有金鞍回响
我濡染在你的翔林中
悄悄地把埋在地下
汉字撞醒

这首题为《翠微亭》的诗，意象丰富，意境深邃，思想厚重，充满了历史感和沧桑感，显示了中华文化的博大精深，以及诗人的景仰之情。这是一首含意隽永、耐人寻味的力作。我认为，这首诗体现了昭元最新创作水准，堪称他新时期的代表作。

率真，诗人本色

吴昭元其实也是一位两栖式的人物：论职务，他是地方官员；论气质，他是诗人。

作为地方官员，他兢兢业业，恪尽职守，廉洁奉公，工作是出色的。在出任市委宣传部副部长、统战部长和市政协副主席期间，他在宣传贯彻党的路线和方针政策，替老百姓办实事，团结各界人士，广交天下朋友；扩大当地知名度，招商引资，网罗人才，加速地方经济建设等方面，不声不响地做了大量的力所能及的工作。他一直在不断地实践自己报效社会、造福乡里的人生抱负。

然而，他又天生一副诗人气质，热情率真，豪放潇洒。他才思敏捷，记忆力惊人。凡是他写就的文章诗歌，无论多长，无论时隔多久，他大多能背诵如流，只字不漏。凡他阅读的作品，也几乎能过目成诵。每来合肥，与文友们相聚，兴之所至，便即席赋诗，思维之敏捷，常令满座倾倒，被大家誉为“江南才子”。有时，酒多喝了几杯，更是风流倜傥，侃侃而谈，一人独揽话语大权，不给别人插话机会，大有“登泰山而小天下”的气概；再进一步，就颇类似“仰天大笑出门去，天子呼来不上船”的情状了！

有的人深不可测，你与他相处多年，也不敢说了解他。昭元则是那种性格透明、表里如一，让人一见如故的人。所以，他的朋友特多，各行各业，三教九流，都有他的至交。这些年，字画走俏，画家、书法家身价陡增，有些人就清高自守，不大纳人。唯独对昭元，却另眼相看，有求必应。昭元制有两本大册页，省内外书画界的许多头面人物多在上面挥毫泼墨，笔走龙蛇，足见他的人格魅力。昭元收藏字画，旨在品玩，并不以此敛财，倘遇同好，他乐于割爱，毫不手软。他与九华山仁德法师的私交甚厚，仁德以书写“佛”字见长，在港澳以及东南亚一带，仅此一字，价值数万元。昭元最多时曾藏有仁德墨宝数十件，陆陆续续转赠各地朋友，竟致荡然无存。

不能说，昭元毫无官本位意识。官场有官场的许多规矩和习俗。昭元是否有“使我不得开心颜”的时候，我不敢说，但凭他那率真的诗人气质，我想他一定有不适应的地方。从他的诗作中，我们仿佛也能觉察到某些心迹：

话语　弯弯曲曲　曲曲弯弯
迷蒙的眼睛
有风的时候不能逆风吹哨
无风时不能风姿潇扬

一度轰动的韵华
灵魂走游了牙齿
那是个失败的暗示
我只得一遍遍地默念
这无法曝光的
潜台词

——《醉之自由》

在诗歌创作中，政府官员的特殊身份也会或多或少地束缚他的手脚，限制他纵情驰骋。例如，我们在昭元诗作中，几乎看不到一首爱情诗。身为诗人，拒绝爱情题材，这叫人难以想象。昭元不肯越雷池半步，只能理解为是世俗的某种偏见，以为当官的就必须一本正经，写了爱情就会有损形象。

2002 年冬季，池州市组建文学艺术界联合会。昭元出任文联主席。这既是众望所归，也说明市委知人善任。昭元全力以赴地投入机构建设，短短几个月，就组建了九个协会，把全市作家、艺术家都调动起来，各就各位。接着，他又克服种种困难，恢复创办了一个高品位的耕耘园地。

虽然他还身兼政协副主席，但毕竟是池州文艺界扛帅旗的人物，出作品、出人才，成了他肩负的主要使命。带头创作，率先实践，自然也就成了责无旁贷之举。从此，他可以在诗坛横戈立马、纵情驰骋了。昭元的心情是舒畅的，创作的激情更加澎湃。

雨是平静的　只要没有风
江南雨总在不停地下
被雨浸润了的我
把笔插进曲曲淌水的意境里
自己的诗　也成了雨

2004年

是金子总会闪光

——谈谈杜子建《活罪难逃》的出版经过

杜子建的长篇小说《活罪难逃》终于由作家出版社敲定付梓了。小杜打长途电话把最新消息告诉我的时候，他好像刚刚跑完马拉松，上气不接下气，急促地喘息，声音有些颤抖。我呢，虽然并不感到意外，而心脏却无端地骤然加速，眼睛仿佛也模糊了。我们一起沉浸在激动和喜悦之中！

是的，这部书的命运似乎把我们两人紧紧联系在一起了。

认识杜子建，其实很偶然。1999 年冬天，池州作家协会在九华山主办文字笔会，我应邀出席。参加笔会的青年一般都在报刊上发表过作品，小有成就。杜子建似乎是个例外，有人听说他正在写一部长篇小说，好像谁也不曾读过他的作品。他能够与会，应该说是他的运气。也就是在这次会议上，我们彼此认识了。小杜向我倾诉了他的坎坷经历。他是个农民，只读过初中，早些年由于肇事，坐过 6 年牢。在监狱里，他有幸读了大量的中外文学名著，萌生了写小说的念头。刑满释放后，他给自己再造了一间“牢房”，把自己锁起来，全身心地投入创作，乃至负责给他送饭的妹妹以为哥哥患了精神病，四处呼救。就这样，几年的努力，数易其稿，一部 30 万字的长篇即将完成。他问我，届时能否帮助看一看。望着这位头发花白、双颊深陷、面容憔悴的小伙子，我实在不忍心拒绝。虽然我对这部作品并不抱多大的希望。二十多年的编辑生涯告诉我：曲折的经历也罢，坚强的毅力也罢，都不足以保证绝对能写出好作品，初次涉足鸿篇巨制的青年尤其如此。

过了大约三个月，杜子建果真背着他的书稿，专程到合肥来找我。工工整整的手抄本，厚厚一大摞，望着让人有些发怵。他心情急切，希望就住在合肥坐等我的“判决”。我说，那不行，你得给我一点时间。你先回去，让我从容一点。过了些日子，大约是一个周末的晚上，我硬着头皮开始读了。岂料，一读就读到凌晨4点，再也放不下。接着，我又用了一天一夜时间，一口气把作品全部看完。一切都出乎意料，我兴奋不已。作品不但题材独特新颖，情节跌宕曲折，几个人物也性格鲜明、栩栩如生，尤其难得的是，作品的文化底蕴和思想内涵都较为丰富，值得品味。一位青年作者能把自己大量的生活体验和思索成功地铸进艺术形象，初出手就能达到如此境界，确实让人刮目相看。当然，作品也有不完善的地方，尤其是在结构上，作者似乎有些力不从心。于是，我特意请《清明》编辑部的几位同仁也看一看，然后把小杜请来，面对面地进行“会诊”，帮他出主意，希望他能再改一稿。

此后，小杜根据各方面意见，对书稿又进行了一次较大手术，然后打印出来。顺便说一说，池州的一些朋友给他帮了不少忙。他捉襟见肘，当时甚至连打印费也是负担不起的。

剩下的，就是帮他联系出版社了。

我首先想到的，是南方一家出版社，那里有我一位友人。我给她写了一封信，郑重地推荐这部作品。她也很认真，不但自己及时读了，还请一位同事也看了。不过，他们认为，从卖点考虑，最好写成纪实性的，即把作品中狱外部分删去，完全写监狱生活。稿件退回来后，我不忍心告诉小杜，我只是说，容我再想办法。

后来，我又推荐到省内一家出版社。有关编辑读后，爽快地答应列选题上报。该社的负责人也再三表示支持。不幸的是，没过多久，这家出版社人事突然发生重大变动，这部书的出版运作又遭搁浅。

两次出师不利。我虽然有些沮丧，但并不气馁。我坚信，是金子总会闪光。我担心的是小杜，那些日子，他的状况可以用“引颈以待”“如坐针毡”八个字形容。连连遇阻，我怕他承受不住，只有不断安慰他，因为毕竟还有好多出版单位可供选择。

转眼已是年底。2000年11月25日，安徽省青年作家创作会议召开，京沪有几家出版单位也应邀派人出席会议。有天晚上，出版界与作家举行茶话会，借此机会，我向他们介绍了杜子建的这部作品，详细地讲述了故事梗概。我知道，他们听了一定很乏味，因为我这人生来就不善讲故事，再生动有趣的故事，经我一叙述就变得干巴巴。果然，他们都不吭声。只有作家出版社的张水舟先生表示愿意看看作品。于是，我立即离开会议室，从九狮苑宾馆跑回省文联，摸黑从编辑部里取来书稿，赶在会议结束前交给了张水舟。

次日中午，张水舟找到我，把我领进了他的房间。一关上门，他就说："事情险些被你搞砸了。你看，昨晚他们几位都不吭声吧？"顿时，我就像被泼了一盆冷水，心不由往下沉。谁知坐定后，他竟把大拇指一伸："老段哪，慧眼啊！真该给你颁发伯乐奖！"原来，他已读了一大半，觉得很有分量，完全可以作为重头作品推出。当然，还须经总编拍板，对此，他有充分信心。他询问了作者一些情况，还就出版后的推介事宜，与我交换了意见。

为便于张水舟了解杜子建，我立即打电话把小杜从池州紧急召来合肥，赶在会议结束前让他们见了一面。

张水舟先生既是编辑，又是作家，他以"半岛"为笔名发表了不少小说，在《清明》上发表的几篇我都读过，对他敏锐的艺术感觉怀有深刻印象。如果我看走了眼，相信他不会。至此，一年来我为杜子建和他的作品所悬着的心，总算可以放下了。

《活罪难逃》既已出版问世，它的轩轾优劣，相信读者会做出自己的评判，无须我在这里饶舌。我想强调的是，杜子建走的"农民—囚犯—作家"的曲折道路，对当今的许多人，尤其是青年人，应该有普遍的启示意义。他的成功至少说明：一个人，在生活中遇到再大的挫折，也不必悲观，不必自暴自弃，只要自强不息，奋发进取，终究会实现自己的生命价值。仅此一点，我认为这部书的出版也是有意义的。

2001年4月28日于池州雨夜

侠骨秀心　尽收行囊

——读苗秀侠散文集《青春的行囊》

我觉得，读苗秀侠的散文，其实就是读苗秀侠自己。

收在《青春的行囊》里的80余篇作品，绝大多数写的是关于作者自己。她的故乡，她的童年，她的学校，她的父母，她的初恋，她的家庭，她的儿女，她的婚姻，她的困惑，她的追求……贯穿其间，就是一个女人在生活中都经历过磨难，都有着濒临绝境而苦苦挣扎的深刻体验。一个弱女子，曾经面临那么多苦难、挫折和打击，依然能够自强不息，不难想象，那该需要何等的勇气和毅力！

的确，这位淮北大平原所哺育的女子，血液里涌动着一股豪气。童年时代，她敢于跳进冰冷的河水里，泅到对岸去看电影；小小年纪，她饿着肚子，步行数十里，去为父亲接车。她似乎天生就有一副侠骨，乃至18岁那年，她因为钟情于一个男孩，远走他乡，从此踏上了苦难的历程。从她作品的字里行间，我们不难读到她的大度和豁达。这些原属雄性化的性格，体现在一个女子身上，便有了几分侠气。

与此同时，她还有一颗秀心。

从《木轮牛车》读篇中，我们可以读到一个女作家的纤细和敏感；从《雪落双肩》诸篇中，我们可以读到一个农村姑娘的善良和质朴；从《爱怨有痕》诸篇中，我们可以读到一个纯情女子的早熟和多情；从《听歌人语》诸篇中，我们又可以读到一个单身女人的哀怨和委婉。以侠骨求生，以秀心为文，把这两样装进自己的行囊，苗秀侠在人生和文学的道路上跋涉，便有了自己独特的风韵。

她的散文，绝不同于一般所谓小女子。她的题材，都是亲身经历的生活，并且是用血和泪铸造的生活，丰厚沉重，真切自然，既无须矫情，也不用造作。她描述的人生体验，是刻骨铭心的体验，情动于衷，不吐不快，用不着无病呻吟。她生性豁达，心态平和，即便咀嚼着不幸，也决不剑拔弩张，怨天尤人。她的文章，言之有物，朴实无华，从不卖弄玄虚，故作高深。她的作品，篇幅短小，数量众多，枝枝叶叶，蔚然成树：一棵人生的大树，文化的大树，社会的大树。

自然，苗秀侠也有自己的不足。在我看来，她的散文有些太实，缺少一点空灵。她不乏才气，却需要增加一点智慧。智慧原是佛家用语，指的是悟性和禅意。我想，这恐怕是苗秀侠的散文下一个应当追求的目标。

2002 年 10 月 20 日雨夜

人活着，不能没有诗意

——赵宏兴《刃的叙说》序

读红杏的散文诗集《刃的叙说》，是在火车上。

清明节回故乡给父母亲扫墓，归来时，乘的是由深圳开往合肥的列车。九江站登车的旅客虽然人数不少，但由于是对号入座，大家心里都不急，因此上车秩序还算井然。未曾料到的是，所有座位早已被前站上来的旅客占据了。坐在我座位上的是一位农村姑娘，我向她出示车票后，那姑娘倒也二话未说就让开了。其他的人就没有我这样幸运，他们的要求，未被置理。于是，喊来列车员，列车员动员了一阵子，收效不大，无奈地走开了。又喊来乘警，乘警像没事一样，穿厢而过。既然无人执法，旅客只好自己来解决问题。争的争，吵的吵，扯的扯，拉的拉，骂的骂，污水横泼，狗血喷头，整个车厢仿佛是一只万蝇齐嗡的垃圾桶。

这样的旅途该怎么打发？我四顾茫然，只感到窒息。这时，我忽然想起带在身边的《刃的叙说》，这是红杏的散文诗。几个月前，他就曾告诉我，他准备出一部散文诗集，届时请我写篇序言，我明知自己于散文诗其实是外行，还是答应了。因为红杏是我的同事，为人忠厚老诚，平时言语不多，做起事来丁是丁、卯是卯，特认真。我们共事几年，这还是他第一次有求于我，却之自然不恭。万料不到的是，前几天当他真的把编就的诗稿交给我时，其时适值我陷入一场困扰之中，心境极其糟糕，精神极端沮丧。然而，已经答应了的事，就必须尽力办到，这是我与人交往的一贯原则。因此，我打算趁旅途间隙，先读一读作品。

渐渐地，我走进了一片嫩绿的树林。我看见："鸟，掠过一棵树的头顶，美丽的翅膀拍打着树酸痛的眼睛。它的歌唱，充满了吉祥；它的翅膀，让一棵树有了飞翔的愿望；小小的巢，使一棵树在风雨里学会了坚强。"

接着，我又沐浴了一场春雨。"今夜的雨，悄悄的，地面上湿湿的一层，可以不用伞，穿着白鞋袜走自己的路。铁丝上的雨滴，在灯光下，晶亮如一排夜市。"春雨里，我眼前又呈现一幅图画："青石板上，阵阵捣衣声是最好的音乐。村妇嫩藕般的手臂。伸在水中一搅动，碎了天空白云，碎了一个冬季的寂寞。"

……

不知不觉的，狗血不见了，污水没有了，一切嘈杂喧嚣离我而去。我沉浸在明媚的阳光里，徜徉在茵茵的草地上，听着潺潺的泉水声，呼吸着芬芳的空气，心田旷远而宁静。

难怪啊难怪！在这浮躁的社会里，在这险恶的尘世上，还有那么多人在写诗，还有那么多人在读诗！

于是，我脑际又浮现出红杏。几年前，他又黑又瘦，揣着一颗伤痕累累的心，来到《清明》杂志社。当时，杂志社经费正拮据，凭借这点微薄的报酬，无论如何是难以支撑日常生活的。而事实是，他挺过来了。他编诗，主持"清明诗页"专栏，发了不少优秀诗作，有些诗还被其他刊物转载；他自己也写诗，随着时间推移，他的作品日益频繁地见诸省内外许多报刊。他尤其致力于散文诗的创作，《刃的叙说》作品集，便是他在这一领域里的崭新成果。现在，我终于明白，这位沉默寡言的小伙子，其实是生活在诗的世界里，是缪斯化解了他的忧愁和烦恼，是诗神给了他力量和勇气。在文人竞相媚俗的当今，我又一次倾听到了荷尔德林沉静的呼唤："人应该诗意的栖居！"

浏览红杏的散文诗，我的突出感觉是，作者非常注重题材的开拓和意境的挖掘。从《刃的叙说》作品集中，我们不仅可以看到前面提及的大量诗化的自然，同时还可以感受到作者对祖国命运的关切，对普遍劳动群众的同情，对正义的呼唤，对歪风邪气的鞭笞，对爱情的追求，对一切真善美的讴歌。作品的题材几乎涵盖了生活的方方面面。与此同时，作者在选取题材时，注重挖掘其深蕴的意境，找出题材与心灵的契合点，然后注入丰富的情感，达到独特的艺术效果。因此，红杏的诗，大多是有的放矢，言之有物，且感情强烈，诗意浓郁，经得起品味。这正是中国诗歌的优良传统，也正是散文诗的生命力所在。他从传统诗歌中汲取了丰富的营养，选择了一条正确途径，由此可见一斑。

当然，红杏也有自己的尝试，也有自己的探索，突出地体现在他对表现对象的视角调整上，即所谓由外视角转入内视角，由客体展示主体。例如《刃的叙说》篇，本来要展示的是一位聋哑卖刀匠人艰辛凄苦的命运，作品写的却是刀刃自身的坎坷历程以及感情的跌宕起伏，通过刀刃对主人的感情唤起读者对聋哑匠人的深刻同情，较为别致。又如《两只果子》，写两棵树上的两只果子，长期遥遥相对，风雨与共，心心相印，相望了一生一世。如今，收获季节到来了，它们将被迫各自离去，运向市场，东飞伯劳西飞燕。临别的前夜，他们相对而泣，互嘱珍重。这比直接写一对恋人被强行拆散显然要高明得多，留给读者想象的空间以及由此产生的震撼力也要大得多。

视角的刻意调整，或许进一步调动了作者的艺术想象力，红杏一些诗作的独特构思，确实让人惊叹不已。例如，“思念”这份情感，自古以来，哪个人没有？哪个诗人不曾写过？然而，有谁能像红杏这样写道：“思念一个人，独倚床头，把她一件一件拆开。”“之后，再一件一件地组合，轻轻之中，生怕触动了最细小的神经，遗失一件最微小的螺钉。”“有的思念，被我拆开后便不忍组合或再也组合不上了。缘，往往在拆开和组合中，表现得十分完美，最经得起岁月的考验……”让你的阅历插上想象的翅膀吧，你一定会从诗人的精巧构思中获得许多共鸣，从而分享诗人的审美愉快。类似篇章还有不少，例如《影子》《名字》等等，均让人耳目一新，值得一再品味。

上述几点，也许初步铸就了红杏散文诗的基本个性和特色。而有个性、有特色的诗人是值得尊敬的，因为这既意味着智慧和创造，也昭示了诗作所拥有的生命力。当然，红杏的散文诗创作，也有值得商讨之处，在我看来，他的一些篇章失之过于空灵，一般读者很难理会，需要反复揣摩才能明白一二，这无疑会影响读者的审美情趣。这就要求诗人在表现方式上，努力架构与读者沟通的桥梁。其次，就整个诗集而言，倘若做些去芜存菁的工作也许更好，这里便不再赘述了。

精神的蜕变与坚守

——谈谈余同友的短篇小说

余同友是我省创作界进入新世纪后脱颖而出的一位青年作家。短短十来年，他在全国各地文学期刊发表中短篇小说90余篇，日益受到文学界关注和好评。较之他的中篇小说，我更欣赏他的短篇创作。

当今的文学创作界，小说似乎越写越长。20世纪后期，中篇小说风起云涌，跨入新世纪，长篇小说又铺天盖地，短篇小说少有问津，几乎成了被遗忘的角落，就连一些初涉文学创作的新人一出手就是长篇，似乎没有几十万字便不能称为作家。其实，这是很不正常的。记得20世纪80年代初，笔者作为《安徽文学》编辑进京组稿，有机会拜访了叶圣陶、丁玲、沈从文、臧克家、严文井等一批文学巨匠，他们的谈话给我一个突出印象，就是长风不可取，呼吁小说短些再短些。这些前辈大多已辞世，如果还活着，对当下浩浩荡荡的长篇之风，不知做何感想？余同友致力于短篇小说创作，弥足珍贵，我觉得应该给予特别的关注和鼓励。

对于余同友短篇小说创作，评论界其实已有人开始关注和探讨。就其题材和意蕴而言，有论者概括为“乡村的守望和忧虑”，或者“乡村诗意的书写和守望”。这些论说有一定道理，但我觉得还不够全面和准确。首先，余同友小说创作题材虽有不少来自城市，如《老魏要来》《暗劲》《鼻子》等等。其次，如果我们把审视的视角定位于农村，则限制了余同友小说研究的深化，削弱了其作品所具备的思想价值。仔细揣摩余同友的短篇小说，我认为作家的旨趣不是农村，而是社会，是人文，是人的精神的蜕变与坚守。

环顾当今社会，物质生活日益丰富，伦理道德却不断滑坡。人们拼命追逐金钱物质，精神操守却相对荒芜。在《燃烧的草垛》中，读者通过瓦庄草垛三个不同历史时期燃烧的故事，不难发现精神道德演变的轨迹。抗战时期，面对日本鬼子的淫威，瓦庄的妇女宁肯烧死也不肯从草垛里爬出来，她们捍卫自己的贞洁，展示了不屈不挠的民族气节。“文革”时期，面对恋人离开，瓦庄的小红无力阻拦，她活活烧死在草垛里殉情，讴歌的是刻骨铭心的情操。历史进入今天，瓦庄的草垛第三次燃烧了，这一次则是一对无耻男女在草垛里做皮肉生意，被人放了一把怒火。同样是一个村庄，同样是草垛的故事，物是人非，令人慨叹！

《老魏要来》讲述的是机关故事。平时大家无话可说，一提起老魏便兴趣盎然，煞有介事，热闹非凡。其实老魏根本不存在。作者用荒诞的手法提示了人与人之间的冷漠、空虚和戒备。《鼻子》描写了一个大学毕业生迷恋自己挺拔的鼻子，相信凭它能找到好工作、好对象，结果，生活中处处受挫，即便给鼻子重新做了美容术也依然如此，在极度失望之下而跳楼。小说提示了青年人被扭曲的人生观和价值观，由于精神空虚，缺乏信仰，处处充满挫败感。《暗劲》则写档案局办事员张克胜想为异地教书的妻子调动工作，无奈之下只好硬着头皮巴结教育局长。在一次同行中，局长心爱的斑点狗撒野，再三抓挠他，张克胜忍气吞声、强颜欢笑，以讨好局长及其妻子女儿。给局长送完礼金出门时，斑点狗再次扑向他，张克胜终于忍不住暗暗给狗狠狠一脚，狗在地上打滚，这一幕竟给局长夫人看到了，结局可想而知。小说揭示的是面对权势，知识分子的无奈、自惭以及屈辱。那使足“暗劲”的一脚，其实就是对社会不公的愤懑和宣泄，是对人格、尊严的捍卫。

如果说《老魏要来》《鼻子》以及《像大象一样消失》诸篇写的是对精神颓靡的揭示和批判，那么《暗劲》中张克胜那狠狠一脚，就具有人格苏醒的意蕴。再进一步发展，《暖坑》中的陈海深则是对传统美德执意坚守的形象。他不忘师徒之情，恪守做人道义，一丝不苟地为死去的前岳父暖坑，虽然谈不上有多么崇高，但较之于冷漠寡情的姐夫侯五一以及见利忘义的前妻李翠红，无疑显示了正直的情怀和道义的力量。而这，正是中华民族最可宝贵的品质。

《另外的那个西湖以及小青》是一部现代版的聊斋故事。小说运用第一人物，讲述公务员“我”的一次奇遇。“我”虽然买了新房，住进了高楼大厦，然而却精神委顿，患上了失眠症。有一次去湖中钓鱼，不经意走进了一座世外桃源似的小岛，遇见了纯洁美丽的渔家姑娘小青。“我”和小青栽花种菜，田园牧歌式地度过了一天，非常快乐。此后，每值周末公休，“我”都要去造访小青的渔舍。久而久之，“我”的精神状态发生了巨大变化：“自从有了小青这个渔舍，我的失眠症不治而愈，两鬓过早斑白了的头发又慢慢黑了起来，更重要的是，我的精神状况发生了很大变化。以前我很怕，怕同事会拱掉我这个科长的位置，更怕局长。这是一位强势的局长，骂下属就如同骂龟孙子一般。有一次，在全局科级干部会议上，局长对着我破口大骂，骂的内容直指我的祖宗们的生殖器官，对此，以前我只有低头听骂的份，可那次，我却面容平静地站起来，我对局长一字一句地说，胡大友同志，请你尊重我的人格，我是你的下属，同事，而不是你的龟孙子。所有开会的人都大吃一惊，局长愣愣地看着我，半天说不出话来。我则心平气和地坐下来，继续听会，会后，又心安理得回到办公室，该做什么做什么，我一点也不惊慌，我的心里坦然极了。”

小说虽然充满了神话般的迷幻色彩，但它却道出了一个真谛：人的性格和精神与人的生存环境密切相关。只有自然的和谐才能造就精神的和谐。现代工业文明不仅破坏了自然环境，也导致人的性格扭曲和精神异化。小说结尾，“我”的“乌托邦”在现实面前破灭了，一切回归现实，让人无可奈何，但作品对自然和精神的强烈诉求给读者留下了深刻印象，激励人们去打造新的文明。

当今，困扰我们社会的不是物质，不是温饱，恰恰是道德的滑坡和精神的弱化，它就像瘟疫一样侵害着中华民族的肌体，阻碍了华夏民族前进的步伐。试想，一位老人倒在街头，要不要去搀扶，需要举国上下来讨论，这样的民族能具有一往无前的力量而赢得世界的尊敬吗？一百年前，鲁迅先生就不断剖析国民性，希望引起疗救的注意。今天，面对某些人道德沦丧和精神颓废，号称人类灵魂工程师的作家岂可无动于衷？因此，当余同友将他的创作指向精神领域，默默诉说当代中国人的精神蜕变与坚守，呼唤人与环境的双重和谐，不仅显示了作家的敏锐和智慧，同时也昭示了作家的使命和责任感。这无疑值得人们的鼓励和尊敬。

纵观余同友的短篇小说，就叙事方式和表现技巧而言，风格不尽一致。其中既有传统的美学构思，也不乏现代派的试验。看得出来，他目前还处在左冲右突的探索阶段。

《小秘密》是一篇传统手法的佳构，集中体现了余同友的叙事特点：温润、含蓄，富有诗意。写的是一位留守少妇，对丈夫久久不归的抱怨以及红杏欲出墙的羞涩犹疑。那纯朴心灵的细微颤动，留守女人的精神落寞，少妇情感的含苞欲放，对丈夫不归的轻微叹息，以及对异性男子欲给还收的情感踌躇，淋漓尽致地描绘了一位闺中女子的美丽情怀。很久没读到这么精致的短篇小说了，我想，这篇小说即便同许多文学大师作品并列，也毫不逊色！

《老魏要来》《鼻子》《白雪乌鸦》以及《天花板上的狐精》诸篇则采用了怪诞、变形、梦幻、夸张等手法，体现了余同友的现代小说意识。这类手法的运用，扩大了作品的思想张力，加强了小说意蕴，效果别具。这类方式偶尔为之未尝不可，但不宜滥用，更不能形成套路。毕竟，国人有自己的传统审美习惯，先锋、荒诞等流派在我国当今文坛也似乎盛极而衰了。百花齐放，流派纷呈，是理想的繁荣景象。其中，现实主义包括批判现实主义，作为一家流派，命题虽说古老，却远远未到终结之时。

风格和特色是在创作实践中产生的，相信余同友一定能摸索出一条适合自己的创作道路，我们有理由热切期待。

2014 年

对地球与人类的别样审视

——评王国刚长篇科幻小说《嫦娥之梦》

浩瀚太空，茫茫宇宙，漂浮着无数星球。据天文学家估计，一个银河系就有二千多亿颗恒星、五千多亿颗行星。地球不过是其中之一，犹如沧海之一粟。地球上居住着人类，那么除了人类之外，宇宙还有别的智慧生命吗？外星人是否也可能存在？这个问题，长期以来一直困扰着各国科学家。探索外星生命，寻找外星人，也就成为当今科学界的一个热闹课题。就在笔者撰写此文的当天，搜狐网上有条新闻：《玉兔或遇外星人，月球卫星照片现人影》，说是美国媒体8月13号报道，有网友从立体月球地图软件“谷哥月球”收录的一张月球卫星照片里发现疑似人形影像，有人怀疑那可能是外星人的影子。消息真假姑且不论（当今虚假信息太多，媒体公信力大打折扣），但事件本身无疑说明公众对外星人关注和好奇的热情迄今不减。

其实，在科幻作家王国刚眼里，外星人不仅存在，而且就潜伏在地球的邻居月球的背面深宫里，已经长达数万年了。地球史上许多怪异现象，或多或少都与之相关。最近，他推出的长篇科幻小说《嫦娥之梦》，形象地为我们揭开了这个谜团。

以李志一为首的一支中国登月科考队，奉命勘探月球13号环形山氦13储存量。他们在月球背面偶然发现一个奇怪的洞穴。为了探寻究竟，李志一一行三人冒死深入洞穴，出乎意外地发现一个硕大的试验室。这是太勒星人在这里建造的一个观察实验基地。李志一等不速之客便成了外星人的俘虏。双方围绕审讯与反审讯、探究与反探究、劫掠与反劫掠之间斗智斗勇。为了迫使对方释放队友，留在月球地面上的科考队员用武力封锁地宫进出口，阻断外星人的补给和交通。冲突进一步激化，太勒星人与地球人险些擦枪走火。论智力，在太勒星人面前，地球人还处在蛮荒时代；论实力，就如同用长矛对付导弹，地球人自然不是外星人的对手。为了地球上 80 亿生命免遭毁灭，地球指挥中心下令不要以卵击石，轻举妄动。而太勒星人总部制定有宇宙开发基本原则，规定不接触、不干扰、不偏袒、不消灭宇宙任何生命。依据基本原则，鉴于月球基地已经暴露，太勒星人决定主动撤离月球。李志一等得以虎口生还，他不仅获得了外星人的大量绝密信息，还带回了太勒星人对地球人的善意忠告。

作为科幻小说，《嫦娥之梦》具备一般小说所有的文学元素：生动的语言，鲜明的人物形象，跌宕起伏的故事情节，扣人心弦的悬念等等。除此之外，它还具有通常小说难以企及的两个特点，即丰富的科学知识和独特的美学趣味。《嫦娥之梦》涉及天文学、宇航学、地质学、国防学、环境学，以及生命科学等诸方面大量学科知识，宛如一部百科全书，是一般小说难以望其项背的。它在构思上不受时空限制，让想象插上翅膀，天上人间，古往今来，任意遨游，纵情驰骋，极大地拓展了读者的审美空间，让读者不断地有所发现，并在发现中获得新的审美愉悦。

如果我们把对《嫦娥之梦》的评价仅仅停留在上述诸方面，显然还是不够的。这是因为，作为科幻小说，《嫦娥之梦》所具备的文学元素和特殊个性，其他题材的科幻小说，通常也都或多或少地拥有。因此我认为，《嫦娥之梦》的独特贡献，或者说它的特殊价值，就在于它蕴藉着一个宏大而又严肃的创作课题，即审视地球、审视人类。它其实是立足于太空平台，借助外星人的视角，反观地球，俯视人类，揭示身居地球而不识其真面目的地球人由于认识的历史局限性所导致的大量弊端，进而警示地球濒临毁灭的险恶处境。它从别样的角度告诫人类：面向未来，理智行事，爱护环境，珍惜生命。这显然具有非同一般的前瞻性意义。

太勒星人虽然神秘莫测，但据他们透露，他们的祖先来自大马星系旁边的弥哲系的赫星。赫星人在繁荣昌盛若干时期后，由于资源耗尽，环境恶化，出现了水污染、空气污染、固体垃圾污染、化学污染、电磁污染、海洋污染、温室效应、森林锐减、生物多样性减少、土地荒漠化、臭氧层空洞等，结果气候紊乱，暴冷暴热，灾难连绵，难以生存。后来，他们凭借高科技，经过多方探测和考证，陆续移民到太乌星系的太勒星球上，才得以继续生存和繁衍。

这看起来有些天方夜谭，实则是作者为地球人提供的一个借鉴标准。环顾今天的地球，面对的一系列环境问题同早先的赫星人状况非常相似，或者说简直就是赫星的再现。小说借助太勒星人德士坦博士之口，尖锐指出当今地球所面临的几个威胁：一是地球人制造储备了大量核武器，并且扩散到几十个国家，假如人类制造的 5 万多个核弹头有四分之一核爆炸，可将 9.6 亿吨微尘和 2.25 亿吨黑烟掀入空中，阳光为黑烟和微尘吸收，热气流飘向 30 公里高的同温层，将彻底破坏臭氧层，厚厚的烟云将使地球暗无天日，气温骤降，江河湖海冻结，动植物完全灭绝。二是地球人口与资源矛盾加剧，对地表的过度掠夺，导致以植物、动物、微生物为标志的生命现象大幅度减少。一旦环境恶化到不可逆转的地步，人类灭亡是必然的。三是瘟疫与重大疾病，以及目前还难以预见的从太空传入的疾病。往昔曾经肆虐的流行病和传染病，由于疫苗的出现而消失得被人类遗忘，但它们可能在细菌战、生化战中死灰复燃，卷土重来，让人类措手不及。与此同时，癌症、艾滋病、禽流感，包括目前正在非洲肆虐的埃博拉病毒等，也会成为威胁人类生存的恶魔。四是太空小星撞击，地球已有恐龙灭绝的先例。据观察和计算，尚有三颗小天体正在陆续奔向地球，若干年后有可能撞击地表。人类如果不提前防范，届时后果不堪设想。

这并非危言耸听。地球上有许多有识之士，也早已预判到地球面临的种种威胁，只是他们的再三警告似乎并未引起人们的重视。正如德士坦博士所指出：你们地球人对这些生死攸关、迫在眉睫的大问题似乎不大关心，却热衷于争抢领土，掠夺资源，争吵不休，战争不断，以强凌弱……种种表现让我们感到，在地球人基因的遗传密码里，携带着自私与侵略的本能。这种本能在原始野蛮时代是生命存活下去的优势，现在却成了阻碍你们超越自我、延续生存的障碍。其实，相对于全人类的存亡，你们窝里斗究竟有多大意义呢?

外星人德士坦这番话，犹如醍醐灌顶，值得地球人警醒！环顾当今世界，一些国际组织和国家领导人、政治家，口是心非，各行其是，嘴里高喊和平主义，暗地里扩军备战，不惜把有限资金拼命研制毁灭性的杀人武器；嘴里高喊防治污染，保护环境，暗地里你争我抢，拼命掠夺，恨不得掏空地球，哪管子孙后代！作家借外星人之口，道出了自己对地球现状的思考，体现了对全人类未来的忧患意识，而这正是《嫦娥之梦》的核心旨趣，它的积极意义不言而喻。

除此之外，《嫦娥之梦》还洋溢着强烈的生命意识。它对人类生命的关注和阐释，也不乏启迪意义。

太勒星人的个体生命长达200万岁，非人类所可企及。即便如此，他们仍不满足，他们飞行于太空的一个目的，就是到处寻找能与太勒星人基因匹配的外星智慧生命，希望借此能够培育出具有非凡适应能力，能在不同星球上生存和发展的“超宇人”。这当然令地球人神往不已。本来德士坦博士答应赠给李志一细胞活力素，借此可以大大延长地球人寿命，但太勒星总部不同意。他们认为，不同星球上的生命都应遵循自身规律，循序渐进地发展，任何外来帮助都会产生干扰，无异于拔苗助长。他说：“与基因工程突破后的长寿不同，依靠药物的长寿只是老龄化时间的延长，加重人类负担，不利于人口更新。倘若地球上尽是布满皱纹的老头和老太太，会延缓人类的进化发展，违反了优胜劣汰的法则，对现阶段的地球人来说，死亡，仍然是生命的保鲜剂。”

在太勒星上，性爱和生育是两码事。前者是所有人的神圣权利，后者则是少数精英的义务。优生优育，是基本法则。不像地球人，尤其是中国人，把传宗接代当作生命中最重要的任务。为了延续“香火”，穷人拼命地生育。富人则明娶妻暗纳二奶，甚至包养小三。细细想来，要生那么多子女干吗呀？生命不过是一段短暂的过程而已，人生没有多少特别的意义。所谓人生意义，不过是人类在特定时期、特定环境中集体提倡的一种概念而已。人啊，珍爱生命过程，努力地创造生活，享受生活，表现生活，愉快地度过属于自己的那段时间就足够了。

作品这种对人类生命的宏观思考和个体生命的微观感悟，虽说并非无懈可击，但却值得玩味。就宏观而言，它体现了族群意识和人类意识，为了全球生命的未来，人们需要不断进化和更新，努力寻找和创造生命的最优延续法则。就微观而言，人的个体生命只是一个过程，必须正确对待生与死，努力提升和打造生命质量。小说引用一个非洲蚂蚁的故事，说遇到森林大火，无数蚂蚁勇敢地抱成一团，努力滚过火场，外层蚂蚁烧焦了，核心部分的蚂蚁存活下来，得以继续繁衍。这故事形象地诠释了个体生命与整体生命的辩证关系。它给人们的启迪应该是：为了保存全人类，我们每个人都应该有责任意识和担当意识，即使赴汤蹈火，也必须在所不辞！

总之，《嫦娥之梦》是一部寓知识性、思想性和趣味性于一体的优秀作品，是作家王国刚长期致力于科幻小说创作的最新收获。这部作品对于引导人们正确认识和处理人与环境、个体与集体、现实与未来的关系，有着重要的积极意义。它对于宇宙充满想象力的描绘，对于开发月球美好愿景的诗意展示，这对于开启青少年的心智，开拓他们的眼界，激发他们献身科学、探索太空的热情，将会起到潜移默化的作用。

人类啊，快抬起来头仰望广袤的苍穹吧，浩瀚的宇宙里有多少神奇的奥秘等待着你们去探索呀！

2014 年

性格和命运的双重变奏

——长篇小说《农民工》赏析

据统计，我国农民工人数已达2.4亿，其中外出打工人员超过1.53亿。如此庞大的劳动大军，其生存状况一直为社会各界所关注，他们的酸甜苦辣也一直是人们的热门话题。安徽是劳务输出大省，阜阳又首当其冲。前不久，作家许辉和苗秀侠联合推出的长篇小说《农民工》，就是以阜阳为真实背景，追踪当地一批农民工的足迹，艺术地再现了他们求生存、求发展、求幸福、求尊严的人生之旅，展示了中国农民工的生存状态和精神风貌。

较之同类题材诸多作品，《农民工》不仅场景宏大，气魄雄浑，而且情节曲折，形象逼真，具有很强的艺术感染力。小说非常注重人物性格塑造，以个性化的语言和生活化的细节，不断地开掘人物的内心世界，在矛盾和冲突中描绘各种不同人物的不同性格和品质，进而揭示他们不同的遭遇和命运。

张如意和杨稳当是作品着力打造的两个人物。他们同出乡里，一起外出谋生，共住一个窝棚，彼此都追求女工刘丽芳，二人的结局却迥然不同。

女工刘丽芳，美貌聪慧，心地善良。张、杨二人都对她心仪已久，双方悄悄展开了爱情争夺战。张更多是在明里，杨则在暗地。一次杨乘张不备，偷偷把刘带往东北去淘金，企图来一个捷足先登。岂料落入了地下黑包工的魔掌，二人几乎丧命。张如意获悉后，毅然预支一笔工程款，单枪匹马，千里驰援，凭借智慧和勇气，把他们救出魔窟，逃离苦海。作品通过张、杨二人与刘丽芳感情纠葛的描写，生动地展示了他们不同的品性：一个敦实宽厚，勇于承担；一个偏狭自私，投机取巧。

张如意为了归还工程透支款，在东北给人扛木头，做苦力，历尽艰辛。他凭借自己的诚实和信用，赢得了上司的信任和同伴的尊敬，不但重新站住了脚，而且逐步组建了自己的劳服公司。他不计前嫌，不但重新接纳了杨稳当，还让他当自己的副总。岂料，在工程关键时刻，杨稳当竟然釜底抽薪，带走人马，另立山头，几乎陷张于绝境，即便如此，张还是宽容对待，忍痛成全。只是杨稳当自己不争气，偷工减料，搞豆腐渣工程，落得仓皇出逃。作品通过这一情节发展，进一步揭示了两个人不同的胸襟和品质。张如意由于诚信经营，乐于助人，渡过了一个又一个难关，不断化险为夷。在一次抗灾抢险中，他率领员工奋勇出击，自己身先士卒，险此殒命。他那不畏艰险、见义勇为的男子汉气概，感动了当地市民，赢得了爱情，也赢得了声誉，事业因此蒸蒸日上。而杨稳当急于暴富，铤而走险，违法制造假酒，最终沦为囚徒。有趣的是，案发时刻，杨公然向张再一次求救，张也义无反顾，再一次驰援，终因案情已不可逆转，二人在铁窗前互道珍重。至此，一个可谓仁至义尽，一个则是罪有应得。

作品通过张如意和杨稳当两个人物的形象塑造和强烈对比，诠释了性格和命运的相关性。打工者千千万万，境况大致差不多，机遇也相似，而各人命运却千差万别。其中最根本的因素是取决于自己的内在品质。诚实守信，乃立命之本；背信弃义，投机取巧，终究一事无成。这道理看似很普通、很简单，甚至是老生常谈。反顾当今现实社会，恰恰是最简单、最普通的道理被人们忘记了、忽略了，以致弄虚作假成风，欺蒙拐骗横行。老人晕倒街头，没有人敢于上前搀扶，为什么？怕受骗上当。假作真时真亦假。的确，有些东西真应该从启蒙开始。

张如意最后由于目睹青壮劳力大量外流导致农村呈现的种种弊端，毅然决定回乡创业，就地办厂，造福乡里。老一代农民工携带资金和技术回乡创业，无疑会推动农村经济发展，缩小城乡差距。但是，中国城市化的进程不会就此结束，工业化的车轮还会继续飞转。新一代的农民工势必还会诞生和成长。较之于父辈，新一代农民工在文化和技术上占有优势，起点会更高，对社会也会有更多的诉求。无论未来的道路怎样展现，个人的命运坎坷跌宕仍旧难以避免。在他们出发前，必须汲取父辈的经验教训，努力打造自己的精神和品质，让血管里充盈着道德的血液。

我想，或许这正是《农民工》这部作品创作的初衷吧！

2011 年

淡雅的生活画　温馨的亲情歌

——读王庆云散文集《家事春秋》

王庆云先生是东至县一位退休干部，花甲之年刚刚加入省作协，是我省文学创作的一名新兵。我们可不能小觑这名新兵。他继《尧乡散记》《东至古今》两部著作之后，新近又由中国文学艺术出版社推出了散文集《家事春秋》。从这部作品中，我们不但能读到情，读到真，读到美，还能读到学识，读到思想，读到境界。这是一部格调高雅、韵律生动的散文集，其文学品位和语言功力都达到了相当水准，某些篇章甚至堪与文坛骁将争高低。这说明，文学队伍不能论资排辈，其中既有少年才俊、一鸣惊人，也有厚积薄发、大器晚成。文学的起跑线公平公正，男女老少，一律平等。

《家事春秋》分“老家印记”“小家素描”“牵手岁月”“生活随笔”四个小辑，共收录散见于各地报刊短文百余篇，全系作者退休之后对自己60年生涯的盘点之作。人生就是一部书，我们每个人都有属于自己的书。年年岁岁，是书中的一页；日日夜夜，是书中的一行。有的人善于及时采撷，点点滴滴，随手拈来，林林总总，蔚成大观；也有的人善于沉淀，春华秋月，云卷云舒，尽收眼底，蓄之储之，酝之酿之。一般说来，前者展示的是鲜灵活脱的我，以激情居多；后者铸造的是饱经风霜的我，以厚重见长。读王庆云的作品，我觉得他无疑属于后者。

作者以饱蘸感情的笔墨，为我们描绘了孕育他生命的摇篮——江南群山褶折中的一个小山村。这里有石桥、小溪、老屋、古木、竹林，还有那富有诗意的乡音、纯朴的乡情、充满人情味的乡间风俗以及独具民族特色的民间文化。所有这些，都刻印着他的天真的童年，凝结着他赤子般的爱。作者在人生的秋天，为我们展示这幅淡雅的生活画卷，当然不仅仅是怀旧，这里深深埋藏着他的精神寄托。环顾周围，当人们对城市的喧嚣、世俗的奢靡、人情的寡淡，普遍感到疲惫和厌倦的时候，几乎都毫无例外地渴求有一片属于自己的宁静的精神家园。作者历经长途跋涉，饱经风霜，童年和故乡，很自然进入他的视野，成为他最为系恋的一节。然而，童年毕竟遥不可及，故乡也并非静止不变，从作者几次回乡的不同经历，我们依稀感觉到，“任是深山更深处，也应无计避征徭”，现代污染伴随着现代文明，几乎渗透到大地每个角落，故乡再也不是童年的故乡了，生活中再也寻觅不到世外桃源。于是，字里行间，我们读到了作者淡淡的忧伤和深深的无奈。

人毕竟是感情动物，没有感情的生活不是人的生活。人到老年，尤其需要感情的温暖和心灵的慰藉。童年的故乡渐行渐远，思亲之情则与日俱增。回首往事，温暖心田的还是那挥之不去的亲人和亲情。所以，奶奶的床头柜，父亲的扁担，母亲的背影，还有小叔临终的嘱托，都成了作者回忆和品味的对象。这些饱浸情韵的文字，不但为我们塑造了中国劳苦群众勤劳质朴、坚忍不拔的生动形象，揭示了山村农民善良本分、任劳任怨的基本品格，更重要的是为读者谱写了一曲温馨的亲情之歌。它确信无疑地告诉人们，人间自有真情在。这一点，在作者夫妻的情感生活中体现得尤其明显。百余篇文章，有关妻子的达17篇之多，从青年时期初次看见那位“头上盘着两条大辫子，戴着一顶花头巾，腰间系着红布绳”，弯着腰在秧田里飞针走线的妙龄姑娘。到洞房花烛夜悄悄把花盖头塞在新郎手中的美丽新娘，乃至经过几十年的含辛茹苦，“那往日雪白如玉的小手已经变得粗糙如树皮，清秀红润的脸庞已经面带茶色”的家庭主妇，作者始终充满柔情蜜意。特别是步入老年之后，夫妻间仍旧相濡以沫，琴瑟和谐：妻子为他打来洗脚水，他为妻子刮刮背；白天外出，妻子为他披上寒衣，夜间上床，他把妻子双脚夹在腋下捂捂暖；河堤上散步，老夫老妻手挽着手；厨房里忙碌，一对伉俪肩并着肩。平时稍有分别，总是你不放心我，我更牵挂着你……那情那景，那恩那爱，绝不亚于青年夫妻。显然，作者在经历人生的风雨跋涉之后，终于找到了一处精神的港湾，享受着自己的天伦之乐。这无疑是值得羡慕的。在我的印象中，能如此柔情似水地写自己妻子的作家并不多，除彭拜先生及其《黄昏恋》，王庆云或许是第二人。这当然值得尊敬。面对朝秦暮楚、视婚姻如同儿戏的时尚男女，它至少昭示了什么是忠贞，什么是情操！

做人，需要有一个境界，而境界是学不来的。境界只能用生命去体验，用阅历去打造，用知识去积累。从“生活随笔”诸篇中，我们也看到，王庆云退休之后，处境大变，由前呼后拥变为形影相吊，由门庭若市变为门可罗雀，巨大的落差使他感到寂寞，一度很不适应。好在他有一个嗜好，就是读书，“门前冷落好读书”，平时苦于应酬而想读未读的书，这回终于有了涉猎的机会。“躲进书房成一统，在那个独属于我的王国里，沏一杯香茶，捧一本好书，自我陶醉地闻着书香茶香，心境与文字互为水乳，似细雨润物，如春蚕食叶……”与古人交谈，与学者探讨，与哲人切磋，心旷神怡，眼界大开，“对任何事物也就能拿得起，放得下，甩得开，精神的云天，就会变得晴空一碧，云卷云舒”。读一读他的《雨窗听茶》：茶杯里的茶叶是刚放的，水也是刚煮的，沸水泡新茶，只一眨眼工夫，就发出了极细的、近乎呻吟般的声音。倘若你伏下身去，站在青花杯旁，你不敢相信自己的耳朵，也不敢相信自己的眼睛。只见茶们激动了，它们躺在沸烫的水面上，刚才还静若处子，此刻却动如脱兔，正在与命运遭遇，它们在沉浮其间，它们正不动声色地生活，在无人喝彩地歌吟……

我们只知道茶可以泡，可以品，甚至可以闻，可有谁听说过，茶还可以听？倘若不是绚烂之极，归于平淡，修得心静如水，能够达到这般神奇境界吗？足见作者大开大阖之后，明白“日中则昃，月盈则亏”，懂得抱残守缺，安身立命，淡泊晚年，心态极其平和，从而“抬头看看天，天瓦蓝瓦蓝的，低头看看树，树翠绿翠绿的，再看看院外的世界，五彩缤纷，生机盎然”，这应该是一种怎样的惬意哟！

所以，我愿意奉劝世人，尤其是从工作岗位上退下来的老年朋友，读一读王庆云先生的《家事春秋》吧，看一看那淡雅的生活画，听一听他那温馨的亲情歌，你一定会有一份清凉的享受和意想不到的收获。

2004 年

文学的道德关怀

——浅谈汤国建的小说创作

我们正处在一个急骤变革的时代。生产关系和经济结构的根本性调整，必然导致社会关系和价值观念发生深刻变化。

精神的迷失和信仰的缺乏是非常危险的。它必然会影响到人们的价值取向和行为准则。时下所普遍蔓延的腐败、堕落、欺诈、颓废、奢靡、自私等等社会弊病，已引起有识之士的广泛关注和深刻忧虑。许多敏感的作家通过自己的文学作品，对此类现象进行了大量的揭示和鞭笞，体现了强烈的社会责任感。然而，仅此似乎还嫌不够，人们对于作家抱有更高的期望，希望他们更积极地调动文学的特殊功能，塑造更崇高的艺术形象，自觉地参与道德的重构，净化社会环境，提升民族素质，以体现更深刻的道德关怀。

我们在这样的层面上欣赏汤国建的小说，便会很自然地感受到它的特殊价值。

《冰排上的英雄》描绘的故事发生在 1973 年。驻守黑龙江边防的解放军排长计国信即将转业，在最后一次执行任务时，猝不及防地被困在提前开江的冰块上，漂向敌方。孤立无援的计国信面临生与死的抉择。求生，很容易，只要一伸手，盘旋在头顶的对方直升机就会把他救起，那样他就成了俘虏，进而可能被当作恶意宣传材料，给祖国带来耻辱。而死亡，对于一个年轻的生命来说，那又该需要何等的勇气！作者在表现手法上似乎并没有刻意写英雄。在平静得不带任何感情色彩的娓娓叙述中，我们看到的是一位普普通通的边防军人，他有自己的酸甜苦辣和喜怒哀乐，就是这样一样活生生的边防军人，为了不给家乡父老丢脸，毅然选择死亡，且是那样平静，那样从容。作品委实让人扼腕长叹，唏嘘不已。

《鸟兵任万和》与《边城轶事》是姊妹篇，写的是同一个人。前者写当兵的任万和，平时不修边幅，吊儿郎当，连长骂他是“鸟兵”。任万和对连长也恨之入“骨”。有一次，连长带领几名战士狩猎，一头受伤的大野猪张开血盆大口，伸展四只獠牙，直扑连长。就在这千钧一发之际，恰恰是鸟兵任万和，一个箭步冲上前去，勇猛救下了连长，而他自己却倒在血泊中。后者则写的是经商的任万和。任万和退伍后，几经周折，干上了边境贸易。他凭借自己的聪明才智，在商海里沉浮，有着传奇般的经历。有一次，任万和不慎采购了一批假货，既给俄罗斯客户造成了损失，自己也栽了一个大筋斗。他硬是凭借坚忍不拔的毅力，终于重新站了起来。当他再次赚了钱以后，就千方百计找到那位上当的俄罗斯客户，把两年前对方的损失如数补还给了人家，从而赢得了俄罗斯人的尊敬和友谊，生意因此也越做越红火。

把前后两篇小说统一起来，我们发现，贯穿任万和性格内核的其实是“信义”两个字。任万和无论是当兵还是经商，都坚持“以信为本，以义为先”，体现了他的人格魅力。环顾当今社会四处弥漫的自私和冷漠、欺诈及拐骗，任万和的艺术形象无疑具有立此存照的深刻含意。

汤国建是一位比较有个性的作家，其创作个性除了体现在上面提及的小说的立意和叙述方式上，也还体现在地域特色上。他在东北当过兵，有着较为丰厚的生活积累，他熟悉部队生活，熟悉东北的风土人情，对少数民族的习性尤其有独特的体验。因此，他的作品总是洋溢着浓郁的地方风情。

2002 年

文艺，当为国民添钙

——《台湾首任巡抚刘铭传》观后感

电视剧《台湾首任巡抚刘铭传》以刘铭传保卫台湾、建设台湾的历史业绩为基本内容，着力塑造了一位热爱祖国、不畏强权、敢作敢当、大义凛然的民族英雄形象。这是一部很适时宜的电视佳作。它的问世，不仅给甚嚣尘上的“台独”势力以及国外的反华势力当头一棒，具有很重要的现实意义；同时，也给萎靡不振的文艺舞台输送了一股阳刚之气，让人们精神为之一振！

改革开放二十多年来，我国面貌发生了翻天覆地的变化。一方面，经济迅速腾飞，综合国力大大增强，人民生活水平有了较大提高；另一方面，随着社会转型，人们的价值观念急剧裂变，商品经济对人的精神文化侵蚀日益显现。贪污腐败时有发生，诚信发生危机，金钱和享乐成了某些人追求的时尚目标，社会道德水准有所弱化。环顾周围，我们不难发现，这些年来，关心国家前途命运的人少了，关心小家庭的多了；关心集体和他人的少了，关心个人利益的多了；路见不平、拔刀相助的少了，见死不救、明哲保身的多了；艰苦奋斗、无私奉献的少了，贪图享乐、损公肥私的多了。在年轻人中间，有些人精神颓废，人生观模糊，崇拜金钱，把英雄、劳模视为傻帽。更有甚者，身披日本军旗误以为美，不知国耻、气节为何物。试想，一旦大敌当前，国家危难，我们能指望那些软骨病患者慷慨捐躯，筑就血肉长城吗？

必须指出，面对金钱社会的巨大诱惑，一向洁身自好的文学艺术似乎也低下高贵的头，日趋世俗化和媚俗化，乃至出现了“用身体写作”“欲望化写作”、色情打斗、无聊戏说之类迎合消费时尚、格调低下的创作现象。那种慷慨悲歌、气壮山河、催人奋发的作品，无论是在银幕上，还是在书刊上，于今是越来越稀少了，取而代之的不是轻歌曼舞，就是缠绵悱恻。当然，轻松娱乐的节目不能说不要，言情说爱也有其审美价值。问题在于，如果充斥国人眼帘的只有阴柔，没有阳刚，不仅文艺舞台显得单调，就从文艺陶冶情操、净化心灵计，长此以往，我们的子孙恐怕很难找到几个“力拔山兮气盖世”的英雄，更多的只是八旗子弟之类了。这不能不让人感到忧虑。

居安不忘思危，世界还不太平。最近，就有人倾巢调动舰队，在我国门口耀武扬威。一切有责任感和使命感的文艺家，应该从振兴中华的长远利益着眼，更多地塑造刘铭传这样的民族英雄形象，为文艺舞台增添一点阳刚之气，为炎黄子孙增加一点强筋壮骨的“钙”。

2004 年

跻身松梅应无愧

——浅谈周根苗和他的《远行杂赋》

周根苗是共和国同龄人，论年纪不算老，他置身新闻生涯已逾30年，论资历则是一位名副其实的“老记”。在我的印象中，他敦厚朴实，胸襟坦荡，做事认真，为人谦和。最近，偶然读到他的诗集《远行杂赋》，不仅进一步加深了上述印象，而且从中还读到了精神，读到了境界，益发感受到他的人格魅力。

根苗长期主持报纸副刊，为经营这块文艺园地，他几乎倾注了毕生心血。许多文学青年正是从这里破土而出，登上文坛，长成参天大树。许多新老作家的创作成果，也正是在这里得到推介和展示。根苗本人也是作家，迄今发表的各类作品达200万字之多，仅结集出版的就有《热恋狂潮》《世情碎语》和《岁月履痕》等小说、散文及杂文随笔。遗憾的是，鲜有像他关注别人那样得到相应关注。诗集《远行杂赋》的命运也一样，问世11年来一直陷入冷落一族，未见媒体提及。凭根苗的工作条件，找人写篇“吹捧”文章，应属不难，而他却从不愿意。那默默耕耘、不事张扬的性格，由此可见一斑。

在我看来，《远行杂赋》其实是一部充满人格力量的披肝沥胆之作，其品位和格调绝非市场上某些自卖自夸者所可望其项背。

《远行杂赋》收录诗歌100首，系作者1972—1992年部分作品。此间20年，正值中国社会大动荡、大变革，是一个光怪陆离、天翻地覆的时期。根苗感时抒怀，记录的是自己心灵的轨迹，物我相映，当然也折射出

20年间的种种世态风云。

20世纪70年代初期，面对文革的混乱状况，作者既忧且愤，他写道："闹市风云频招愁，国事横心不胜忧。千秋功罪妄评判，岂能一纸付东流?"（《无题》）对于那些趋炎附势、认贼作父者，作者极其不屑："秋风萧萧百叶寒，黄叶痴情死心攀。纵然树大根基阔，有朝一日总分家。"（《秋风黄叶》）后来树倒猢狲散的历史事实，完全印证了作者的预见。而对于不肯随波逐流的正直人士，作者则寄予深深的同情和安慰："百树逢春争姿色，唯有枯藤默无声。疑为从此老将至，不日新绿掩院庭。"（《葡萄枯藤题记》）"文革"期间，各色人物粉墨登场，乱哄哄，你方唱罢我出台，作者冷眼旁观："奔波碌碌百事累，高枕酣酣糊涂移。一夜冷雨嚣嚣过，人间又尽几局棋。"（《无题》）这些诗句，蕴藉着血性，洋溢着爱憎，有胆有识，掷地有声。读者若非亲历那个疯狂且恐怖的时代，则很难悟出其真正的分量矣！

改革开放之后，盘旋在作者心底的阴霾为之一扫，面对城乡面貌的变化，他欢欣鼓舞："国运欣欣起东风，南疆北域佳气同。天时晴和千城秀，地利流年万方馨。同歆前贤找重鼎，齐护新竹破长空。精励弄潮圆夙梦，共图小康思飞腾。且歌且舞说时世，九州快马举太平。"（《南行感赋》）对于人民群众生活的改善，他更是满怀喜悦："百式霓裳千般裘，飞红流翠再难收。五光十色呈盛世，通衢陋巷尽风流。"（《闹市行》）于是，作者不断鞭策自己，要报效伟大的时代："常谋文采布真情，齐家治国悄无声。东风日暖顺民意，更作前卒赴征程。"（《和池州挚友》）这类诗篇还能举出很多。至此，我们不难看出，一位心系祖国冷暖，与人民同呼吸、共命运的诗人形象，已经跃然纸上。

进入20世纪90年代，社会转型，价值观和人生观出现大裂变。面对时尚消费的种种诱惑以及周围一些人的颓唐沉沦，作者又以《冬青咏》赞颂崇高的道德操守："万木萧瑟三九天，唯君勃发似夏前。绿肥时节总宁静，坐看七采任嚣喧。风刀雨箭虬枝壮，霜欺雪压素叶鲜。跻身'三友'总无愧，自甘默默享天年。"

熟悉周根苗的朋友都明白：冬青，其实就是作者人格的真实写照。

2004年

坚守，信仰的力量

——谈长篇小说《坚守：1941》

为祭奠“皖南事变”70周年，我省青年作家郭明辉最近推出长篇小说《坚守：1941》。作品着重描写在那白色恐怖的日子里，面对敌人的反复搜捕围剿以及血腥屠杀，新四军的一批幸存战士，在当地群众掩护下，坚持就地开展游击战争，他们历尽磨难，不畏艰险，与敌人斗智斗勇，巧妙周旋，以百折不挠的英雄气概铸就星火燎原之势，最终迎来了全国解放的曙光。

相对于当今社会价值观裂变下的世俗化倾向，以及相对于经济利益驱动下的文艺创作娱乐化倾向，《坚守：1941》的问世，无疑值得人们关注。这部作品题材严肃，基调昂扬，蕴藉着阳刚之气，具有催人奋进的精神力量。作品在敷演艰难曲折的斗争故事的同时，着重把笔触深入人的内心世界，旨在刻画人的内在精神品质。以刘赣元为代表的一批新四军战士，之所以能在险恶环境里夺人坚守，不畏牺牲，就是因为他们内心有一个坚定的信念：抗日乃民族大计，制造内讧不得人心，正义终将战胜邪恶，革命最后一定会胜利。有信仰就有坚定意志；有坚定意志就有强大精神动力。面对困难，不妥协；面对牺牲，不畏惧；面对诱惑，不动摇；面对情感，不迷失。刘赣元之所以能坚守成功，新四军之所以能置之死地而后生，中国革命之所以能走向胜利，无不昭示信仰的巨大力量。所有这些，势必也会启迪激励今天身处逆境的每位读者，启迪激励改革进取中的每个中国人。只要我们不迷失方向，只要我们不丢弃精神信仰，无论世事如何艰难曲折，前景终究会光明灿烂。

以历史眼光看，“皖南事变”是抗日战争中国共两支政治力量的一次搏击，是国民党顽固派制造的一起反共事端。越过时空，如何把握和审视这段历史，应该是《坚守：1941》创作中的一道难题。弄不好会剑走偏锋，落入世俗化和概念化的窠臼。作者借助人物形象塑造，较好地化解了这道难题。作品除着力刻画刘赣元等一批新四军战士形象之外，还塑造了冯和平和丁玲这对兄妹形象，一个是国民党“剿匪”团长，一个是新四军女战士，他们政治上对立，却又骨肉相连。冯和平本来就对国民党的“消极抗日、积极反共”政策心存疑虑，却又不得不陷入“军人以服从命令为天职”的矛盾痛楚之中，最后在亲情和正义的感召下幡然醒悟，投身起义。冯和平的形象无疑具有象征意义。从另一个侧面印证了正义和信仰根深叶茂，源远流长，坚不可摧。

小说演绎的是重大主题，但在叙事方式上采取了朴实、近乎通俗的创作手法，惊险的武装冲突中伴随着叛徒卧底、情感纠葛等情节。敌我交锋中你中有我、我中有你；腥风血雨的情境里不乏男女恋爱、兄妹柔情。这种刚柔相济、一波三折的情节处理，无疑适应了普通读者的审美需求，使作品具备了广泛的可读性，这或许不失为小说的一个特色。

郭明辉是我省一位才思敏捷、笔耕勤奋、成果丰硕的青年作家。短短几年来，他连续推出了《男课》《女经》《茶魁》《老板娘》等长篇小说以及一系列中篇小说，其中《寻找一棵树》《老板娘》等佳作均引起广泛关注和好评。最近，他又在酝酿创作“信仰”三部曲。我们有理由期待他为中华民族的文化建设不断加砖添瓦，有更多优秀作品问世！

2012 年元月 6 日

古韵写新篇

——李望鸿《烟柳渡吟稿》序

中国乃泱泱诗歌大国。自第一部诗歌总集《诗经》诞生已降，绵绵数千载，作品之多，作者之众，读者之广，恐非数字所能衡量。及至唐宋，中国古典诗词更是将这一语言艺术推向极致，达到了炉火纯青的巅峰境界，成为中华民族不朽的文化瑰宝。后人自知难以望其项背，便向其他艺术形式开拓，于是便有了戏剧，有了小说，有了电影、电视等等。当然，一个时代有一个时代的美，每个时代都会造就引领自己风骚的独特艺术样式，这也是创作规律使然。

中国古典诗词讲究平仄、对偶、叶韵，有一套严格的创作法则。正是这些法则，打造了汉语言艺术独有的形式美。读者不但能领略作品的内容美，还能感受到音韵铿锵，朗朗上口，内容与形式高度和谐统一。然而，这一套严格的创作法则却也限制了创作的自由发挥，乃至“吟成一个字，捋断几根须”，吟诗变成了苦差事，甚至出现因文害意的弊端，所以后人多不取。

“五四”之后，中国诗歌创作兵分两路，一路是伴随白话文运动，自由体诗歌兴起，犹如分行的散文，完全口语化，这类诗歌占据后来创作的主导地位。另一类则把格律诗加以改造，即借鉴其五言、七言、叶韵等某些形式，不太讲究平仄和对偶，形式较自由，俗称“打油诗”大致属于这一类。两支队伍并驾齐驱，各有千秋。

李望鸿先生的诗作，基本属于后者。《烟柳渡吟稿》收录诗、词、赋近百篇，这些作品运用了古典格律诗词的某些形式、句式，包括词牌，但又不拘泥于陈规，显得比较洒脱，不失音韵节律美。在旧体诗词的改造运用方面，得心应手，应该说较为成功。

给我印象深刻的是诗作的内容，作者视角非常广阔，国际风云，国家大事，百姓生活，无所不包。有名山大川记游，有文朋诗友唱和，有触物怀古，有褒贬当今。目之所及，耳之所闻，足之所至，心之所感，几乎皆能涉猎成篇，诗之志之。一部诗稿宛如一部心灵史，我们从中读到了忧国忧民、正直和勤奋，当然还有才华。他的《九华山赋》，采用僧客对话形式，把九华山古今风貌铺陈开来，万千气象统揽笔底，音韵铿锵，气势磅礴，充分体现了作者深厚的文学修养和艺术功力，令人赞叹。

李望鸿先生虽然年逾花甲，退休之后仍然笔耕不辍，继《鸿影集》出版之后，又推出《烟柳渡吟稿》，诗作颇丰。我觉得这不单纯是兴趣，更是一种境界，是一种精神追求和操守。在一个欲望横流的世俗社会里，李望鸿先生无疑值得我们尊敬和效仿。我们期待他有更多更好的诗作问世。

2014 年

窗外风景莫错过

——陈春明《阅读人生》序

20世纪80年代起，中国社会开始进入转型时期。短短20多年，经济、政治、文化以及社会生活的方方面面都发生了翻天覆地的变化。这变化，既让世界瞠目结舌，也使国人惊喜不已。面对日新月异的现实，潮起潮落的人生，人们似乎有说不完的话题、讲不完的故事。文学期刊纷纷问世，大小报纸乘机扩版，凭借这些园地，一批方学新人脱颖而出，纵情驰骋，从而造就了新时期文学欣欣向荣的新局面。

在新时期的文学创作中，散文或许是最为活跃、最有读者、最为广泛的文学样式。这首先是因为散文轻便灵活，形式自由，适合于初涉写作的男女青年。其次，新旧交替时期的丰富多彩的生活、裂变的价值观念以及戏剧化的人生，为散文创作提供了无穷无尽的题材，信手拈来，便能涉笔成趣。此外，由于生活节奏加快，人们用于阅读的时间有限，那种篇幅短小、言之有物的散文随笔，借助报刊传媒走进千家万户，很自然地成为“快餐文化”，拥有较广泛的市场。所以，这些年来，多种散文作品风起云涌，一批批散文作者崭露头角，成为当今文坛一道亮丽的风景线。

陈春明就是这时期涌现出来的一位青年作者。

陈春明出生在桐城，自幼受到桐城文风的熏陶，酷爱文学。他勤奋好学，敏于思考，无论是在学校的讲台上，还是在机关的宣传岗位上，他都坚持把对生活的观察和看法随手记录下来，形成文字，付诸报端，于是，渐渐就有了一定数量的散文、随笔和短论。现在，他又把这些文章整理出版，于是，就有了散文集《阅读人生》。

陈春明把自己散文集定名为《阅读人生》，我觉得挺合适，也挺有意思。人生的确是一部书，一部厚得不能再厚、玄得不能再玄的书，可谓变幻莫测、奥妙无穷，值得反复阅读和品味。环顾我们周围，那些从贫穷到暴富，从走红到沉沦，从权贵到囚徒，从精英到渣滓的大起大落的悲喜剧难道还少吗？人生其实就是一台戏，“舞台小天地，天地大舞台”，我们每个人都在社会生活中扮演一定角色。演艺界历来有两个流派：一派认为演员就是角色，要求演员完全沉浸角色而忘却自己；一派认为演员就是演员，要时刻意识到自己在塑造某个角色。这两个流派，在人生的大舞台上，其实也存在。我无意判断他们轩轾优劣，不过，我觉得意识到自己是在演戏，是在充当某一个社会角色，也许更聪明些，至少更清醒些。那些到死也不知道“我是谁”的人，其实挺可悲的。

能够把人生当作一部书来阅读和品味的人，应该是活得比较潇洒的。《阅读人生》这部作品中，的确不乏开启智慧的篇章。例如，《善于发现》一文就颇有见地。作者指出，人生的快乐不只是实现某一目标，而是在于不断追求奋斗的过程之中。生活中只有善于发现，懂得欣赏，才能使自己更充实、更幸福。人生其实就是一列高速行驶的列车，每个人的终点站无一例外的是死亡。你不要以为人注定要走向终结而拒绝乘坐这部列车，重要的是，你要学会欣赏沿途窗外的一道道风景，它将使你有限的生命变得充实而快乐。作者告诫人们：“尘世中匆匆的过客，请在人生的道路上放慢生活的节奏，用眼用心去发现身边的风景，悠悠地欣赏人生旅途中的每一段风光，那么我们生活就会永远姿态万千、生机盎然。”作者把自己的阅读体会写给读者，相信会给人们以某种启迪，从而更清醒地对待人生。我想，这或许就是这部作品的意义所在。

2002 年

纯粹的文学热诚

——《春天，我们收集了诗美》序

方雪松是曾经的池州师范专科学校的教师。我与他有过几次接触，对他的创作情况原先知之并不多。前些日子，他把即将付梓的书稿《春天，我们收获了诗美》送给我看，并嘱代为作序。其时，适值我正参加筹备全省文艺理论座谈会，兼之父亲重病卧床，心神有些不宁，此事便被暂时搁了下来。及至日前会议结束，我才得以坐下来读完这部书稿。老实说，我有一种新发现的喜悦，为方雪松的学识才气，为他的理论修养，为他在文学批评领域所达到的境界。同时，也由此生出些许惋惜：凭他文学批评的深厚造诣以及蕴藉的重大潜力，方雪松本来是完全有资格参加这次全省文艺评论家聚会的。他错失这次机会，是我们组织者的疏忽，是我个人的失误。

《春天，我们收获了诗美》收集了作者评论文章约50篇。其中，有对文学创作规律的宏观探讨，也有对具体作品的深入剖析；有对前人经典作品的美学鉴赏，也有对当代作家创作的中肯评说，展示了作者丰富的学识、深厚的文学功力以及很高的鉴赏水平。方雪松的文笔，清新流畅，他虽然身居学府，却没有通常那种“掉书袋子”的学究气，非常难得。这里，我还想特别强调的是，作品所评论的对象中，当地的作者，尤其是青年作者占了相当大的比重。从中，我似乎读到了一个信息：作者并不刻意追求当一个文学评论家，他写评论纯粹是由于对文学事业的热诚以及为之奉献的精神。

这样说，仿佛有些落套。其实，根据我个人的体会和一些同仁的经验，当今文学批评队伍所缺乏的，或者说应该大力提倡的，恰恰就是这种精神。商品社会，非常讲究经济效益，崇尚低投入、高产出。写文学评论，需要对文本深入阅读，甚至要对作家创作进行全面研究，经过分析、比较，提炼成观点，然后铸成文字。所耗费的时间和精力自不必说，文章写成，能否发表还是个问号。即便见诸报刊，按字计酬，稿费所得或许还不够买几包香烟。经济效益绝对划不来。或许，这正是当今文学评论萧条冷落、评论家销声匿迹、评论队伍溃不成军的重要原因。须知，创作与批评原是文学的两翼，缺乏文学批评的引导，创作水准也难以提高。环顾近几年的文坛，沉渣泛起，怪论迭出，这与文学批评的缺席以及文学批评独立人格的丧失，不无关系。

应该说，池州地区文艺界是幸运的，既拥有自己的作家，也拥有自己的批评家。创作与评论相互推进，比翼双飞，其桃李满枝、新人辈出，也就不奇怪了。对于方雪松，我只是期望他视野更开阔些，目光更远大些，不仅要关注当地的文学创作，同时也要关注全省乃至全国的文学创作。凭借他的实力和潜能，我相信他完全可以为祖国的文学事业做出更大的贡献。

2000 年

一段艰险之旅

——评张守志长篇小说《天道》

一群贪官污吏，利用职权贪赃枉法、骄奢淫逸：凭借关系网，上下勾结，为所欲为；终因天怒人怨，恶行败露，落得丢官殒命的可悲结局。这是现实生活中许多腐败官员的基本运转轨迹，也是当下许多反腐小说的大致情节脉络。张守志新著《天道》，其故事框架亦属比例。尽管如此，这部作品仍不乏其独到之处，值得一读。

这部小说洋溢着浓厚的纪实色彩，所描绘的几个贪官的发迹过程，色厉内荏的嘴脸，巧取豪夺的行径，以及为掩盖罪行不惜采取黑道的残暴手法，读者都不难从现实生活中找到大量的印证。迄今，众多法庭所公布的无数审理材料，都为作品提供了最好的注脚。作品对于中纪委调查组秘密调查取证过程的描写，更是真实到可以当作报告文学来读，充分揭示了突破黑恶势力封锁的艰难险阻，展示了正义与邪恶的激烈较量，惊心动魄。

作品不单纯演绎故事情节，更注重刻画人物性格和人的命运。贪官有其逐步演变的内在性格逻辑和外在诸多环境诱因，受迫害群众有其不甘蒙受欺压、奋起与邪恶抗争的强烈诉求。美与丑、正义与邪恶，不可能长期和平共处，必然要发生冲突。小说把这一切熔铸于人的命运的跌宕沉浮，以人的命运主宰情节的发展，在情节的发展中展示人的命运。作品蕴藉着浓厚的人文色彩，具有一定的审美价值。

值得强调的是，《天道》把民告官设置为核心内容和基本情节，对村民三次上访告官的艰险历程进行了详细的描绘和生动的展示，这是《天道》区别于其他反腐小说的主要特色，也是这部作品最值得探讨的思想价值。

单湾村党支部书记兼村委会主任苏伟，依仗姐夫丁浩是市委书记，横行乡里、侵吞公款、强奸妇女、故意杀人，无恶不作。村民被逼得走投无路，以老劳模单良才为首的四位村民决心上访告官。第一次到省城，历尽艰辛，被骗被抢，好不容易找到信访部门，光排队等候接见就要半月之久。后来他们摸到省府门前，碰到一辆高官轿车，就磕头喊冤，结果被草草打发回乡，饱受一顿折磨。第二次，他们壮着胆子进京上访，照例是历尽艰辛，饱尝磨难，终于找到一个渠道，诉状转到有关信访部门。他们满怀希望地回村，诉状也跟着转到了省里。岂料诉状落到了丁浩的关系网里，单良才四个人的命运便可想而知。直到第三次，他们冒着生命危险，再次秘密进京，通过私人关系，把诉状转到一家通讯社。一个月后，一篇题为《一个穷凶极恶的土皇帝及其背后》的调查报告在某新闻单位的内参上发表，终于引起了中央有关部门的注意。后来，中纪委派出调查组秘密调查取证，一窝罪恶势力盘踞的王朝才土崩瓦解。

读者在同情和唏嘘之余，很自然地要问：在一个人民当家做主的法治社会里，一个土皇帝，一个道地的人渣，骑在百姓头上作威作福，村民们要控诉他、惩治他，为什么竟这样难？秦香莲的故事，要到什么时候才不会重演？《天道》留给人们的思想启迪，应该是深刻的、多方面的。

就在《天道》问世之际，中纪委郑重向全国公布了举报贪污腐败的电话。我想，单良才们或许再也不愁状告无门了。的确，在腐败现象愈演愈烈、屡禁难止的今天，要做的事还很多，给人民群众以更多的监督和举报便利，或许就是在贪官污吏周围设置了一道监视屏障，至少使他们有所顾忌，不得不收敛些吧？

2010 年

干犹挺拔枝犹青

——浅谈刘士光和他的诗

“你生在淮北的牛鼻湾里，从不嫌这里的土地贫瘠。根子扎在泥土的深处，河滩上挺起笔直的身躯。”

这是刘士光新近结集出版的《花径》中的一节，咏的是芦苇，然而在熟悉他的人看来，倒更像是诗人自身的写照。

蜿蜒于淮北平原的涡河，既是一条灌溉三曹故里的历史河，也是一条滋润建安文学的文化河。士光生长在涡河的怀抱，从小接受这方水土这脉文化的哺育，现实的生活和浪漫的诗神很早就在他的心田里筑下爱巢。在诗人眼里淮北平原是一棵常青树。他不断从这棵树上折取枝条，做成柳笛，吹奏着他的理想和情怀。士光的诗正如一位著名诗人指出的，其实就是淮北平原的恋歌。那春风染绿的淮河柳，那蒸蔚云霞的泡桐花，那苗条俊秀的高粱女，那生龙活虎的挖煤汉，无不寄托着诗人“火辣辣的爱”，连接着诗人“热乎乎的心”。诗人爱得真诚写得朴实，其辞如涓涓细流，择地而出，随物赋情，清新自然，语近而趣远，别有韵味。

当然这不是说士光对诗作不肯反复锤炼。诗人曾经自谓，“一日三拜诗神”，其心之虔诚，诗之严谨，由此可揣。在诗歌创作中，诗人苦苦追求的，是古典美与现代美的统一，即是说，既要有朴实自然、蕴藉隽永的传统风骨，又要有活泼跳脱、刚健明快的现代节奏；既要有“江南少女的娇柔妩媚”，又要有“淮北大汉的豁达坦荡”。这一追求，在《雨中饮》

中得到较好的体现："不要古井，不要陈酿，趁着雨天酒兴来，先来半斤红高粱。袖子一捋，猛击巴掌，哥俩！哥俩！痛快！酣畅！那雷也，那闪电，霎时风骤雨狂！瓢泼也，碗倒也，真乃海量，海量！"这首诗以生活化的语言、短促的句式、明快的节奏和磅礴的气势，把久旱逢甘霖的心情和淮北大汉的粗犷表现得淋漓尽致，极富感染力。从这首诗中，我们也不难看出诗人对古典诗词的成功借鉴以及对新的艺术形式的刻意探索。

士光长期担任基层文艺的领导工作，周围团结着一大批文学青年。他是一位辛勤的"育苗人"，为文学新秀的成长耗费了心血。他把自己比喻为"地面一根红烛"及"草丛中一棵流萤"，愿和青年人一道，潜心追求光明。

士光爱生活、爱诗歌、爱青年。他的这份赤诚得到了美好的回报，那就是，他生活得充实，生活得自在。如今他虽然"已是十月染霜的丹枫"，然而却"干犹挺拔枝犹青绿"，仿佛置身于阳春三月，充满了活力和自信："衰老不属于我，空虚不属于我……青春之潮阳刚之气，仍在我叶脉里奔突。"

1992 年

用智慧和汗水浇铸坚实人生

——吴成道小说集《该死的篮球》序

编了二十多年文学期刊，又在省作家协会兼有一职，我自信对安徽的文学创作还是比较了解的，对池州地区更不应该陌生。池州作协主席吴昭元是我的好友，彼此交往甚密，每听到他谈及当地文学创作，如数家珍，久而久之，我自然耳熟能详。去年，我应邀参加九华笔会，有机会广泛接触当地文朋诗友，对他们的创作热情留有深刻印象。尽管如此，当吴成道日前把他即将付梓的小说选集送给我时，我仍旧不免感到意外，因为这之前，我对他竟然一无所知！

这是一位三十来岁的小伙子，身材修长，面孔清秀，言语不多，文静的脸上总带着谦和的微笑。他告诉我，他在地区文化局工作，早先写诗歌，后来写剧本，近几年也写小说，主要发表在当地的报刊上，还没敢给诸如《清明》这样的大杂志投过稿。上次我到池州参加笔会，适值他到合肥领取一个剧本创作奖，彼此失之交臂，他说至今还感到非常遗憾。

其实，遗憾的应该是我，对于本省这样一位矢志于文学创作且不乏成就的青年作者，我作为文学期刊主编，竟然没有注意到，未免有些耳不聪、目不明，难辞昏聩之咎呢。在读了吴成道的小说集后，这种感觉益发明显。

吴成道的文学创作基本上以小小说为主。我一向认为，小小说不但是语言的艺术，也是智慧的艺术、思想的艺术。小小说篇幅短小，但思想和艺术的容量并不少，一个小小的生活画面或者情感的浪花，往往能折射出人生的许多真谛，蕴藉着极大的想象空间，经得起反复咀嚼，给人以巨大的启迪。在生活节奏越来越快的今天，小小说尤其适合人们的阅读需求，用最少的时间获得最大的审美愉快。较之小说越写越长的创作时尚，吴成道刻意在小小说园地默默耕耘，我认为是很有见地的。其实，这也是文学青年在创作道路上跋涉、攀登的最正确的选择。

或许正是积淀了写小小说的大量经验，在创作上有了足够的准备，一旦有了合适题材，吴成道也不排斥驾驭其他的小说样式。他的中篇新作《该死的篮球》就写得很出色。作品通过一位青年因为打篮球而溺身水塘的极其偶然事件，引出了几个家庭的悲欢离合，描绘了上至市长、下至贫民的一系列众生相，深刻地揭示了隐蔽于生活中的种种不公和荒唐。作品的语言平实、简练，冷静的叙述中蕴藏着辛辣的嘲讽，亦庄亦谐，耐人寻味。小说中的那位城建副主任陈应求，让人很容易想到契诃夫笔下的小公务员，是当今官场上极富特色的艺术形象，非常难得。

作为一位农民的儿子，吴成道经过十年大山生活的磨炼，初衷不改，在严肃文学日渐式微的今天，仍旧持之以恒地坚持用艺术形象构筑理想的大厦，不断地在生活中采撷美，为社会大众创造美。用智慧和汗水浇铸坚定的人生，这是值得尊敬的。正是因为文学队伍中不断有像吴成道这样的后来者，所以，我们没有理由对祖国的文学事业悲观。尽管眼下在物质化生存的潮流和时尚的泡沫中，真正的文学精神伴随着文人的操守、品格、灵魂无可挽回的衰败着、萎缩着、堕落着、边缘着，这不过是社会转型时期的特殊现象，是历史长河转弯阶段的一时失重，只要人类社会不消失，真正的人文精神就不会消亡，作为人类审美形态的文学也就不会消亡。

当然，艺术的追求无止境，吴成道的文学创作还只是刚起步，未来的道路还很漫长，但只要循此前进，锲而不舍，相信终究会成就一番事业，他的人生也将会充实而有意义。

2000 年

杏花·春雨·江南

——章飚木刻印象

诗与画素来相通，古人谓之诗中有画、画中有诗。

翻开章飚的版画册宛如车行皖南山区，那连绵起伏的群山，那清澈见底的溪水，那鳞次栉比的民房，那蜿蜒曲折的石径，摇摇曳曳纷至沓来。展现于眼前的，是一幅幅妙趣横生的风景画，回荡脑际的，则是一首首韵味无穷的抒情诗：山曲水限四五家，夕阳烟火隔芦花（《农家》）：春风春雨花经眼，江南江北水拍天（《田间》）；山花照坞复烧溪，树树枝枝尽可迷（《幽境》）春来遍地桃花水，不辨仙源何处寻（《江南四月》）；漠漠水田飞白鹭，阴阴夏木转黄鹂（《绿屏新居》）；春来南国花如绣，雨过西湖水似油（《春早》）……

章飚的版画是诗，他创造了诗一般的境界，又深谙写散文之三昧。

你看他的作品布局：远山近水，有脉有源，有板有眼，浓淡相宜；秋疏夏密，或黑或白，或掩或露，错落有致。给人总体感受是，开阖顿挫，波澜起伏，既富于错综变化、音韵铿锵，又首尾一贯、博而不杂。这不就是散文所追求的潇洒自然、形散而神收么？

再看他的行刃走刀：长处，舒而缓；短处，促而严；繁处，浓密凝重；简处，流美洒脱。时而滔滔汩汩，一泻千里，时而辗转反侧，踯躅流连。行于所当行，止于不可不止，意之所到，手腕曲折，无不尽兴。这不就是散文所追求的行云流水，舒卷自如，随物赋形，曲折尽态么？

玉在山而草木润，渊生珠而崖不枯。皖南的山水哺育了章飚，章飚的木刻净化了皖南。他采撷的是故乡的生活露珠，表现的则是祖国山川的灵秀。他的作品无疑是属于写实性的，然却不乏理想化的色彩，形神兼具，朴实自然中洋溢着美好的情韵。欣赏章飚的版画，就仿佛置身于江南，那缕缕春雨，那簇簇杏花，让你感到纯净而又恬适，心底不由得升腾起一股对生活的爱潮。

1988 年

写出特色来

——改革题材作品再谈

眼睛长时间盯住一个不动的物体，视觉会产生疲劳；耳朵里老是重复一种声音，心理上将感到单调。疲劳和单调，是审美的大忌。相反，错杂变化能产生美感。

文艺创作呢，难道不也是如此吗？

所以，有抱负的作家，总是在不断探求，探求新的题材、新的深度、新的形象、新的角度、新的手法，不断给读者创造新的美感。

这种对特色的追求，既创造了作品，赋予作品以顽强的艺术生命，同时也创造了读者，创造了那些不断寻求美感并按照美的形象塑造自己的人们。当然，也创造了作家自己。它将让人们牢牢记住，他是他，而不是别人。

改革题材很难写出特色，容易撞车、雷同。有些作家这么说，有些读者也这么说。

其实，这不准确。诚然，近几年反映改革的作品，有模式化的弊病，但这不能归咎于题材，题材本身没有罪过。众所周知，反法西斯曾经是世界性的题材，直到现在也还有人在写，几乎世界各国都有一大批这类作品，可是，并没有听说法捷耶夫的《青年近卫军》和雷马克的《生死存亡的年代》雷同，也没有人说李英儒的《野火春风斗古城》和冯德英的《苦菜花》撞车。

改革是当今生活的大潮，它本身就是一种革新和创造。我们今天所走的道路，既不等同于马克思当年的论断，也不同于其他的社会主义国家，我们走的是有中国特色的社会主义道路。这个特色，已经并正在继续由全党、全国人民共同创造。举国上下的这种伟大实践，不但为我国的迅速发展提供了良好途径，同时也必将使我们的生活变得更加生机勃勃，更加多姿多彩，从而为作家们创作出富有特色的，有别于前人的作品，提供了历史性的机会。

中央电视台最近播放一个专题节目，题目叫作《改革，在你身边》，它令人信服地报道了生活中的种种变化。有位观众感慨地说，人人都生活在改革之中，可惜并非人人都能感受到深刻的变化。我想，作家当然不在例外，春江水暖鸭先知，作家是生活中的鸭。当然，鸭氏族中也有不肯下水的，即所谓旱鸭，那些千篇一律的干巴巴的作品，多半是他们炮制而成的。

人们不是谈论如何走向世界么？写出时代的特色，写出中国的特色，写出民族的特色，写出自己的特色，这，也许就是第一步吧。

1987 年

困苦出英雄

——《来自桃花源》序

继《走进桃花源》一书去年由作家出版社推出之后，九江县文联编著的《来自桃花源》又即将问世。这是一部系列报告文学集，首部辑录文章19篇，详细介绍了分布在各地不同岗位上的19位杰出人物，他们都是诞生在九江这块土地上的英雄儿女。

追踪这19位精英的足迹，人们不难发现，尽管他们年龄各异，经历不尽相同，工作性质也不一样，而融贯他们血脉的却有着一个共同的东西，那就是：吃苦耐劳，坚韧不拔，谦虚好学，锐意进取。而这正是中华民族最优秀的品质。他们秉承了这一民族精髓，无论身居何地，面对怎样的艰难困苦，历经怎样的磨难坎坷，都能化险为夷，战而胜之，分别为祖国和人民做出自己的贡献。

因此，我们在对这19位精英肃然起敬的同时，不能不重新审视哺育他们成长的这块土地。

九江县，古柴桑，南座庐山，北扼长江，东傍鄱阳湖，西锁大荆汉，素称三江门户，七省通衢。因其战略地位特殊，晋汉以降，就是兵家必争之地，兵燹便是当地挥之不去的阴霾；兼之临江傍湖，水患丛生，灾难也就成了百姓的家常便饭。客观地说，这块土地上的祖祖辈辈其实是生活在水深火热之中，并没有多少值得显耀的地方。正是由于面对现实的无奈，陶渊明才诗意幻化出一个“世外桃源”，用以寄托小农社会的理想和追求，

“桃花源”在中国也就成了“乌托邦”的代名词。然而，世事往往就是这样：祸福相因，利害互生；艰难困苦，玉汝于成。我们的祖祖辈辈之所以能在水深火热之中生生不息、瓜瓞绵绵，就是因为磨难打造了他们吃苦耐劳、坚韧不拔的品质，铸就了他们超乎寻常的生存能力。这种品质，代代相传，世世相因，所以这块土地所哺育的子孙，应该个个都是浔阳豪杰、江东才俊!

由是观之，书中所列19位精英，其实不过是千千万万九江儿女的代表，是他们精神风貌的集中体现。还有更多的未能入列的也一定身手不凡，各自都在不同岗位上创造自己的辉煌。新时期以来，九江县所展现的巨大变化以及所焕发的勃勃生机，充分印证了当地人民群众在和平盛世所迸发的难以估量的创造才能。

时势造英雄。中华民族的崛起，必将伴随着英雄辈出。适时地为各路英雄树碑立传，无疑是文化界一件很有意义的工作。既可奖掖乡贤，又可激励后进，继之前呼后拥，蔚然成风。《来自桃花源》系列丛书是重大文化工程之一，相信会同新时期政治工程、经济工程一样，它将被永远载入九江县文化建设的史册。作为一名普通九江人，我谨借此机会，向本书编者、策划者和支持者，表示深深的敬意。

2007年4月8日于合肥

百期寄语

《清明》文学期刊编辑出版第 100 期。此时此刻，我们格外怀念曾在这块园地里辛勤耕耘过的前辈作家、编辑家，包括过早离开人世的同行，他们为刊物的诞生、生存和发展，付出过艰苦的劳动。同时，我们也非常感谢一切关心、支持和帮助过本刊的上级领导及各界朋友，《清明》今天能够巍然屹立于期刊之林，没有方方面面的真诚鼓励和鞭策是不可想象的。

《清明》创刊于 1979 年。当时，适值我国迈开了改革开放的巨大步伐，开始实施由以阶级斗争为纲向以经济建设为中心、由计划经济向社会主义市场经济的历史性转变。改革给社会带来了深刻而巨大的变化，同时也促使社会视角和热点的快速转移。作为观念形态的文学，一方面有了充分驰骋的难得机遇，一方面却又面临诸多严峻挑战。文学的命运也是就是文学期刊的命运，风风雨雨，《清明》跋涉了 18 年。期间，她有过发行量扶摇直上的辉煌岁月，也有过寂寞难耐的困惑时刻，甚至还出现过断炊的存亡危机。然而，在积淀有五千余年悠久文化传统的文明国土上，严肃文学终究树大根深，一时的风雨雷电改变不了她向上的总趋势。伴随文学的复兴，《清明》也很快摆脱了困境，焕发了青春，近几年她更以崭新的姿态活跃于文坛，受到国内外各界读者的广泛注目。

高品位、高格调，是《清明》孜孜不倦的追求。即便是商品大潮迅猛冲击、地摊文学铺天盖地之时，这一宗旨也始终没有动摇过。因为我们有一个信念：真善美是社会进步的催化剂，求真、求善、求美，是社会发展的动力。任何一个民族，任何一个社会的任何一个时期，都不可能没有真善美。发掘真善美，弘扬真善美，这是全人类永远不会衰竭的精神需求。同时，我们还有一个良知：面对瞬息万变的飞速发展的世界和未来全球范围的民族竞争，提高国民的精神文化素质乃当务之急。作为文学工作者，我们有义务为社会提供健康的精神营养，陶冶国人情操，升华民众人格，以迎接未来各种挑战，确保炎黄子孙不被淘汰。《清明》这一追求，得到了社会的认可，曾经荣幸地获得了华东地区优秀期刊一等奖和安徽省优秀期刊一等奖。

面对现实，贴近生活，是《清明》取材选稿的着眼点。社会转型时期，新旧体制大碰撞，经济利益和生活方式急剧变化，折射于人们精神领域，各种世界观、人生观、价值观激烈冲突；世态炎凉，人生百味，升降沉浮，姿态纷呈。面对这一现实，作家队伍也出现了分化，有人振奋，有人颓唐，有人进取，有人回避。《清明》则始终坚持现实主义的创作原则，勇敢地直面人生，不断地推出反映崭新生活、揭露现实矛盾、展示心灵变化的力作，这些作品以跃动的时代脉搏、厚重的历史感、浓郁的生活气息、崭新的精神风貌以及鲜明的人物性格赢得了读者的喜爱，在人民群众中激起了共鸣。其中许多作品被兄弟报刊转载、选载，被电影厂、电视台、广播电台改编，发挥了良好的社会效益。

关注《清明》的读者也许不难看出，本刊的作者群大多是陌生面孔，名家相对较少。其实这并非我们刻意所为，名家作品有名牌效应，谁也不会排斥。问题在于，我们一向认为，一般读者大众注重的是作品本身的内在质量，而并不在乎是谁写的。质量第一，质量面前人人平等，这是我们的选稿原则。倒是一些未成名作者，长期呼吸于人民群众之中，生活积累相当丰厚，作品的原汁原味浓，水分少，“含金量”高，往往更容易被本刊所看中。而且，名家与非名家都是相对的，今天的非名家也许就是明天的名家，就以近几年为例，《残棋》作者赵秀林、《女工》作者李肇正、《乡长老田》作者韦晓光、《回沪记》作者韩天航、《黑白道》作者孙志保……均是初次在本刊亮相，作品产生较大反响，从而成为文坛一颗颗很有希望的新星。《清明》作为文学的园地，为作家队伍输送了一批批有生力量。注重发现和培养文学新人，已经成为本刊公认的特色之一。

100岁，对于人类个体生命来说，已逾耄耋，来日无多。100期，对于文学期刊而言，则还年轻，来日方长。在日益注重精神文明建设、弘扬民族文化的社会氛围里，我们有理由相信，《清明》将会以更为矫健的步伐迈向21世纪，迈向更美好的未来！

追求者的心灵史

——散文集《行走的泥土》序

这些年来，作为观念形态的文学，日益被社会边缘化，已是不争的事实。当世俗发现，从纯文学里挖不出“黄金屋”，也无须到纯文学中寻找“颜如玉”，那么，缪斯的殿堂日渐冷落，也就在情理之中。纯文学的创作队伍也因此而日渐分化和瘦身。当然，有一些人仍在苦苦坚守，也有一些人还在孜孜寻求，林清平或许就是其中一员。他即将付梓的散文集《行走的泥土》，就为我们披露了一位文学追求者左冲右突、“虽九死而犹未悔”的心灵痕迹。

林清平出生于普通的农民家庭。他从小性格内向，木讷寡言，但天分很高，思维异常活跃。他家的门前有一棵乌柏树，树梢有一个喜鹊窝，高高在上的喜鹊窝就像一个高远的梦境，时时勾起他飞翔的欲望。有一天，他终于攀上了乌柏树，看到了鸟窝，看到了全村庄，看到了村庄以外很远很远的地方还有更高的树更大的鸟窝。登高望远的哲理从此便注入了这位少年的心田。读中学时，他迷上了诗歌，诗歌的灵动缥缈为他的思维插上了翅膀，他在自己想象的天空自由翱翔，如鱼得水，从此与缪斯结下了不解之缘。

此后的二十年间，林清平被逼上了谋生之路，但刻骨铭心的文学情结自始至终盘绕在他心头，不离不弃，难解难分。他常常心不守舍，精骛八极，神游万仞，日月星辰、草木虫鱼，都能让他换位移情，想入非非。他孤独、苦闷、彷徨。只有到了更深人静，远离生活的喧嚣，坐在灯下，拿起笔，在纸上诉说，他才神采飞扬，感到独特的惬意。他叙述自己的梦，描绘灵魂里的故乡；他倾吐自己的疾病，揭示被丘比特射中的苦恼；他幻想自己是塔，活着应像塔那样巍然挺立，不折不摧；他羡慕风，自由自在，永不停息……所有这些情思，便化作了一篇篇散文，飞向了千家万户，奉献给了红尘滚滚中艰难跋涉的人们。

林清平对文学的这种痴迷，我们恐怕不能仅仅停留在兴趣和爱好的层面上作简单的解构。事实上，在欲望化的社会里，每个人都有着某种兴趣和爱好，或轩轾，或良莠，其心理定式基本相同，无非是做自己喜欢做的事。林清平对文学的钟情和追求，固然有着某种天赋力量的惯性推绎，但融贯其中并如影随形的却有一种形而上的成分，即对生命本质意义的不断探寻和考问提供的一个心理平台。从他的作品中，我们不难读到无法排解的孤独和苦闷，这绝不是“少年不识愁滋味，为赋新诗强说愁”的无病呻吟，它是一位思想者必然的痛苦过程。这过程的终极指向一般不外乎两种：一种是滑向虚无的深渊，或者悲观厌世，或者玩世不恭，正如同当今文坛一些高扬现代主义旗帜的非理性主义者所昭示的那样。另一种是从天地万物、禅意自然中得到某种点拨，幡然醒悟，懂得了生命的真谛，进而致力于品格的打造和境界的提升，结果拥有一种觉悟的人生。林清平显然属于后者。诚然，我们不能指望一个有觉悟的人生就注定于一番经天纬地之大业，但就个体生命而言，他无疑应该受到尊重，因为他至少明明白白地活过，脚踏实地地创造过，浩瀚的生命海洋里有属于他不可替代的尊严的一滴。就群体而言，一个民族，一个国家，拥有这样有觉悟人生的子民越多，就越有活力，因此也就越有希望。

正是因为得益于他那不甘平庸的进取和孜孜不倦的求索，林清平的散文蕴藉着一股向上的力量，洋溢着锲而不舍的精神，并以此构建了他作品的主流语境。再加上他清丽的文字，流畅的语言，含蓄委婉的风格，使他的散文具备较高的文学品位，堪称新世纪散文园地里一朵正在默默绽放的奇葩。

散文卷

SANWEN JUAN

他也有过辉煌

他木讷，寡言。作为他的儿子，将近半个世纪的生涯里，我从未听他一连讲五分钟的话。平时，偶或冒出一两句，也纯属就事论事，而且必定有一句是“妈的”，外人听了，以为他是骂人，其实不是，那是他的发言前奏，累计起来，这类“前奏”要占他全部语言的三分之一以上。

本来话就不多，加上夹杂这类不中听的口头禅，因此与人交谈很不顺畅。或许正因为如此，他极少与人交往，几乎没有朋友。退休之后，寓居合肥有十多年了，除了原单位曾两次派人登门慰问，再也没有人来看过他。

母亲去世后，他更加孤独了。反复设法让他和我们同住，几次努力，均告失败。他早年在长江航道部门看信号灯，工作地点不是荒郊，就是水上，长期只身独处，习惯了。人多场合，他嫌烦，别人交谈，他无法参与，也懒得插话，渐渐地，觉得还是一个人自在。他独居一处，一日三餐，自食其力，从不与邻居交往，全部乐趣在于一只12寸黑白电视机，只要荧光屏上有图像，不论内容，他都看。近几年来，耳朵和眼睛都不好使，他终日伛偻着腰，紧紧贴着电视机，直到电视台道“再见”。

夏日炎热，他时常独自在机关门口纳凉，默默地，一连坐上好几个小时。人们在他身边，走进走出，没有谁同他打招呼，他也从不与别人打招呼。

其实，父亲也有过辉煌。据我所知，至少有两件事称得上辉煌。一次是我听说的，一次是我亲眼见到的。

我读大学时，有年放暑假回到安庆，航道部门的领导找到我，要我替父亲写一篇“活学活用”材料，并给我讲了一件事。原来，父亲所在的船只疏浚航道时，曾在马当水域发现一颗水雷。水雷吊出水面后，需安放在一只舢板里，然后运到陆上销毁。水雷是战争年代遗留下来的，在水下安睡多年，起吊或搬运，磕磕碰碰，一旦惊醒，后果不堪。谁去驾驶舢板？没有人吭声。一声“妈的”，打破了良久的沉默，“我年岁大了，我去！”他不慌不忙地卸吊、安置、驾驶、搬运，直至水雷安全着陆。“你父亲真了不起，我们都替他捏一把汗，可他一点也不害怕，从容操作，非常娴熟。”那位领导人激动地说，他还给我看了一幅照片，那水雷圆圆的、黑乎乎的，体积比人还大。事后我问父亲，当时你怎么想？他沉默好一会，才说道：“妈的，总得有人上。”此外，再也无话。单凭这么一句，叫我如何写“活学活用”？即便我发挥想象写了，我想，他也未必肯上台讲。

“文革”期间，我“逍遥”到南京，其时适值父亲的船泊在南京修理，我便住在他们船上，每天以游泳为乐。一次，我从甲板上跃入江里，另一位船员也跃入江里。那船员姓名我忘了，只记得他很胖，入水好大一会，还不见他出水。起先，我还以为他有意潜水，不由暗暗惊羡他的水性。可是，时间越来越长，我疑惑了。这时，只闻“扑通”一声，一个人影从船上跳了下来，迅速潜入水底，过了一会，在下游几十米处，冒出两个人，确切地说，是一个人夹拖着另一个人，逆水而上，游近船舷，在其他船员的帮助下，一起上了船。我认出了，其中一个就是我父亲。原来，胖子船员跳入江里时，脑袋撞在水下的铁锚上，昏了过去，是父亲救了他。这是我第一次看见父亲下水，这之前，我从不知道他会水。我小时候在江边玩水，他发现了，总是拿棍子来打，我一直以为他是旱鸭子。那年，父亲是54岁，祖母还健在，我同祖母谈起救人之事，她老人家才说：“你父亲水性可好啦，小时候放牛，能游过长江呢！”

然而，这一切，父亲从来不说。

他的沉默寡言里，兴许还隐藏有其他的辉煌？有时望着他的满头白发，我不免这样想。

1991年

九华山悟佛

小时候，我对佛是很崇敬的，仅仅因为我的祖母信佛。每当家里或者邻居有人三病俩疼，祖母和村里几位婆婆就要到庙里去烧香拜佛。临行前，她们总要沐浴更衣，穿上黑色的围裙，准备好香烛贡品，然后排成一行，颤巍巍地上路。那场景说不上隆重，却非常肃穆。记得有一次，村里一位渔夫从江里网回一只乌龟，足有脸盆那么大，我和小伙伴们如获至宝，轮流坐在它的背上玩。祖母见了，硬说是神龟，要去放生。她捧着乌龟和几位婆婆郑重其事地，颤巍巍地来到了江边，先摆上香案，点燃蜡烛，鸣放鞭炮，然后一字儿跪倒，磕头诵经，从箩筐里请出乌龟。那龟也怪，并不急于逃生，直到婆婆们把经诵完，它才慢慢伸出头，徐徐爬向江边，下水之后也不急于下沉，凫在水上不时地回首，似有致谢之意。失去一只偌大的乌龟，我和小伙伴们虽然不无遗憾，但对老人们的善举，却肃穆起敬。那时候，佛在我幼小的心灵中，既神秘，又灵验，法力无边。

后来有一件事，动摇了我这一信念。有年溃坝，房屋全被洪水淹没，祖母领我到对岸山上一座庙里暂居。每天晚上，僧尼们在大雄宝殿拜佛诵经，我就站在他们身后，替他们扇风驱蚊。有一天，记不清为什么事，附近一个大汉在庙里大闹了一通，汉子走之后，一位长老拿出一个钵儿，盖上黄表纸，用红绳严严系住，放在佛座前，说是扣了那人的魂。第二天，那汉子果然病倒了。他的家人抬来不少供品，到庙里替他请罪。长老阿弥陀佛诵了一通经之后，郑重其事地请出钵儿，当众启封，宣布赦免。过一会儿，那汉子跌跌撞撞跑进庙来，纳头拜谢，观众无不称灵，唯我暗暗吃惊。因为这之前，我想看看人的魂究竟是什么样子，曾偷偷把那钵儿打开过。如果真的有魂，岂不早跑了？

年岁稍长，约略知道一点宗教的故事，释迦牟尼死后，佛教曾经分裂为许多部和派，这些部派又演变为大乘教和小乘教，传到中国，佛教又有禅宗和密宗之分。各个部派在诸如佛陀是教主，还是法力无边的神；有没有灵魂，能否转世轮回；怎样解脱；如何修身；要不要苦行等重大问题上曾发生分歧，争论不休。我想，世上既然有不少得道的高僧，有的甚至就是菩萨的化身，他们尚且对佛的解释众说纷纭，莫衷一是，我辈俗物也就更加不敢问津了。

去年九月，乃地藏王菩萨诞辰，九华山举行盛大庙会，我有幸在山上流连三日。那天山上，阴雨霏霏，汽车徐徐盘旋而上，绿树翠竹佛窗而过。越往上去，雾气越浓。我从未见过这么大、这么浓的雾，漫天皆白，咫尺之外什么也看不清。雾者“水之汽也”，在天为云，落地为雾，实际上我们已在腾云驾雾，羽化而登“仙”了。过了甘露寺，抵达九华街，街上店铺鳞次栉比，念珠、香袋、佛像琳琅满目。傍山寺庙，错落有致，晨钟暮鼓，幽远深长。一副楹联映入眼际：“轻烟芳草地，微雨杏花村”，好一派仙国风光。

九华山上，人山人海，熙熙攘攘，他们大都是来自全国各地和海外香客。所有寺庙都是香烟缭绕，无论哪座佛像前都有善男信女匍匐在地，祈福禳灾，十分虔诚。十王殿前的石阶上，有两位老太太在歇息，我与她们攀谈起来，得悉她们来自湖北农村，每年都要上九华山拜佛敬香，随身还携带了香油，是一年的积蓄。一位老太太告诉我，登山时，她不小心摔了一跤，油瓶摔破了，损失不少，下午还要去百岁宫，可惜所剩香油不多了。另一位老太太则安慰她；“四两不为少，千斤不为多，心诚则菩萨自然知。”还有一位菲律宾华侨告诉我们，他们一行十二人，都是受亲人的委托，专程来九华山朝佛的。望着这些海内外的香客，她（他）们满头银发，蹒跚步履，想到他们不辞辛苦，跋涉千里，只为在九华山圣地烧几炷香、磕几个头，我心里不由一阵感动。

这次在九华山，我也见到不少僧尼，只是佛事活动太紧，没好意思去打扰他们。在九华山佛学院开学典礼上，我倒接触了一些学员，并参观了他们的教室、经堂和起居室。教室里贴有陶行知的语录，经堂里供奉白玉观音，起居室里一床一桌，桌上陈有佛学经卷和佛学辞典，一切都十分简朴淡泊，一尘不染。学员们早晨四时半起床，上殿念佛诵经，上午听课，下午读经，打扫寺院，晚上做晚殿，九时就寝。没有电视、没有录像，不吃荤，不跳舞，现代青年的一切享受都与他们无缘。一位学员才十七岁，我问他苦不苦，他说："无恶无善，不受苦乐。"我问他想不想家，他说："迷时三界有，悟后十方空。"小小年纪竟肯皈依佛门，甘伴枯灯，终老山林，如此痴迷，如此执着，我不由暗暗咨嗟。

从九华山下来，目睹一群群行进的香客居士，我的心怦然一动。我忽然悟出，世上是否真的有佛，佛到底灵不灵，其实并不重要，重要的是信仰，信仰的力量是非凡的，为常人所不能为的。

佛即是心，心诚则灵，万事万物，何尝不是如此！

1991 年 1 月

回乡偶记

太阳升起了，又落下了；树叶儿青了，又黄了。时光静静地流，韶华悄悄地淌，无声又无息，似乎谁也看不见，谁也不觉得。可是，倘若把岁月的飘带拦腰截断，仅仅亮出它的首和尾，你的感觉或许就不大一样了。

前不久，我就有过一次这样的体验，那是在故乡。

我随同父母离开江洲，迄今已有三十八个年头。早先做学生时，因为有寒暑假，偶或回故乡走走，看望老祖母，后来祖母谢世，我也开始工作了，再也难得回来。今年九月，鄱阳湖笔会在九江县召开，举办者念我是九江人，特地邀请我赴会，于是我就有了一次回故乡的机会。

“少小离家老大回，乡音未改鬓毛衰；儿童相见不相识，笑问客从何处来。”唐朝贺知章回乡的情景，这回也让我给碰上了。我的突然出现，不但四邻小儿茫然不识，就连一些老人也一时懵住了。他们左瞧瞧、右瞅瞅，好半天才分辨出是谁。“啊，老了，也老了！”大家都为自己的新发现而咨嗟。

父老们记忆中的我，原是一个稚气的孩子：曾经在堤坝上放过牛，在河沟里摸过鱼，在稻场上滚铁环，在屋檐下掏麻雀，在沙滩上打弹子。那时别提多淘气。有人还记得，某年过春节，他家的鞭炮刚点响，趁他一转身，我就冲上去踩熄了，然后抢去玩。还有的说，她家的马桶晾在屋檐下，晚上端回去用，里面竟嗖地蹦出几只青蛙，险些把她吓昏。后来一打听，才知道是我的恶作剧……这些举止，这些劣迹，竟出自这个站在他们面前的、老成持重的“先生”，实在让后生们无法想象。

我的那些儿时的伙伴们呢，岁月在他们身上也同样烙下了无情的印记。隔壁的三牛，当时算他年龄小，整天拖着鼻涕，跟屁虫似的跟在我们后面。有一次，他把玉米穗挂在嘴巴上，躬腰拄棍，巍巍颤颤地学老公公走路，一脚踩在牛粪里，摔了一个狗吃屎，把大家肚子都笑疼了。这回见了，他已是满脸皱纹，那板刷似的胡子又粗又长，嵌在嘴巴上，实在不亚于当年的玉米穗。我的表弟安荣，伶俐滑稽，会翻筋斗会做丑，我的印象中，他是一个永远长不大的孩子。这回上他家，有一个女孩搬来玩具餐具，要和我做游戏，一问才知道是安荣的小孙女，我着实大吃一惊！

是的，我们的确老了。

人生一旦与“老”字相联系，心里不免就有些紧张，有些诚惶诚恐。这倒不是因为怕死，也不是因为担心升迁。老实说，混迹于世上这么多年，生死荣辱之类见之甚多，早已视之淡然。我只是感到，从此将失去一种期待，一种对明天的期待。有很多很多的书，平时没有时间去读，原并不着急，总觉得今天来不及读，还有明天；有很多很多的事，从前没有抓紧去做，原也并不着急，总觉得今天来不及做的事，今后会有时间；还有很多很多的计划，很多很多的设想，我统统的不着急，总以为来日方长，会有实施的那一天。而现在，我忽然意识到一切的期待和期待的一切，有可能成为泡影，于是，沉甸甸的失落感便无边无际的弥漫心头。

儿时的伙伴们，或许没有这种心态。他们生活得比我充实。即便老了，他们也老得比我辉煌。别的且不说，单那一排排整齐的瓦房就是最好的鉴证。我离开故乡的时候，江洲多半是茅草屋，破烂不堪，而现在却是清一色的新瓦房，不少人家还盖起了新楼房，屋顶建有水泥平台，既可以纳凉，又能当晒场。这类楼房，我在外地也见过，有些甚至更为豪华，可是，据我所知，他们不是归功经济特区，就是得益于侨乡侨汇；不是由于办了乡镇企业，就是因为搞了长途贩运。而我的故乡，全然没有这些幸运。乡亲们一年四季仍然匍匐于地上，他们的新房，硬是从庄稼地里种出来的，从自己身上抠出来的，一砖一瓦都是血和汗。同样一座楼房，他们要付出数十倍甚至上百倍的经历和代价。一位儿时的伙伴领我参观他的新屋，竟抑制不住老泪纵横：“这是我一生的愿望，现在我老了，可以伸腿了……”

我很想用欢笑来分享他的喜悦，可不知为什么，我终于没能笑出来。我只觉得有些苦涩。岁月对于我们这一代人，似乎特别苛刻，无论是我，还是我儿时的伙伴，都不应该老得这样快。

人生也许不仅仅是劳作，不仅仅是盖房建屋，不仅仅是生儿育女，人生也许还有别的更丰富、更深刻的内容。有很多该领略的，我们还远远没有领略；有很多该享受的，我们还远远没有享受。譬如闻名中外的避暑胜地庐山，就屹立在九江，站在江洲抬头可见，然而却有不少乡亲迄今未曾涉足，这实在令人难以置信。世界各地游客肯不远万里而来，而我的老表们却不肯付出举足之劳，是不能呢，还是不为呢？我至今不甚明白。我想，即便为了劳作，为了盖房建屋，为了生儿育女，我们也有理由要建设一个更丰富、更深刻的人生。

因此，我们不应该老，我们拒绝老。

1990 年

京华走访

九月的北京，金风玉露频频送爽，溽暑余威却并未消退。为适应明年改刊的需要，我们受编辑部派遣，专程赴京寻求支持。

在北京求师访友的半个月时间里，许多老作家、中青年作家和文学界的同行，都对我们为刊物改名所做的准备工作，给予真诚、热烈的关切和支持。尤为令人难忘的是，丁玲、冯牧、严文井、臧克家、张天翼、沈从文、吴组缃、叶圣陶等老作家先后接见了我们。他们中间的多数人于百忙中挤出宝贵的时间，同我们促膝长谈，尽兴披露毕生辛勤笔耕所积累的真知灼见，使我们得到丰富、深刻的启示。

散文要用功夫写

九月三日下午，我们在一位同志的陪同下，登上木樨地附近的一幢高楼，拜见了饱经风霜的老作家丁玲。我们知道，她已年近八旬，这两天又忙于参加一些会议，缺少休息时间。然而，一走进客厅，我们看见她坐在陈明身边的藤椅里，虽已满头银丝，却还是精神健旺，毫无倦容。当我们说起是从安徽来，她立即笑容满面地询问陈登科同志的行止，并同我们兴致勃勃地畅谈文学创作上的一些问题。我们告诉她，《安徽文学》从明年元月号起更名为《文学》，以短篇小说为主，同时继续重视散文创作，为复兴散文提供版面，并致力于提高质量。她听了表示赞成，并且强调指出，散文要用功夫写。她说，现在有些报刊上什么文章都算散文，谁看呢？散文不讲思想性不行，不讲思想性本身就是一种思想性。她还指出，应当写得精练，好的散文哪怕只有一千字，也比拉成七八千字、上万字强得多。她讲的一口湖南话，嗓音洪亮，不时发出爽朗的笑声。我们一边聆听她那见解深刻的谈话，一边凝视她那布满皱纹的宽阔前额，不由得想起她的坎坷崎岖的革命经历和硕果累累的文学生涯。她近年来发表的一些散文，大都篇幅短小，堪称富于示范性的佳作。

老作家严文井早在三年前即已离休，但他一直与人民群众保证着密切的联系，因而依然耳聪目明。当我们于九月六日上午登门拜访的时候，他的第一句话就是：我不但知道你们什么时候到的北京，而且知晓你们已与老朋友聚会几次了。从他的夫人康志强的介绍中得知，他习惯于深夜或读书，或看稿，或复信，或写作，清晨休息。我们正在为打扰了他的生活常规而感到愧疚，他却从容不迫地打开了话匣子，同我们娓娓而谈，一直谈了三个半小时。他的话题时而围绕着十年动乱，时而转向现实主义与现代派之争，时而又回顾自己过去的创作，不拘形迹，妙语连珠，警句迭出，既幽默有趣，又发人深思。我们听说，他在20世纪30年代进入文坛时，曾出版过散文集《山寺暮》，但由于不久抗日的战火燃起，故而未能得到流转。新中国成立以后，他长期担负文学界的领导工作，创作则侧重于为孩子们写童话，但也是常有清新、优美的散文名篇问世。因此我们向他请教对散文创作的看法。他坦诚地说，“五四”以来散文写得最好的，仍然要数鲁迅。鲁迅的散文有三类：一是抒情叙事的，如《朝花夕拾》；二是散文诗，如《野草》；三是杂文。几种类型都达到了最高的水平。周作人和鲁迅合办刊物的时候，也有些好的散文，后来逐渐走向漂浮。朱自清散文以“至情”闻名于世，可惜少了一点。谈起当前的散文创作情况，他认为有较大的发展，有些很好的散文，但是一般的散文中存在两个毛病：一是落套、空泛，有好些散文追求字句的华丽，不太注意内容的扎实，令人想到晚期的汉赋；二是写得不精炼。这样，散文就落到了及时反映现实的小说的后面。他还告诉我们，今年要把文集编好，本来不发表什么东西了，但看到你们刊物对复兴散文的热忱，以及编辑部的挚诚，我就决定把新近写的一篇东西留给你们，算是凑凑热闹吧。说着，他走进里屋把稿子取来递给我们。我们当即拜读了这篇题为《一个低音的变奏》的散文，感到写得十分精彩，保持着他过去的散文风格，而又有新的更深的开拓；借战争年代一头毛驴的遭遇倾泻了他对人民的无限执着而又柔和的爱，既洋溢着诗意的优美，又显示出哲理的精辟。这一篇炉火纯青的佳作，这一番切中时弊的谈话，对我们致力于散文创作质量的提高，无疑是十分有益的启迪。

老诗人臧克家的家坐落在东城一所古色古香的小四合院里。院中不少房舍在十年浩劫中曾为他人所占，现在已经全部归还。屋宇刚刚刷过油漆，显得焕然一新，天井里盛开着许多五颜六色的鲜花。他已有七十八岁高龄，身体较弱，然而精神十分振奋，与我们交谈亲切而又随便。我们都很了解，他不仅曾以诗歌蜚声文坛，而且还是一位优秀的散文家。当话题转到散文创作时，他坦率地说："人家说我散文比诗写得好。我写散文，一是要求笔锋常带感情，二是要求有文采。"他说，笔锋带感情，就必须要有生活感受，善于抓住细节。他以写纪念陈老总和王统照的两篇散文为例，说明只要写出精彩的细节，就能使文章见精神。同时他又强调，文字要精炼，不能干巴巴，或拖泥带水。这些从自己创作实践中总结出来的经验之谈，实实在在，贴切生动，对我们理解散文的特性，确实很有教益。

写小说如同做豆腐，要去掉渣渣

北京大学教授吴组缃是一位著名的老作家，也是我们尊敬、爱戴的师长。他早年即以短篇小说《一千八百担》显示了卓越的文学才华，后来又有长篇小说、散文等佳作传世。九月十四日下午，我们在一位老师的引导下，登门求见，向他转达家乡刊物的问候。他虽然早已年过七旬，但依然精神矍铄，谈锋甚健，而且善用譬喻，言谈富于机趣。他是安徽泾县人，至今乡音未改。他对家乡文学的情况也颇为熟悉。在安徽众多的县城里，泾县的创作力量是比较好的。当地的作者近年来在全国的一些刊物上发表了不少作品。他们中间的一些人正在研读吴先生重新出版的长篇小说《山洪》等，力图继承他的创作传统，为形成一种文学流派作点探索。吴先生听说这一情况，脸上露出一丝微笑。他说，我现在是不写作品了，但还看一点新发表的小说。我以为普遍的毛病是长，不简练，就像做豆腐一样，里面还有一点渣渣，吃起来就很不舒服。作品一定要干净、简洁。清朝的时候，安徽出过一个桐城派，他们写文章就讲究“雅洁”。吴先生谈这个问题，话语不多，却极为中肯地指明了当前小说创作中“短篇不短、中篇偏长”的症结所在。

拜见德高望重的文学界老前辈叶圣陶，是我们盼望已久的事情。当我们向他的长子叶至善表示这一愿望的时候，他们父子俩正忙于参加全国政协常委会议，但还是慨然允诺，约我们于九月十五日下午前去叙谈。我们准时赴约，在东城的一所幽雅清静的四合院里，首先受到叶至善的亲切接待。他的容貌与叶老先生极为相像，是一位慈和而谦逊的长者。他循循善诱，向我们谈了许多宝贵的意见。后来，应我们的要求，他又进里屋搀扶叶老先生出来接见我们。我们怀着尊敬的心情，久久地凝望着面前这位在国内外文学界、教育界享有盛誉的九旬老人。他，须眉皆白，视力较差，右耳戴着助听器，但身体仍很硬朗，思路异常清晰，反应也很敏捷。他虽然年事已高，社会活动也多，却还是十分关心文学创作的状况。他对我们说，目前小说创作的毛病是把作品拉长。他指出，写作品也要讲究修辞。修辞、修辞，修什么呢？修不是修的意思，不是给作品加点什么东西，譬如墙壁旧了刷点石灰，我年纪大了，脸上皱纹多，擦点雪花膏，妆化得好看一点。不是这个意思，而是要把作品修得干净一点。写东西，一要准确，二要简洁。应当写的，就写；不应当写的，统统修掉。听着叶老先生比喻生动的谈话，我们大有茅塞顿开之感。当前，重振短篇小说的声威，发挥短篇小说的优势，是摆在文学工作者面前的重要课题。在这方面，叶老先生的意见是很有指导意义的。

要有严谨的创作态度

九月三日下午，我们还曾到著名文艺理论家冯牧家里作客。一见面，他就愉快地提起以往到安徽与我们相逢的情景。他非常健谈，与我们谈创作，谈评论，越谈越有兴致。他谈到北京的“四小天鹅”（即指王蒙、邓友梅、刘绍棠、从维熙这四位早在20世纪五六十年代就已经蜚声文坛的中年作家），谈到稍晚于他们的刘心武、张洁，还谈到近年来崭露头角的文学新秀张承志、梁晓声、王安忆、铁凝、邓刚等人，饶有兴味地介绍他们生活的经历和创作成果，分析他们各自的创作特色，言语中饱含着热烈的赞赏和殷切的期待。他指出，作家的天地十分广阔，可以扬长避短，各显神通，但作为社会主义文艺，恐怕不能忽视及时地反映当前丰富多彩的现实生活。他说，有的作者写了有影响的作品，得了奖，变成了红人，被一些人包围了，这里请去做报告，那里请去谈经验，有的出版社还邀请他们全家去游览，免费招待，坐的是轿车，住的是高级宾馆。哪能不脱离生活？正因为如此，他们的作品已经开始出现形象雷同的趋势。还有一些作者，写东西粗制滥造，声称先是要高到几万元的稿费，然后再来提高作品质量。他们在刊物上发了那么多作品，可是谁又能说得上他们究竟写了些什么呢？这是很不可取的。听着他的谈话，我不经意想起，身为全国文艺界领导人之一，他的工作是十分繁忙劳累的，可是他仍然与许多作家保持联系。我们就听说有的青年作家甚至半夜里叩门来访，与他长谈至凌晨。难怪他对一些中青年作家的情况了解得如此具体透彻。他所提出的作家如何对待生活及创作态度问题，确实带有某种程度的普遍性，是值得引起重视的。

对于创作态度问题，丁玲在与我们谈话也曾涉及。她说，创作是高尚的事业，不能掺杂有不纯洁的思想动机。她对“交换文学”提出了尖锐的批评，同时指出，有些青年为了找出路而搞创作，以为可以通过开后门发作品，也是很不对头的。他还盛赞一些老作家不仅艺术水平高，而且创作态度严谨。她说，他们写一点东西是很不容易的。有的人一笔一画，趴在床上写，一张稿纸不知道要花费多少心血！

在严文井家里，谈起散文《一个低音变奏》的写作情况时，这位素以严谨闻名的老作家告诉我们：最早写了六千多字，改了几遍，只剩下两千多字。谈到这里，他的夫人康志强正好在座。他微笑着插着话说，他写东西总是那么认真，就喜欢改了又改，一直改到没有多余的字句为止。严文井风趣地接上说：“是啊，我这样做对挣稿费太不利了。有的人写小说，一写就是两万字，拖沓，我可不想与他们争。”这段话使我们想到他今年四月十九号写给《芳草》编辑部的信中那句名言：聪明和老实是双生兄弟，老实应该比聪明先出生。我们深深感到，他那深厚、扎实的艺术功底，固然值得我们揣摩学习，他的城实、严谨的创作态度，更应成为我们效仿的楷模。

在张天翼、沈从文家里

九月十二日上午，我们来到崇文门外，拜访了两位早在20世纪30年代就享有盛名的老作家——张天翼和沈从文。

张天翼自从一九四二年得了严重的肺结核症，健康就一直欠佳。新中国成立以后，他以顽强的意志战胜病魔的挑战，为孩子写了很多生动的童话故事，让一代又一代少年儿童通过窥探宝葫芦的秘密而获取向知识进军的毅力，从大灰狼的故事中得到了深刻的思想教育。与此同时，他还为扶植文学新人付出大量心血。令人惋惜的是，他于一九七五年患脑血栓症，半身不遂，至今不能讲话。登门之后，他的夫人沈承宽当即引着我们来到平台上。坐在藤椅上休息的张老师满面含笑地向我们举起左手，比划着要我们坐下。沈承宽对我们说，目前正在整理他的著作，打算出版一个四卷本的文集。她还告诉我们，根据他的著名小说《包氏父子》改编的电影已经摄制成功，即将正式上映。我们看到张老脸上露出欣慰的笑容，也为他的作品能够通过多种途径广泛流传而感到由衷的高兴。

沈从文先生住房面积之小，大大出乎我们的意料，一共只有三间：一间是沈老的书房兼卧室，大约只有四十平方米；另两间就更小了，走廊本来就十分狭窄，短小，竟还紧挨房门，摆着一张钢丝折叠床。沈老近来身体不太好，门上贴有医嘱，谢绝客人来访。我们进门后向他道了安，便随着他的夫人张兆和到另一间小房里叙谈。当我们对住房拥挤的状况表示惊讶时，张兆和便告诉我们：中央领导同志对从文很关怀，春节期间还曾亲自来看望过他，提出要重新安排房子，只是有关部门尚未给予落实；她有时候要搀沈老下床散散步，但在走廊里连转身的地方都没有。她还告诉我们，根据沈老代表作《边城》改编的电影已经开拍，在这里摄下他在自己书房伏案写作为影片的第一个镜头；八卷本的《沈从文文集》正在陆续编辑出版。我们向她介绍了安徽文学界的情况，提起沈老当年的学生张桂目前就在合肥。在我们向沈老告辞的时候，只见他正躺在床上专心读报。张兆和向他转达我们所说的情况，他那圆圆的脸上露出温和的微笑。他握着我们的手，叮嘱我们回合肥后一定向张桂及其夫人转致问候。从沈老家出来，我们的心情久久不能平静。这位年过八旬，而且具有世界影响的老作家的音容笑貌，以及那三间局促的小房，将永远留在我们记忆的屏幕上。

在这次赴京寻求支持的日子里，除上述几位老作家外，我们还分别拜访了其他二十几位著名的老、中、青作家和翻译家、文艺评论家。他们都对我们的刊物表示了热烈的关怀和殷切的期望，并对小说、散文创作发表了独到、中肯的见解，这对我们同样是异常宝贵的。著名作家、翻译家叶君健、王佐良还把他们精彩的小说、散文力作交给我们带回来发表，这更是对我们的有力支持。这次有意义、有收获的京华之行，使我们进一步意识到：扩宽眼界，广开文路，对于刊物工作的改进，是必需的。

1983 年与邹正贤合作

“大观园”里访美学家

——宗白华先生

在我国当代为数不多的著名美学家中，除朱光潜先生是安徽人外，还有一位是宗白华先生。早在“五四运动”时期，宗白华就是颇有才气的新诗人，对新文化运动有一定贡献。郭沫若先生曾在《沫若自传·创造十年》里写道；“促使我创作欲爆发了的，我应该感谢一位友人，编辑《学灯》的宗白华先生。”自一九二零年留学德国时起，宗先生就开始致力于美学研究，毕生未缀。他先后在南京大学、北京大学执教半个多世纪，不仅桃李满天下，而且著译颇丰，深受美学界人士的爱戴。最近，《文学研究》邀请他和全国首届美学进修班的学员在恭王府座谈，我们借此机会访问了他。

坐落在北海附近的恭王府，是清代恭亲王奕䜣的官邸，始建于乾隆四五十年间，系北京唯一保存较为完整的一座王府。这组占地八十余亩的古建筑群，亭台楼榭，鳞次栉比，叠石假山，雕镂精巧，不少园景和题匾与《红楼梦》中的大观园意境极为相似，院内有方形石碑一柱，上书“曹宅茔地”，尽管学术界各执牛耳，民间历来传说此处即是“大观园”。由于流年岁月，天灾人祸，断垣残壁，举目皆是，但人们置身其中，昔日的红楼梦境仍不免时时在脑际萦回。

这是一个晴朗的冬日，新近修缮绘漆过的“瞻霁楼”富丽堂皇，熠熠生辉。刚度过八十三岁寿辰的宗老先生，在一群来自全国各地高校美学教师的簇拥下，笑呵呵地走进“葆光楼”。他头戴咖啡色火车头帽，身着宽大的蓝布棉衣，脖子上挂着一条紫灰相间的细短围巾，肩上还斜背着一只由黄变白的挎包，宛如进城的老农民。当他听说“天香庭院”相传是贾母寓处，“宝约楼”乃凤姐所居时，笑道：“这么说来，我们不是在梦里啰!”他讲话带有安庆口音。

话题自然由大观园引起。宗先生说，与西方的几何体、直线型建筑不同，中国的园林和建筑婉转萦回，曲径通幽，富于变化，《红楼梦》中形象地反映了这一民族特色，体现了古代中国丰富的美学思想。恭王府则为我们提供了这方面的例证。诸如这类研究资料和审美对象，祖国蕴藏极其丰富，有志于美学的同志应该多走走、多看看，从中汲取营养。

在谈到我国的美学遗产时，宗先生真是如数家珍。他说，公元前两千多年的夏朝姑且不论，就从出土的商朝青铜器和陶器来看，其展现的丰富多彩的美感形态就达到了惊人的境界。世人都说笔是蒙恬发明的，其实我们从仰韶时期的陶绘中就能看到笔的使用。故宫博物院保存的文物，实际上就是一部中国美学思想的发展史。随着考古工作的发现，美学材料将越来越多，亟待我们去发掘、研究，并据以写出我们自己的美学史。这方面，我们不能指望外国人。南京栖霞洞的石雕，至少是唐宋时期的珍品，国民党请外国人修缮，结果弄得面目全非，朴素的东西荡然无存，还感谢人家，真是反动透了！我们大量的国宝流落国外，不是被禁锢在国库，就是沉睡私人家里，收藏者不研究，研究者看不到，真叫人遗憾。说到这里，宗先生摘下帽子，满头白发雪一般的耀眼。

座谈中，有人反映北京展出的一些现代派、印象派的画看不懂，问究竟是不是艺术，应如何看待。宗老先生说，这确实是美学家面临的一个问题。不管怎么说，多一些艺术表现形式总是好事。各民族有各民族的欣赏习惯，艺术家各有各的风格。我们要打开眼界，多观察，多了解，多比较，不要轻易下判断，更不必要硬性规定一个范围。这些艺术形式生命力如何，时间是最好的鉴证，从云岗、龙门的雕塑看，中国艺术家是很善于借鉴和吸收外来文化的。艺术的道路既然极为广阔，研究美学也就不能是窄路一条，要联系实际，开阔领域，各显神通。

座谈结束时，我们特地问及宗老先生有何打算。他极为感慨地说：“看到美学界新人辈出，十分高兴，我老了，不行了，只想多活几年，亲眼看到祖国富强起来，看看百花齐放的局面。”

的确，宗老先生是在以美学家的眼光，密切地注视着祖国文化的发展。北京凡有艺术展览，他必定要参观。笔者第一次见到他，就是在故宫一个绘画展览馆里。熟悉他的同志告诉我，宗老先生每次外出参观，乘坐的都是公共汽车，这不仅使我大为惊讶，凡是挤过北京公共汽车的人都一定体会到，对一位八十三岁高龄的老人，那是需要多么巨大的勇气和热忱啊！

1981 年

我学的第一句绩溪方言

绩溪地处皖南深山，交通闭塞，当地方言十分难懂。“文革”期间，我大学毕业被分配到那里工作，遇到的头一个难题，就是语言不通。当地人讲起方言来，你就像是置身于非洲土著中，根本不知道他们叽咕些什么。

不久，未婚妻也分配到绩溪，我们在那里建立了家庭。当时市场供应极端匮乏，买菜非常不容易。偌大的县城，只有一家猪肉店，供应量极少，要想吃点肉，必须赶早去排队。

头一次买猪肉，我半夜就披衣起床，提着篮子走在黢黑的巷道里，阴森森的，怪可怕。等我趔趔趄趄赶到肉铺，那里已经黑乎乎地挤了一群人。人们跺着脚、哈着手，在凛冽的寒风里耐心地等待着天亮。

仿佛过了半个世纪，肉铺终于开门了。先进去的是几家食堂的老炊，他们是“大户”，有优先权；我们这些“散户”只能绕着肉案，在门外排队。掌刀的是一位瘦高个，皮肤黝黑，他一边叼着香烟，一边剁肉，过秤，然后把猪肉一块块地扔到大户的篮子里。等到把姓“公”的打发走了，才轮到我们这些姓“私”的。此时，案上的猪肉已经所剩不多，散户们阵脚大乱，大家拼命往前拥挤，高擎着竹篮，尽量往前伸。每一块肉切下来，就是一阵喧哗：“猿海黑藕嘞!”我不懂人们喊叫的是什么，只觉得那情景颇像老家屋梁上乳燕进食，张开镶着黄边的嘴，拼命地叫着。那天，我还不会喊叫，是一只哑巴燕子，终于没有买到肉，只得提着空篮怏快而归。

第二天，我重上征途，“燕窝”风光大致如昨。眼看猪肉即将告罄，我急了，情不自禁地模仿当地人大吼起来：“猿海黑藕嘞!”“猿海黑藕嘞!”不知是因为声音陌生，还是学的怪里怪气，惹得好几个人回头盯着我，那掌刀的瘦高个也抬起头来，看了看我，随手把一块肉扔到了我的篮子里。我如获珍宝，健步回朝。

回到居住的胡家祠堂，如此这般地向新婚妻子报告，妻子笑嘻嘻地问我：“那咒语什么意思？怎么这么灵?”我说我也不知道。转身跑到隔壁，向一位同事请教，那位同事听我叙述后，大笑不止，他耐心给我解释：肉铺掌刀的瘦高个名叫永浩，绩溪方言是“猿海”，“黑藕嘞”意谓“给我吧”，全句翻译成普通话就是：“永浩，给我吧!”

自这以后，每当提篮买菜时，我就一路喊叫着：“猿海黑藕嘞!”反复演练，一丝不苟。这咒语虽然未必每次都灵验，空篮而返仍不在少数，但从此我总算是学会了一句绩溪话。

我离开绩溪到合肥工作已经14年了，所学的绩溪方言均已忘却，唯独这一句没齿敢忘。有一次，我到城隍庙绩溪徽菜馆进餐，为了同老板套近乎，我说我也是绩溪人，旋即想说一句绩溪话，憋了半天，竟脱口大喊“猿海黑藕嘞”，弄得老板和小姐们莫名其妙。

1993年

特别的一课

或许我们每个人都有这样的体验：青少年时代，遭遇的某件事，即便看起来并不起眼的小事，却悄悄开启了你的心灵之门，默默植进了某颗种子，不知不觉地影响着你的一生。

我在安庆一中读书时，就曾有过这样的经历。

那是1960年9月，我由高一升至高二，开学没几天，学校就组织我们到广圩公社永安大队去劳动锻炼。其时，正值全国大饥荒，安徽尤甚，用“饿殍遍野”来形容当时的农村状况，其实并不过分。农民们虽然饿死，却不曾听说有谁哄抢过粮站粮库。即便如此，有些人仍不放心，秋收时节，组织我们学生下乡，名义是劳动锻炼，实际是让我们站岗放哨“保卫秋收”。

一天夜里，我和柏庚甲、钱立光三人为一组，执行巡逻任务。饥饿的农民，早已入睡，整个村子为黑暗笼罩，死一般的沉寂。那时，我们责任感很强，田头地边，村里户外，仔细侦查，不敢懈怠。半夜时分，我们发现一家农户的窗户有一丝亮光，悄悄靠上前去，只见一老妪正低着头在堂前搓麦穗。发现“敌情”，我们学着电影中侦察兵的样子，由一人从窗户中盯住目标，另二人用脚踹开门，大叫一声：“不准动!”那老妪见我们从天而降，惊恐万分，不住地求饶。这时，隔壁房里传来一阵咳嗽，一老翁在床上叹息道：“我叫你别弄，你不听。唉，饿死就算了，反正我们也老了，活不了几天了……”老妪则哭着说：“老头子病了，好几天没吃东西，我掐了几根麦穗，想替他熬碗粥喝……”说着，竟抖悚悚地跪了下来。

见此情景，柏、钱二位没了主意，用眼神望着我。三人中，我是组长，应该由我决策。按照公社布置，凡发现有人偷地里的麦子，应立即扭送队部，交大队处理。可是，望着跪在地上的老妪那瘦弱的身躯，那满头的白发，我忽然想起了我的祖母。日前还听父亲说，远在乡下的祖母，把花生壳磨碎，搅糊充饥……我不由一阵心酸，连忙扶起老妪，对同伴摆摆手，三人悄悄地离开了。

此后，我们继续巡逻，但谁也不说话，大约都在想着各自的心思。

下半夜时分，我们巡视到地头，肚子饿得咕咕叫。白天喝的“洪湖水，浪打浪”的稀粥早没有踪影了。眼前是一片山芋地。不知是谁提议，挖个山芋吃吧。我想，我们为队里站岗放哨，忍饥挨饿，吃个山芋，也算是犒劳，不为过。于是，我们三人一头钻到地里，用手扒开泥土，找山芋。

山芋还没有找到，却闻一声断喝：“是谁？站住！”一道手电筒的白光牢牢把我们定住，我们乖乖地束手就擒。原来是队长从公社开会回来，路过这里，意外地抓了三个俘虏。

队长把我们押解到驻社工作队驻地，喊开门，交给一位市教育局的干部。队长当着那干部面控诉我们好一阵，大意是说我们监守自盗，学生不可信，不是来支农，是来坑农，等等。教育局干部听完汇报，对他说：“好了，你回去吧，我来处理。”我们三个俘虏都低着头，等着挨批挨骂。万料不到的是，队长走后，那干部竟什么也没有说，只是拍拍我们的头，叫我们回去休息。

这一夜，我们哪能睡得着！越想事态越严重，越想越害怕。因为安庆一中校规很严，要是知道我们给学校丢了脸，不给处分也得大会批评，那将够我们消受一辈子了。

我们在忐忑不安中，等待暴风雨的来临。然而，直到劳动结束返校，这场暴风雨始终没有来。后来听说，那队长曾来我们班级，在背后指证过我。班主任刘建新老师，以村里一个青年与我长得“一模一样”为由，给挡了回去。

事后我想，那天夜里，那位老妪和我们的遭遇异曲同工。因为我们幼稚无知，使老人受到惊吓伤害，我们也因此受到了同样的惩罚；同时又由于我们良心未泯，宽恕了老人，我们也因此得到别人的宽恕，逃过一劫。

多少年以来，我一直忘不了那个充满戏剧且神奇的夜晚。我觉得，那是苍天特意给一个青年铭刻的昭示：善有善报，恶有恶报！

2005 年 12 月 4 日

真想重回二中去读书

安庆二中百年华诞，我应邀前来参加纪念活动。阔别四十年，目睹母校的沧桑巨变，不由思绪翻卷，感慨万千。

我是1956年至1959年在二中就读初中班的。这三年，在年轻的共和国历史上，正是风起云涌的时代。政治上的反复折腾姑且不说，仅仅那场荒谬绝伦的全民大办钢铁就让人啼笑皆非。记得那年的校园，到处是土高炉，十几岁的娃娃，甚至连金银铜铁锡也分不清楚，却手持铁钳，忙忙碌碌，去炼那种黑不溜秋的、什么也不是的玩意儿。绿草如茵的操场周围，布满了坟堆似的炼焦场。校园上空，烟雾弥漫，硫黄刺鼻，熏得眼睛都睁不开。操场上那堆积如山的煤，是凭借学生稚嫩的肩膀从江边挑来的。当年的班主任彭卓夫先生曾在我的成绩单上写道："该生在大办钢铁运动中，提出'不上一万，不回家吃饭'的口号，鼓舞了全班同学斗志……"若干年后，我当了父亲，我的读初中的女儿偶然翻出了这张成绩单，惊叹道；"爸爸小时候学习真用功啊，不考一万分，不回家吃饭!"当年的校园情景，对她们来说，是无论如何也无法想象的。

四十年后的今天，重返校园，其情其景，也是当年的我们所无法想象的。崭新的教学大楼，琳琅满目的实验仪器，一应俱全的文体设施，花团锦簇的教学环境，让人仿佛置身于梦境。当年我所熟悉的一些老师，虽然大多已经不在了，接过他们教鞭的，则是生气勃勃的新一代，其中有不少甚至是我当年的同学，例如全仁立、柏庚甲、吴家治、刘政和诸君。我的大学同学秦国治也在这里任教，有人告诉我，秦君曾经带过的一个班级 54 名学生，原是重点中学选挑之后剩下来的，在他精心浇灌下，这个班有 49 名学生进入了大学本科，其中 36 名还是属于重点大学。我的这位素以腼腆著称的同学，不由让人刮目相看。现任学校领导班子的几位成员，都比较年轻，精明强干，有着极强的事业心，望着他们朝气蓬勃的英姿，我打内心里替母校欢呼。

纪念会上的文艺演出也很精彩，少男少女那嘹亮的歌喉、优美的舞姿、灵巧的弹奏，处处洋溢着青春、生命、活力，展示了祖国的未来和希望。在那一张张红扑扑的、充满稚气的脸蛋上，我读到了幸福和美好。

我是多么羡慕你们啊，小同学们！

真的！要是能够重回二中去读书，那该多好！

1999 年

送别陈所巨

9月26日上午，我与唐先田驱车去桐城，为陈所巨送行。车抵殡仪馆门前，所巨的孩子便迎上前来，扑通一声跪下，与此同时，所巨的学生白梦也迎上前来，扑通一声跪下，他们这一跪，立即把我们眼泪捅得哗哗直流。

所巨患病的消息，今年春上就听说了。当时我并未太在意，总以为他身强力壮，性情旷达，不会有多大问题，过不了多久，我们又会相聚。后来，听说他做了胃切除手术，便想去看他，种种原因，惜未成行。再后来，又听说他移医上海，做了第二次手术，心想：待他回桐城，一定得去探望。万料不到的是，他竟突然与世长辞！噩耗传来，我们正被封闭在大蜀山脚下，评选2003—2004年度安徽省文学奖，而参评的众多作品中，就有所巨与白梦合著的长篇历史小说《父子宰相》！

所巨以诗歌成名，在20世纪七八十年代的中国诗坛享有广泛声誉。后来，他撰写了大量散文。他的散文，行云流水，意蕴丰厚，文化品位极高，其艺术成就，在我看来，远在诗歌之上。近两年他又埋头写小说。《父子宰相》描绘张英、张廷玉父子先后辅佐康熙、雍正、乾隆三代王朝，历史跨度庞大，涉及史料繁多，上下两集逾60万字，作者呕心沥血之苦，不难揣度。紧接着，他与白梦马不停蹄，又将小说改编为电视连续剧，且已投拍。张英、张廷玉以及方苞、戴名世一代桐城英才，借此将掀开历史尘埃，走进千家万户。而我们的桐城新一代才子——陈所巨，却不幸訇然倒下，享年才58岁！

我噙着眼泪对白梦说：“所巨是累死的，我们活着的人，要好好活着。”白梦是所巨的得意门生，所巨50虚岁生日，白梦曾撰有《为先生寿》一文，发表在我主编的《清明》上，对所巨的造诣和为人进行了中肯评述，情真意切，曾被文朋诗友广为传诵。此刻的白梦，一身缟服，形容憔悴，她哭着对我说：“所巨没有走，他不过是远行去了。以前，他到外地去采访，一去就是几个月。这次也一样，他还会回来的，我相信我们还能见面……”

殡仪馆前，人越聚越多。除了当地各界人士，还有来自合肥、安庆、池州等地的文朋诗友。面对静卧鲜花丛中的所巨，我心中暗自慨叹：这么多人赶来送行，所巨如果醒着，他一定会笑咧了嘴，就像以前我们每到桐城，所巨就早早在路边迎候的神态那样……

所巨，我的朋友！

2005年

诗，永远属于人民

——记祁门诗会

5月的皖南，流光溢彩，满目葱茏。应《安徽文学》编辑部和祁门县人民政府的邀请，约四十名诗人、评论家和编辑，从全国各地来到祁门古邑，参观采风，切磋诗艺。

“青山不编门牌号码，诗人可以四海为家。”诗会虽小，倒也别致，文朋诗友携手走访，促膝交谈。大家徜徉于青山绿水之间，流连在林场、瓷厂、茶厂、蛇科所等地，尽情地呼吸新鲜空气，领略大自然的意蕴。

——牯牛降自然保护区，古树参天，珍禽遍地，世称“绿色的宝库”。这不就是人们梦寐以求的诗坛吗？多一点扶持，少一点砍伐，三教九流，兼容并蓄，那么，百花齐放、百家争鸣的局面，也就指日可待了。

——祁门瓷土，细致纯白，凝结性强，素有“天然配方”和“瓷土之王”之称。正是有了祁门瓷土，景德镇的瓷器才得驰名中外。诗人也要寻找自己的瓷土。诗的土壤就是人民，就是生活，有了这样的土壤，诗的情愫永远不会枯竭。

——祁红屯绿，醇和隽永，沁人心脾。诗，应该像茶那样经得起品嚼和回味，社会生活的内涵与哲学的意味的高度统一，正是诗的永久魅力之所在。

——蕲蛇，俗称“五步龙”，人被咬伤后不出五步即倒毙。蛇毒却是名贵药材，价值高出黄金二十倍。有益的和有害的共存一体，腐朽只要处理得当也能化为神奇。诗人们从中获得多少有益的启迪啊！

——西武岭林场，由于精心护理，松杉如涛，颇为壮观。由木材说到人才，不少人感慨：论人才和潜力，诗坛“淮军”其实不可小觑，可惜缺乏统领，群龙无首，迄今形不成气候……

就这样愉愉快快地走、随随便便地谈，行云流水，由物及文。诗坛的形势，诗的本质，诗与生活，“爱情诗”以及其他感兴趣的问题，或浓或淡，或浅或深，都有所触及。

谈得最多的话题，是诗与时代、诗与人民。

我们正处于伟大的变革时代，怀着共同的使命感，大家都强调诗应该与时代合拍，积极反映变革时期的新生活。这种反映，既不是按图索骥，一味空灵，虚无缥缈，也不是简单地、表面地、浮光掠影地堆砌和摹写生活现象，而是借助丰富的想象和独特的象征，真实地表现当代人的情绪和心理，努力发掘出沉淀在生活与历史深处的人生真谛。

诗应该反映现实生活，表达人民群众的理想、爱憎和追求。这话虽属于老生常谈，但它符合诗歌发展规律，因而属于真理。中华民族几千年的文化积累，当今世界各国诗坛的实践，都毫不含糊地向人们揭示，唯有同人民群众共同呼吸，诗歌才能永葆青春。个中道理其实也很简单：诗歌离不开读者，征服读者的办法莫过于拨动他们的心灵的琴弦，求得情感的共鸣。可惜并非所有的诗人对此都能理会。当前的变革浪潮，不断冲击人们的情感，种种社会现象（开拓的和保守的，健康的和腐败的），是人们日常最为活跃的话题。生活中的这些“热点”，在报告文学、小说、杂文等文学样式中多有触发，唯独点燃不了诗坛的激情。一些诗人热衷吟唱的，是过去时代的，甚至连爷爷奶奶也听腻了的歌，诗对现实生活和群众情绪的“淡化”，如不扭转，势必导致读者对诗的“淡化”，写诗的多于读诗的，在某些地方恐怕已经不是奇闻。

诗的观念的更新和诗的形式的创造，当然应该鼓励，但这种更新和创造的终极目标只能是“曲高和众”，而不是“曲高和寡”。与人民群众疏远的倾向，不管用的什么借口，都必须反对。

1986 年

红茶“祁眉”

祁门红茶，因其汤色红艳明亮，滋味鲜醇甘厚，长期以来饮誉海内外，国人无不知晓。进入新时期，当地进一步弘扬传统工艺，陆续推出一批知名品牌，效益显著。近些年，茶业部门秉承百年精髓，潜心研究，精心打造，隆重推出一种崭新高级礼品茶，名之曰“祁眉”。

何以叫“祁眉”呢？一般解释是，因其茶形酷似少女柳眉，乃取其形状而名之。就外观而言，祁眉条索紧细，冲泡之后，袅袅娜娜，亭亭玉立，其形的确有类于柳眉倒竖。然而，此形此状，似非祁眉独具，包括绿茶在内的其他茶种也有如此的。显然，以形命名，似不能涵盖和昭显祁眉的独特品质。

祁门地处皖南，群山连绵，清溪纵横，雨量充沛，植被茂密。土壤属于红褐色砾质粘壤土类型，土质疏松，有机充足，天生适宜于茶树生长。即便如此，祁眉对原料仍旧要求苛刻。其茶叶必须采撷于海拔 300 ~ 600 米以上的茶园，那里云雾缭绕，生态空灵。季节上限于谷雨至清明，这个时段，芽叶初展，氨基酸、蛋白质等含量较高，营养丰富。在制作工艺方面，完全凭手工，萎凋、揉捻、发酵、成型、干燥等等十几道工序，样样精心，件件独到。形与味的完美结合，使祁眉具有其他茶类难以企及的品质。因此，“祁眉”一问世，即被人们奉为送礼佳品，并被钓鱼台国宾馆选为指定用茶，用以款待来自海内外的政要嘉宾。由此推断，祁眉作为高级礼品茶，其命名似与礼仪相关，很容易让人联想到“举案齐眉”这个典故。

东汉梁鸿家贫好学，不肯为官，与妻子孟光隐居霸陵山中，以耕织为业。后来，为避患，寄居人廊屋下，替人舂米。每值梁鸿劳作归来，孟光均为之备食并将食案举到齐眉高处奉送，夫妇相敬如宾。后世多有诗词为之赞叹，“好个家风，举案齐眉胜敬通”（沈瀛），“怎教他举案齐眉，俏书生别有家风”（于伯渊），“白头尚举齐眉案，相敬未忘宾礼”（韩奕），等等。《西厢记》《红楼梦》等著作中都曾引用过这一经典。足见在中国传统文化中，梁鸿孟光被视为夫妇和谐典范，“齐眉”俨然成了相敬的代名词。

“祁眉”与“齐眉”谐音。祁门人民既然把祁眉打造成高级礼品茶，说其茶名寓“举案齐眉，相敬如宾”之意，我觉得应该不是牵强附会吧。

2010 年上海世博会已经开幕。为了款待来自五湖四海的嘉宾，上海世博会组委会特向全国征集名茶，祁眉理所当然地光荣入选。在世博盛会上，如有国际友人问及祁眉茶名的由来，我们期待东道主能借此传递中国是礼仪之邦、素有敬友好客的传统。

2010 年

矿区掠影

在一个金风送爽、稻谷飘香的季节，我因公来到淮北矿务局。承蒙矿务局领导同志的热情支持，事情办得很顺利。一天，我正打点行装，准备回去，我的在淮北工作的老同学周君对我说："你首次来淮北，不到矿上走走，岂不徒有此行？"我一想，也是的，矿工生活以前只是在电影上看到过，在报纸上读到过，究竟是个什么样儿，这次不妨亲眼看看，增加一点感性知识。于是，在周君和矿务局宣传部另外两位同志的陪同下，我走访了附近的岱河煤矿。

画在地板上的示意图

岱河煤矿接待我们的是一位年轻人，看样子不过三十来岁，中等身材，长方脸，皮肤黑里透红，眉宇间洋溢着一股英气。经介绍，才知他就是该矿党委书记，名叫肖桂彬。这么年轻能领导一个数千人的大矿吗？我心里不由暗暗升起一个问号。

我们一边喝茶，一边打听煤矿的生产情况。肖桂彬告诉我们，岱河煤矿1965年开始投产，设计能力为年产60万吨。这些年来，国家现代化建设速度加快，对能源需求急剧增加，岱河煤矿不断挖潜改造，实际产量逐年上升，1981年为120万吨，1982年为147万吨，1983年已高达158万吨，1984年10月27日，即我访问的前一天，产量为12.8万余吨，超过计划68000吨。

“与原设计能力相比，你们已经远远翻了一番了！”

“是这样。相当于新开了一口大型矿井呢！”万肖桂彬不无自豪地说，“建口新井快则五年，最少需要5000万元的投资，而我们改造总共只花了800万元，而且还坚持正常生产。赵总理最近强调要改造现有企业，我们深有同感，这里面的潜力可大着呢！”

这不啻是个奇迹！这奇迹是怎么创造出来的呢？我来了兴致，请求讲得具体些。

肖桂彬找来一根粉笔，先在地板上画了一个矿井示意图，然后逐一介绍，他们如何打了一口新副井，使之延伸到二水平，加快了开掘进程；如何打了一口东风井，扩大了开掘范围；如何对采区巷道进行改革，延长采区走向，加大工作面长度，增加采区储量，提高巡环产量；如何改造主井，运用大功率电机，加强提升能力，等等。边讲边划，个把小时下来，党委办公室的地板上，横的竖的，圆的方的，密密麻麻，看上去，宛如收录机的线路图，哪里是二极管，哪里是扬声器，哪里是线圈，哪里是调频、电源、开关，错综而又复杂，令人眼花缭乱；又好像是一幅军用地图，山脉河流，铁路桥梁，明堡暗道，火力部署，三军集结路线，敌军逃窜方向，标得清清楚楚，精确壮观。我不由得从地板上抬起头来，仔细打量这位年轻的书记，我忽然觉得他比我想象的要成熟得多，身材也似乎要高大一些。

“怎么样，这一节课要付多少学费呢？”周君幽默地问。

“按教授标准，委屈点，每小时五元吧！”我说。

大家都笑了。

“其实，矿上的挖潜改造，还是前几年的事，那时我还没有调来。要是请参加实践的同志介绍，肯定生动得多。”肖桂彬谦逊地说。接着，他又告诉我们，技术上挖潜改造是一个方面，工人们的忘我劳动也是一个方面。这两年矿上的任务越来越重，工人们每天井下作业时间经常高达十四五个小时，有的上井之后，头发还不曾干，又要下井，连续作业，十分辛苦。社会上有些人只看见矿工拿钱多，却看不到他们实际上付出了多少汗水！

“这样高强度的劳动，总不是长久之计呀？”

“有什么办法呢？国家能源紧缺，要求有水快流，强化开采，而我们目前的设备和地质条件又只有这个水平。”这位矿党委书记不无苦恼地说，“我们能办到的，就是千方百计地改善工人生活，让他们上井之后尽可能过得舒适些。如果你们有兴趣，不妨到生活区去看看。”

我替小伙子感到委屈

走进生活区的大门，迎面矗立着矿区电影院。我们进去时，适值电影刚刚散场，空旷的大厅里弥漫着热烘烘的气息，一千七百个座位像受阅的士兵一样整整齐齐地排列着。周君一边引导我参观，一边提示我注意地面，我沿着座位间隙走过去，眼睛盯在地上，没有水果皮，没有瓜子壳，没有香烟蒂，甚至连火柴棒也不曾发现一根。我有些不太相信，侦破人员似的巡视一排又巡视一排，终究什么也不曾发现。我愕然了。

我不由地想起我居住的省城。在那里，每天消费着山一样的商品，同时也制造着海一般的垃圾。夏天的西瓜皮，秋天的甘蔗梢，冬天的瓜子壳，曾经让市长们大伤脑筋。电影院是禁止抽烟和吃带有响声皮壳的食物的，否则，罚款，少则几角，多则几元。即便如此，每值电影散场时，“副产品”还是随地可见，吃零食的男女是如何逃脱剧场人员的监视的，那就不得而知了。想不到在这偏僻的矿区，竟有这么干干净净的公共场所，更想不到那些整天同煤块打交道的矿工们，竟能如此地注意公共卫生！

肖桂彬仿佛看出了我的心思，他笑着解释说，人们都说矿工又累又脏，累是不错，一天工作十几个小时，有时不得不跪着开采，甚至躺着采，能不累吗？至于说脏，那倒未必，煤不过颜色黑点，其实并不脏。也许正因为工作劳累，所以大家对生活有着更高的追求，希望有一个干净而舒适的生活环境。矿工抽烟是很厉害的，剧场里不让抽，他们也就不抽，电影结束时，有人忍不住掏根烟点着，也会把火柴棒揣在袋里带走，决不随地乱丢。

说着，我们来到了一幢矿工宿舍，一楼为首的一间是值班室，墙壁上张贴着卫生责任制、安全保卫责任制等各项细则，此外还张贴有洗衣、缝补、代买病号饭、出售邮票、代发信件、代买电影票等服务项目，每项工作职责也都有明确规定。据说，矿区各项岗位责任制共有八千多条、二十七万多字呢！

隔壁是图书室，桌子上陈列着五颜六色的报纸杂志，《文学》也在其中。沿着走廊往前走，还有电视室、工具室、收藏室等等。矿工的卧室有的因为有人在休息，我们没敢惊动，从清澈透明的窗户看进去，里面陈设井然有序，一丝不苟。有一间房门开着，一位小伙子正在埋头看书，我们进去看了看，只见里面摆着三张床，崭新的印花床单，绣花枕头，被子叠得刀削豆腐般的整齐，软缎子被面，有玫瑰红，有翠绿，有鹅黄，有雪清，在明媚的阳光下熠熠生辉。每张床边都有写字台，写字台上都各陈列着盆花，有怒放的墨菊，有馨香的米兰，还有带刺的仙人掌，体现了各自主人的不同雅趣。床头柜上都有玻璃板，玻璃板下面压着各色各样的画片，还有不少漂亮姑娘的玉照。我指着其中一张问那小伙子："这是你的爱人吗？"那小伙子咧开大嘴笑道："我有那样的爱人就恣啰！"

出来后，我问周君："这'恣'怎么讲？"

周君说："恣，在淮北就是'痛快、得意、美'的意思，相当于合肥青年人说'盖'。那照片的姑娘是电影演员×××，哪个电影演员肯下稼给矿工呢？"

我想反驳，一时又苦于找不到实例。不知怎的，我有些替小伙子感到委屈。

后来，我们还参观了食堂和花圃。食堂办得真是没话说的，熟食现炒，面食点心，样样齐全，二十四小时供应，随到随吃。那花圃也相当别致，仅玫瑰的品种就有二百之多。从生活区出来，肖桂彬指着一大片开阔地告诉我们，那里即将兴建一个文化体育娱乐中心，有包括图书馆、游泳池、溜冰场、跳舞厅在内的各种设施，建成后，矿工们的精神生活可望进一步得到改善。我用刚学来的话说："那就恣啦！"

他们像煤一样值得开采

在所有职业中，电影演员也许是最容易出名的了，只要上了银幕，他们的姓名连同他们的形象，立即映入千百万观众的眼帘，很快便成了人们谈论的对象。矿工呢？他们的劳动如同太阳般的神圣，不断地为大地输送光和热，而他们自己却蛰伏于地下几百米的黑暗之中，人们既看不到他们，他们也不可能把姓名刻在煤块上传遍千家万户。因此，矿工是最默默无闻、最不为人所知的了。非但如此，他们的生命还时刻面临着挑战，虽说现在安全保障一天比一二天好，但井下事故还是不能完全杜绝。所以，不少人把下井视作畏途。在不正之风盛行的年代，矿区曾流传着这样的顺口榴："局长的孩子挑挑拣拣，矿长的孩子保卫组干，科长的孩子供应机电，矿工的孩子采煤前线。"就是说，稍有职权和办法的人，是绝不肯交上矿工的"厄运"的。

然而，生活中偏偏就有不信这个邪的，吕敬民就是这样一个。

吕敬民这个名字，我是从生活区回到矿部才听到的。那时，适值基层各队支部书记在开会，利用休息机会，我找了几位支书聊聊，好几个人都说起他。

吕敬民今年二十六岁，副区长，劳动模范。他的父亲早年参加过抗日联军，是位饱经风霜的老干部。正如许多这样的家庭所显示的那样，父辈的革命热忱对子女有着重要影响，但是却不能保证他们绝对不会走上歧途。吕敬民的哥哥就是典型一例，他在"文革"时期响应"造反有理"的号召，戴上红袖章，揭竿而起，卷入滚滚浊流之中，以致丧心病狂地打死矿务局党委一位书记，从而锒铛入狱，成了千古罪人。前车之辙，后车之鉴，吕敬民陷入了深思。他瘦了，双眼深陷，颧骨高突，红润的脸蛋变得异常苍白。正在家人替他暗暗担心的时候，他忽然报名要当矿工。是幡然明白了生活的真谛？还是带着某种替哥哥赎罪的心理？不清楚。人们只是记得，那是在震惊全局的"10・23"事故之后，其时人心惶惶，原来打算下井的悄悄改变了主意，已经下井的千方百什闹着调上来。此时此刻，吕敬民偏偏放弃优越的生活条件，再三要求下井，而且指定要到条件最差的四队，这"反常"之举，弄得一些人莫名其妙。吕敬民来到四队采煤班之后，虚心学习，诚恳求教，两三个月下来就能独立操作了。自己任务完成了，还主动帮助别人干，没有听他说过一声苦，叫过一声累。他被选为团支部书记，曾经带领青年突击抢险，战胜过一个又一个难关。听说灾区群众有困难，他带领团员捐赠钱粮物资，受到上级表扬。他像磁铁般地爱上了矿工这一职业。有一年，组织上把他调到矿区担任团委书记，他实在坐不住办公室，再三要求，结果还是回到采煤前线。今年他从文化干校学习回来担任副区长，仍然跟班劳动，而且一直上的是夜班，晚上六点下井，翌日十点才上来，工作面长达 140 米。“他对当矿工究竟是怎么想的呢?”我不由好奇地问。

四队支书王井坤说：“他这人平时言语不多，更不肯谈自己。有次记者来采访，缠了他老半天，他也只是说，有本事就干大事，我没有本事，下井采采煤，对人民也是一点贡献。”

人民！原来他心中想着的是人民！把自己的青春献给人民的事业，永远与人民群众同甘共苦，也许这就是吕敬民给自己确定的生活宗旨。尤为可贵的是，这宗旨并不像他的名字那样由父辈或别的什么人传授给他，而是他自己从人生的矿藏中开采出来的，他懂得它的价位和分量，所以，他前进的步伐是那样独特而又坚定，充满着自信。

我很想见吕敬民，也想见见刻苦钻研、锐意革新、为矿区建设做出许多贡献的工程师钱忠福，还有青年劳模余顺平、老区长李爱民以及其他许许多多的优秀矿工。我觉得这些采煤的人，本身就像煤，那么平凡，那么质朴，蕴藉又是那么丰富，很值得我们去开采。可惜时已薄暮，我的为期一天的短暂访问该结束了。以后吧，我期待以后能够再来。

1984 年年 12 月于合肥

子陵滩随想

桐庐县坐落在美丽富饶的富春江畔。距离县城十五公里处，秀峰连绵，山环水抱，俗称七里泷，相传是东汉隐士严子陵垂钓之处，史上称之为子陵滩。山麓那两座挺立的石台，被称之为严子陵钓台。钓台附近的严光祠堂旁边，建有占地十余亩的碑林，立有石碑百余方，上面雕刻着大量缅怀严光的诗文，作者涵盖了南北朝以来中国诗坛几乎所有巨匠。一名隐士，自古以来竟然受到不同朝代如此众多文人的一致推崇，这恐怕是中国文学史上所特有的文化现象。

关于严光，因未见有著述传世，他的才学我们无从知晓。据范晔《严光传》记载，他少有高名，与光武同游学，及光武即位，他乃隐身不见。光武帝三番五次派人寻聘，甚至亲自与他同床共寝，反复劝说，欲封他为谏议大夫，严光就是不肯应允，最终躬耕于富春山，享年80岁。显然，这是一个不贪图高官厚禄、不慕虚名、性格怪异、特立独行的士人形象。人们景仰他的，或许就是这种不肯随世就俗、不为功名所累的超然和洒脱，誉之为高风亮节。然而，自古以来，读书人之所以能忍受十年寒窗之苦，无不是寄希望于一举成名，借以建功立业，光宗耀祖。金榜题名，辅佐朝廷，正是无数读书人的梦想。何以都突然景仰起隐士来了呢？这个中缘由十分复杂，恐非一篇短文所能说清。常言谓“达则兼善天下，穷则独善其身”，达与不达心境是不一样的。况且，达毕竟是少数，不达是多数。无论如何，就其最基本的品性而言，绝大多数士人崇尚的是独立之精神、自由之思想。“安能摧眉折腰事权贵，使我不得开心颜”！所以，面对严子陵这样视权贵如粪土、悠然自处、自得其乐的隐士，人们不能不肃然起敬。“短蓑不换轩裳贵，千载之风有几人”（明・商辂），“今日病夫祠下过，独知疲懦长精神”（宋・范师道），“君因卿相隐，我为利名来；羞见先生面，黄昏过钓台”（元・赵壁）。以人为鉴，见贤思齐，清正之风，代代相传。“风节尚能关社稷”（苏东坡语），中华民族的浩然正气，因此而得以不断发扬光大。

说到严光，不能不说光武帝刘秀。刘秀对待严光，可谓思贤若渴，情重于山。他亲自登门拜望严光，严光不理不睬，他毫不介意；与严光同榻共寝，严光把脚压在他肚子上，他也不予计较；太史官为此奏客星犯上，他只一笑置之。如此雅量，在古今皇帝群里，实属罕见。无怪范仲淹在《严先生祠堂记》一文中，反复将刘秀与严光俩人相提并论：“盖先生之心，出乎日月之上；光武之量，包乎天地之外。微先生，不能成为光武之大；微光武，岂能遂先生之高哉！”的确，像严光这样狂傲不恭之士，如若遇到鸡肠狗肚皇帝，恐怕早就找个罪名叫他人头落地，岂容他子陵滩头悠然垂钓?！所以，后人在缅怀严光的同时，也不忘记光武帝之德：“千秋一个刘文叔，记得微时有故人”（清・洪昇），“世祖若非天下量，严陵安得钓鱼矶”（宋・黄庭坚）。我在子陵滩辗转，在严光祠堂徘徊时，总觉得周围似乎少了点什么。能不能也为光武帝刘秀雕塑一尊铜像呢？我想。让天下执掌生杀大权之士也明白：宽容大度，尊重知识和人才者，同样也会受到历史垂青呢！

2014 年

《清明》十年风雨路

《清明》是安徽唯一一家大型文学期刊。2000 年进入中国期刊方阵，2002 年荣获国家期刊大奖，被国家新闻出版署列为百种重点期刊，进入中国核心期刊之列。

《清明》创刊于 1979 年，1987 年《清明》与《安徽文学》两刊合并，在两刊原有编辑部基础上组建了新的编辑部，我是负责人之一。1994 年我奉命全面主持《清明》工作；1995 年出任《清明》主编，直至 2003 年元月退休。前前后后算起来，我在《清明》工作已有 15 年的历史。回顾这 15 年来，特别是近 10 年来，深感《清明》走的是一条风雨路。

用一个指头拯救九个指头

《清明》创刊，恰逢文艺的春天。那时期，人们久旱逢甘霖，对文学作品如饥如渴。许多新作一问世，立即风行一时，期刊发行量节节攀升。主编们从来不必为办刊经费犯愁。记得我在《安徽文学》工作时，每值年末，秘书文岚总要请示主编江流，结余款该如何处理。照例是买些书籍、钢笔、稿纸，用以赠送作者。岂料好景不长，文学盛极而衰，由于办刊经费奇缺，许多期刊纷纷倒闭，《安徽文学》也被迫与《清明》合并。

合并后的《清明》，文联领导小组拟定的办刊补贴额度是每年 4 万元。这一标准，竟然成了“祖宗旧制”一直沿用至今，十几年不变。期间，纸张价是成倍上涨，印刷费翻番，稿费标准、邮递通信、办公用品等都是在大幅度涨价，唯一不涨的就是那4万元的经费，岂止不涨，还在缩水，因为不断新增的税项每年就高达三四万，刊物实际是入不敷出。

几年之后，《清明》原先积存的一点老底逐渐消耗殆尽，期间也曾到淮南煤矿寻求一点资助，终属杯水车薪。及至我主持工作那年，已欠印刷厂两期印刷费无法支付。另外，还寅吃卯粮，与邮局商量，将下半年到账的发行款提前到上半年使用，《清明》实际上已面临倒闭，形势十分危急。

我与大家商量，决定用一个指头来拯救九个指头。

这里所谓“指头”，是指刊物版面。《清明》是严肃文学期刊，肩负着陶冶情操、传承文明、“用优秀的作品鼓舞人”的使命。它不是以盈利为目的，属于公共文化事业。按理，它是政府部门财政投入的范畴，应无经费之虞。如今，既然财政不肯拔毛，刊物唯有自救。我们决定拿出十分之一的版面为企业提供服务，从企业那里获取一定的资助。这与上面禁止的所谓“卖版面”，形同神不同。我们采用的是以报告文学的形式，宣传企业的创业历程，而报告文学本身就是一项门类，仍属于文学期刊的规定范畴。这样做的结果是：企业扩大了知名度，提高了市场占有率，花点钱值得；宣传改革开放中的新人新气象，有利于树新风，对社会前进有益；编辑部也能增加收入，有利于维持刊物生存，从而使得另外那90%的纯文学版面得以继续。实际上，这是一举三得。

我们把任务下达到每个人，并视完成情况作为年终考核标准之一。刊物的优势是版面。编辑的优势是作者群落。凭借《清明》的知名度以及散布在全国各地的作者大力协助，大家一般都能超额完成任务。新开辟的《东方骄子》专栏，期期稿挤，全年的净收益已超出了财政补贴拨款。

当然，联系企业，并非总是容易。特别是那时期上门拔毛者甚多，企业渐生反感。我就有过一次痛苦的经历。那是在芜湖，由作家何更生引见一家啤酒厂。记得晚上应约到他家时，那厂长刚坐下吃饭。在我印象中，那厂长一定是把我们当作叫花子，不理也不睬，径自慢条斯理地喝他的酒。喝完酒又细嚼慢咽地吃他的饭。吃完饭之后，又反反复复地剔他的牙。剔完牙之后，又细细品味他妻子端上来的茶。后来，公然跷起腿来，不急不慢的抠脚丫。我站也不是，坐也不是，尴尬到极点。我把头转向挂在墙上的一幅画。这时，那厂长终于开口了：“怎么样，不错吧？这幅画我可是花了大价钱的。”我终于找到了一个宣泄的机会，于是，从构图布局、明暗虚实、线条色块、中西技法等各方面，把那幅画狠狠地贬斥了一通，贬得甚至连狗屎都不如。何更生不断地对我使眼色，我全然不理会，说完，我扯起何更生，扭头就走。更生问：“你疯啦！不想谈啦?”昏暗的路灯下，他当然看不见我眼里屈辱的泪水。

编辑部的同仁大都受过高等教育，是饱读诗书的知识分子。好几位都具有高级职称，出版有专著，应属于文化精英之列。这样的高级人才，何来温饱之忧？犯得着低声下气、摧眉折腰吗？我知道难为了大家。因此，当我看着他们背着行装，去挤公交车，去寻找最便宜的住所，豁出性命去陪企业家喝酒时，我总是百感交集！

我要向历史大声宣布：是一群编辑养活了《清明》！支撑了《清明》！

二房东不好当

省文联为了开发经营，为职工们谋求一点福利，决定把十余间半闲置的房屋拿出来出租。我们觉得这是一个创收的机会。因为根据匡算，上交文联款项外，编辑部每年可以获取约 4 万元的收益，相当于财政补贴额度。在招标过程中，经过一番激烈的竞争，《清明》胜出。

然而，后来遇到的困难和麻烦，远非当时所能想象。

早在争夺这批房屋经营权时，社会上就有人就参与进来。我们以支持办刊为正当理由，据理力争。经过一轮又一轮谈判，终于取得了经营权。

在寻求租赁对象过程中，又频生波折。后来，谈定的一位私营业主，已经开始动工装修，偏偏他的银行贷款遇到障碍，无力继续，欲罢不能。这样，时间耽搁了好几个月，大家都非常着急。我们决定下最后通牒，限期中止合同，赔偿损失。好一番折腾，弄得几乎诉诸法律，我的人身也曾受到几次受到恐吓。

最后几经反复谈定的租赁对象是淮北沈庄煤矿，他们拟以此为门面经营一家酒店，作为该矿设在省城的一个窗口。有上次与私营个体户打交道的体会和风险，我们以为这是与国有企业合作，应该万事大吉了。岂料，麻烦远未结束。

该酒店在装修过程中，当地街道办事处公然两次派人来将天花板捣毁，理由是开酒店事先未经他们批准，影响他们的摊点收益。市政管理部门也驱车前来把施工的马达拖走，原因是施工时围挡的塑料布影响市容。另外，还有不知什么部门，因为屋檐伸出长了一点，下令禁止施工。沈庄矿经营人员因为地生人不熟，要求我们帮助解决疏通。于是，我便整天辗转于街道、市政当局、市管会、市政府等部门，左一个申请，右一个报告，批复一串又一串，公章盖了一个又一个。后来，我才明白为什么资本家投资前要考察投资环境。像当时那种状况下办企业，要是我，打死也不干。

大约是在 1995 年国庆期间，酒店终于正式开张了，鞭炮放的很响，食客却寥寥。局面打不开，生意不景气。虽说按合同付款，是对方的义务，但由于连年亏本，矿方掏钱也总不顺畅。不得已，我当了两年“黄世仁”，一次又一次上淮北要账。

酒店大约勉强维持了两三年，终因经营不善而倒闭。后经双方数次谈判，矿方该交的款项基本兑现，不足部分以酒店设备抵债，差额并不大。三年来，《清明》累计上交文联大约 45 万元，是文联经营历史上首次盈利。

我们这次充当二房东，可以说弄得焦头烂额，但总算为《清明》正常运转补充了一点经济血液。

以不变应万变

20 世纪 80 代中期至 90 年代末，中国文坛“主义”迭出，流派纷呈。表面上看很热闹，其实不过是文学社会边缘化的一种无奈的挣扎。文艺期刊界也不甘寂寞，纷纷打出“新状态”“新写实”“新市民”“后现代”“新先锋”等等各类旗号，以招揽读者。与此同时，有的期刊则在刊名、开本、版式、装帧上大做文章，力图改头换面，吸引眼球。面对这股“创新”浪潮，《清明》无疑受到冲击。这是继 20 世纪 70 年代末 80 年代初以性描写为特征的“地摊文学”冲击波之后的又一次冲击。

我们的方针是：以不变应万变，坚持现实主义不动摇。

我始终坚信，文学创作不能脱离社会、脱离生活、脱离实际；文学创作必须关注人民群众，表现普通百姓的情感和命运，时刻与他们保持共鸣。在表现方式和艺术手法上，不排斥借鉴世界上其他民族的创作经验，但基本点应该是中国作风、中国气派，适合中国人的审美习惯。所以，在一次与新闻界的座谈会上，针对期刊界的“城头变幻大王旗”的现状，我坚定地表示：“现实主义命题虽然古老，但远未走到尽头，它仍具有旺盛的生命力。《清明》将坚持现实主义，坚定地走自己的路！”

我还亲笔为刊物撰写了题为“《清明》伴随您品味人生”的广告词：

“这里是一片富有魅力的天地，酸甜苦辣，喜怒哀乐，精彩纷呈。走进这片天地，您或许会微笑，也可能哭泣。无论是微笑还是哭泣，相信您的心灵将得到以净化，人格将得以升华。”

高品位的文学享受，是《清明》对社会各界最真诚的奉献！

我觉得，这个广告词是《清明》的办刊宗旨和风格、个性和特色、品位和格调的形象概括。因此，我们年年宣传，沿用多年。

我们在坚守现实主义道路的同时，也反复强调要不断加强作品的可读性，既注重作品的思想含量也注重读者的阅读兴趣，力求雅俗共赏，老少皆宜，并且在情节安排和叙述方式上，努力加快节奏，以适应日益变化的审美需要。

实践证明，《清明》的这条路是正确的。证据之一就是，新世纪一开始，包括北京在内的一些权威性的文学期刊都纷纷发表声明，要重归现实主义。文学创作界也开始了现实主义回归的浪潮。《清明》由于没有折腾，少走了弯路，赢得了先机，赢得了尊敬。诸多外省市的作家也正是在此期间认知了《清明》，并加盟了我们的作者队伍。

认稿不认人

如同所有商品市场一样，期刊市场的竞争极其残酷。我和我的同事们都意识到，质量是生存之本。千方百计地提高刊物质量，是一切工作的重中之重。围绕提高质量这个核心，我们建立健全了一系列规章制度，例如稿件三审制、编前会制、互校制，等等。为了尽可能减少差错，提高编辑质量，我们还特别聘请资深校对专家负责对每期刊物挑差错、找毛病，并按期公布，据此对编校进行质量考核。

认稿不认人，质量面前人人平等，是《清明》长期坚持的一项选稿原则。这首先是基于读者是上帝，是刊物生存之本的认识。一家文学刊物，发表的作品读者不喜欢，没有人看，刊物无人问津，还侈谈什么优与劣？因此，必须站在读者的立场上，以读者的好恶决定稿件的取舍，而不必在乎作者是领导权贵还是名家大腕。其次，这样的选稿原则也为广大作者提供了平等竞争的机会，为文学新人的脱颖而出提供了土壤。有许多无名作者正是借此在《清明》崭露头角的，例如新疆的韩天杭、上海的李肇正、河南的傅爱毛、亳州的孙志保、合肥的郭明辉、六安的张子雨，等等，他们都是从《清明》起步，逐步登上文坛，成为中国作家队伍中虎虎有生气的成员。

毫无疑问，这样认稿不认人的原则，也会得罪很多人。对一些熟悉的领导、前辈作家和好朋友的来稿，编辑常常感到棘手。我告诉大家，如果遇到不适合而又不便退还的稿件，可以交给我处理。我曾经退还过省里极受尊敬的老领导的首次来稿；曾经为否决一篇稿件与一位老作家兼好友一度翻了脸；也曾经为一篇稿件与一位前辈作家兼领导在电话里大吵了一场……我知道，为了刊物我得罪了太多的人。如今我已退休，借此机会，我谨向被我得罪过的领导、作家和朋友深表歉意。对于已经过世的前辈，我唯有祈求他们安息！

然而，假设有机会再办刊物，我想我的原则依然是：宁愿得罪作家，不愿得罪读者。

优秀的编辑队伍

期刊需要人去办，稿件需要人去取舍，方针需要人去执行。一般来说，刊物的质量与编辑素质密切相关，刊物的面貌也就是编辑的精神面貌。因此，要办好《清明》，创造品牌，首先必须打造一支高素质的编辑队伍。

幸运的是，《清明》拥有一批优秀的编辑，他们有强烈的敬业精神，与刊物共荣辱，肯全身心的投入。倪和平是《清明》的元老了，创刊第二年，她就从大学来到编辑部。我任主编期间，她负责中篇小说二审，阅稿量最大，编发字数最多，联系作者最广，创收效益最佳。大家都说，刊物和女儿，是倪和平一生最重要的两部“作品”。张守诚和邹正贤，是两位资深编辑，人品、学识、工作态度，都属不可多得，前者曾经躺在病床上看稿，后者曾经调动妻儿帮忙校对，可谓为《清明》鞠躬尽瘁。他们二位都已先后退休，我谨祝愿他们保重。

为加强编辑队伍建设，在我主持工作期间，经过争取和努力，先后调进了两位编辑，一位是淮北的潘小平，一位是安庆的杜仲。潘小平口锋笔健，才气横溢；杜仲勤奋谦和，是安徽油画界的中坚。有他们二位加盟，《清明》编辑部整体实力上了一个台阶。此外，我们还突破人事体制界限，不拘一格选用人才，先后从社会上直接聘用了三位编辑，一位是小说家舟扬帆，一位是诗人赵宏兴，一位是散文家苗秀侠。这三位后来都成为编辑部的业务骨干，为《清明》付出了艰辛的劳动，做出了不可磨灭的贡献。让人感到不安的是，他们三位从编辑部获得的报酬，还不及打工青年的月薪收入。他们纯粹是因为对文学的强烈热爱才投奔《清明》的。每想起他们，我心里总是充满了感动和敬意。

可以说，正是因为有了这样的一支编辑队伍，《清明》才红红火火、蒸蒸日上。无论是全省评奖还是华东地区评奖，《清明》总是属于优秀期刊之列。新世纪初，《清明》进入全国期刊方阵。2002 年，清明荣获国家期刊大奖，被国家新闻出版总署列为百家重点期刊。据悉，当时获此殊荣的文学大型期刊，全国只有四家，两家在北京，一家在上海，像安徽这样的“第三世界”，仅此《清明》一家。誉为山沟里飞出的金凤凰，想必不会过分。

编辑们为安徽争得了荣誉，为文化事业做出了贡献。没有谁为他们请功，也没有谁为他们发奖金。他们无怨无悔，继续孜孜不倦，埋头耕耘。可以想象，若干年后，当这批编辑告老还乡时，能够带走的除了颈椎病、眼疾等就是两袖清风。同他们的前任一样：“三十功名尘与土，八千里路云和月。”

这就是《清明》的编辑队伍！

收编《安徽文学》

新世纪初，迫于文艺界的强烈呼吁和发展文学事业的需要，有关部门决定重新恢复《安徽文学》和《诗歌月刊》。两刊主编则采用公开招聘、竞争上岗的办法。有人说，这年头，如果你想害某人，就劝他去办刊物：话虽如此，跃跃欲试者也不乏其人。

我与同事们商量，拟把两家期刊一起争取拿下来。我的基本思路是：文学期刊是一种文化资源，具备潜在的经济价值和社会价值。其次，《清明》编辑部兵强马壮，具备同时办几家刊物的实力。最主要的是，以此三家期刊为依托，今后可以与合适企业或团体共同组建期刊集团，寻求社会和市场的发展空间，从根本上解决文学期刊的生存和发展问题。

我的意见得到大家一致赞同。经过商量，编辑部决定派出几名精兵强将参与两刊的主编竞争。大家非常团结，群策群力，分头收集资料，提供书籍，协助出征人员参与竞争应试。结果是，《安徽文学》主编被季宇夺得，《诗歌月刊》主编则被王明韵折桂。两刊只拿下了一个，我们组建期刊集团的梦想因此破灭。好在《安徽文学》的“嫁妆”较为丰厚，省委宣传部后来明确宣布每年为该刊提供20万元的办刊经费。

《清明》和《安徽文学》早年合二为一，如今又由一而二。历史真是富有戏剧性。一套编辑人马，办两家刊物。季宇任《安徽文学》主编，我挂名社长。两刊基本分工是：《清明》侧重于面向全国，着重创建品牌；《安徽文学》侧重于面向省内青年作者，加强园地性。大小两刊，各具特色，互济互补，涵盖面较广。实践两年来，各方面反映不错。

2003年元月，我正式退休。季宇出任《清明》主编。编辑部希望我继续为《清明》做点事，聘我为特约编审。

早年在《安徽文学》时，我和季宇就一起共事。1987年两刊合并，我们又一起进入《清明》。我担任主编时，他是副主编。他在文学创作上富有才华，著述颇丰，是安徽文坛的骨干，在全国也有一定的影响。由他出任《清明》主编，再合适不过。有理由相信，《清明》的未来一定更加美好、更加辉煌！

2005年

杂文卷

ZAWEN JUAN

不能这样“搞”

开展五讲四美活动之后，我那读小学的女儿出现了可喜的变化，其一便是语言。以前，她头发上的蝴蝶结散了，总是往她母亲面前一站：“妈妈蝴蝶结！”现在不同了，语言变了：“妈妈，请您把我的蝴蝶结搞一搞好吗？”听起来就比以前舒服得多。这无疑是一个进步。然而，也还有使人不尽如人意的地方，这便是那个“搞”字，未能准确地表达她的意思，如果换为“系”字，就好了。这类毛病，不独孩子有，大人们也有，而且相当普遍，例如，他在搞（写）一个文件，请把车子搞一搞（修一修），搞（买）袋化肥，她在搞（烧）饭，等等，不胜枚举。耳濡目染，老少相传，长此以往，真叫人担心，“搞”将会侵害整个动词世界。

人类的语言本来是非常丰富的。无论世界怎样纷纭复杂，几乎每一事物及其每一细微运动都有适应的词汇来表达，如同阿·托尔斯泰所说的，一个人从马上爬下来，从马上跳下来，从马上飞跃下来，和从马上“啪嚓”地跌下来，全是不同的动作，要恰如其分地表达它，首先必须找到准确的动词。语言大师这种科学态度和严谨作风，是值得我们记取的。

诚然，一般人未必都要成为语言艺术家，但人总要交流思想，总要讲话，准确地表达意思是使用语言的起码要求。我们不是提倡语言美么？词汇贫乏，单调，开口不离“搞”，非“搞”不能言，不管他堆砌多少“请”之类，恐怕也算不上语言美。语言是衡量一个人的文化，教养程度的标志之一。在建设社会主义精神文明的时候，我们一定要加强语言训练，努力在实践中准确掌握和运用更多的词汇。

1982 年

敬献一策

现在，人人都在议论改革。议而行之者，有之；议而坐之者，亦有之。有些人之所以仪而不行，据说是“虽有济世之心，却无报国之策”。想改革却又不知从何入手。倘果如此，我愿斗胆敬献一策：不妨首先改革一下自己。

一个国家要想跻身于现代化的行列，除了其他重要因素之外，还必须拥有现代观念的公民。离开了社会观念的现代化，其他方面的现代化是不可想象的。先进的科学技术，未必人人都能精通和掌握，而摆脱旧思想、旧意识的束缚，努力使精神境界适应时代的潮流，则是人人都有潜力可挖，个个都有用武之地。

有这样一个例子。我国医学科学家修瑞娟，在全美微循环学会上宣读的《修氏理论》震惊了国际医学界。她载誉回到国内，却受到一些人的冷眼，以致有关部门拟报道她，她却感到为难。她说，我不是完人，如果由于被表扬而引起的一些副作用，倒不如不受表扬平静些。一位在科学领域无所畏惧的人，竟在表扬面前害怕了，这是多么耐人深思的状况啊！假如修瑞娟周围的某些人能改革一下自己，减少一点嫉妒心理，增加一点竞争精神，爱惜和保护人才，那于建设四化、振兴中华，岂不也等于做出了贡献么？

改造自己的思想意识，革新自己的精神面貌，内容很多，这里不必尽举。古人说，“达则兼善天下，穷则独善其身”。只要我们每个普通老百姓，从一言一行做起，实实在在地把自己造就成一个合乎现代社会规范的公民，那么，中华民族的振兴也就大有希望了。

1984 年

开门大吉

春节，挂灯结彩，张贴春联。如果稍加留意，我们就会发现，有的人家门上还贴有“开门大吉”四个字。这“开门大吉”本意何在，这风俗起于何时，我不甚了然。显而易见的是，它象征着一元复始，万象更新。

吉祥之外，是否别有寓意可诠呢？我想一定是有的。开门，显示着兴旺昌盛，生机勃勃。再进一层，开门，还说明豁亮、畅通，可以走出去，请进来，仰观俯察，左右逢源，博采众人之长，独树自家一帜，不断推陈出新，开创新的局面。现实生活中，不乏这样的验证：某工厂亏损严重，开门求策，招贤纳士，很快扭亏为盈；某社队生产落后，广开门路，多种经营，旋即由穷变富；某高校人才积压，走上社会，提供咨询服务，结果人尽其才、物尽其用，公私均有利；某单位问题成山，领导走出办公室，广开言路，集思广益，局面立即改观。由此可见，“开门大吉”并非单纯祝贺之词。

当今世界是一个日新月异、花样翻新的时代，一切都处在瞬息万变之中。即以我们时时刻刻接触到的时间而论，二十年来，电子计算机科学家所用的计时单位，经历了从毫秒（千分之一秒）到毫微秒（十亿分之一秒）——几乎是超越人们想象能力的时间的压缩。有的人预言，计算机将重新改变人们的时间表，甚至改变人们对时间的观念。所有这些，“关门”是不可想象的。墨守成规，故步自封，只能意味着愚昧、落后，乃至被淘汰。新春伊始，各行各业都在运筹和实施振兴之策，谨此恭贺，开门大吉！

1984 年

悲喜剧种种

一日，在淮河路上行走，一辆灵车迎面缓缓而来。觑那遗像，死者尚属中年，竟过早辞世，委实叫人黯然神伤。正喟叹间，突然一声噼噼啪啪炮仗声，路人掩耳的掩耳，鼠窜的鼠窜。硝烟弥漫之中，暴发一出喜剧，我不禁暗暗为死者叫屈！

喜剧演成悲剧的也有。据《解放日报》载，上海市一位新郎上门迎亲，新娘在亲友的簇拥下正欲登上轿车，这时鞭炮齐鸣，一只十二两重的“高升”腾空而起，落在新娘头上再爆第二响，新娘血流满额，当即昏倒在地，送医院抢救，终因脑颅损伤过重而死亡。迎亲队伍随即变成了送葬队伍。

目睹耳闻这两幕悲喜剧，我不由想就炮仗发几句议论。

火药，属于我们祖先的创造发明；炮仗，在我国也有悠久的历史。它对增添喜庆气氛，创造一种热闹环境，确实能起到一定作用。近几年来，随着人们生活的改善，炮仗的生意日益兴隆，不但国家生产，集体和个人制造者也越来越多。于是乎，出现竞争之势，以至于有些炮仗简直类乎炸弹，一声点爆，地动山摇，霹雳之声三日不绝于耳。那惊心动魄之状，想来读者不乏体验。今年正月的庐州灯会，诚然令人神往，但一想起那在人丛之中横飞乱窜、平地一声雷似的炮仗，许多人至今仍心有余悸。

由此可见，凡事总有得有一个限度。争奇斗艳，处置不当，好事也能变成坏事。奉劝那些造炮仗的和放炮仗的，自重自爱，与人为善，切莫叫人唾骂才好。

1984 年

金钱 ABC

A.

读过巴尔扎克的《高老头》的人，或许都记得，面条商高老头在大革命时投机发财，他的两个女儿以每个八十万法郎的陪嫁，一个当上伯爵夫人，一个成了银行家太太。为了满足女儿的虚荣心和金钱欲，高老头不惜贡献最后一分钱，而自己却像被挤干了的柠檬片那样，被两个女儿抛弃在客栈里，贫、病交加而死。伤透了心的老人最后发出了“钱可以买到一切”，“钱可以买到女儿”的哀号。

巴尔扎克一系列的作品，深刻揭露了资本主义社会金钱的罪恶和人欲横流的现实，曾得到马克思和恩格斯的高度评价。就是这样一位伟大的现实主义大师，也不得不承认：“没有一个讽刺作家能写尽隐藏在金银珠宝底下的丑恶!”

B.

“修氏理论”震惊了世界医学科学界。欧美的许多大药厂，纷纷派代表与修瑞娟接触，紧紧缠住，许诺以金钱，给她展示她完全可以当一个“女百万富翁”的前景。然后，修瑞娟一一谢绝了。她讨厌铜臭的色与味，她认为世界上有比金钱更为宝贵的。

看过奥林匹克运动会上中美女排决赛的人，无不为我国女排健儿顽强的拼搏精神所感动。当体育大厅奏起庄严的国歌、升起鲜艳的五星红旗时，甚至连许多海外华侨也不禁热泪盈眶，他们感慨万端地说："这是一切金钱买不到的啊！"

C.

唯利是图、拜金主义，这些早已臭不可闻的东西，经某些时髦人士一鼓吹，忽然摇身一变，成了香喷喷的口头禅。

你批评产品质量低劣、价格昂贵吗？厂长会振振有词地说："现在就是要一切向钱看！"

你说教师社会兼课太多，影响正常教学质量么？校长会理直气壮地说："现在就要一切向钱看！"你说某作品粗制滥造，水分太多，作者会大言不惭地说："现在就是要一切向钱看！"

真是咄咄怪事！

1984 年

“逗”到何时

继日本的《排球女将》《血疑》之后，巴西的《女奴》又迷住了大批观众。由此，人们很自然地联想到我们自己的电视事业。群众对国产电视系列片的数量和质量不满意，这已经不是一时了。

正像人们常常感受的那样，我们的电视系列片的制作虽然不景气，但在电视系列的宣传方面，其实是毫不逊色的。就拿电视连续剧《红楼梦》来说，早在摄制组还处在孕育阶段，报刊就在连篇累牍地报道，从“林妹妹”进“大观园”，到物色到“宝哥哥”，大报小报，大刊小刊，电影电视报刊以及非电影电视报刊，登了又登。接着，“林妹妹”的近影玉照，“大观园”里的“金童玉女”学下棋、学弹琴、学绘画、学书法，同样是登了又登。前些天，在一家报纸上又出现了《“宝哥哥”初逗“林妹妹”》这样撩人的标题。怎么逗呢？原来是宝哥哥乘林妹妹不备，把一串纸偷偷挂在她的脖子上。这则“新闻”，其他大报小报，大刊小刊是否争相刊登，不敢妄言，但是，采访者一定不会就此罢休，则是无疑的。因为既有“初逗”，自然就有“再”逗，“三”逗……乃至“系列”逗。

笔者凡事喜欢比较，尤其是同国外比较，这是否有崇洋媚外之嫌，姑且不避。我总觉得人家演员是由于角色创造成功而著名，例如饰演幸子的山口百惠，饰演伊佐拉的卢塞莉亚·桑托斯等等，而我们的电视连续剧《红楼梦》，还不曾开拍之时，男女演员名字就已经“家喻户晓，人人皆知”了。老实说，我真替两位年轻的演员捏一把汗！

别再这样“逗”下去了，《红楼梦》，还是快些出来吧。

1984 年

说说“海货”

听一位站柜台的朋友说，当今有些顾客真有意思，什么东西都是上海的好，即便买针头线脑之类的小商品，也要首先打听有没有“海货”。内地的产品质量再好，也不肯问津，怎么解释、宣传都不行。

顾客喜欢上海货，这没有什么奇怪的。上海是我国第一大城市又是对外重要商埠，较之于内地，工业基础雄厚，商品信息灵通，技术装备先进，产品质量一般比较高，上海货在市场上竞争力强，在顾客心目中享有盛誉，这完全是正常现象。

但是，无论相信什么，一旦到了迷信的程度，那就不好了。

先进的，不见得永远先进，更不见得事事、样样都先进。且不说这几年各地各厂家都在大力革新，内地产品赶上或超过上海产品的屡见不鲜，就是上海各生产单位本身，也远不是整齐划一地统统站在先进行列，其中死角也不少。倘若不问青红皂白，唯上海货是爱，则难免有上当的时候。

就拿前些时畅销的月饼来说，据九月四日《新民晚报》披露，在上海有家群英食品厂，左墙紧挨公共厕所，右侧堆积黄沙、石子等杂物，门口还有垃圾箱和倒便池，均未加盖，另一只吸粪池有盖不严。中秋月饼就在这臭气冲天、蚊蝇成群的环境中生产出来（有的月饼里还发现了苍蝇）。

不难揣想，这样的月饼一旦运抵本市，只要说是海货，商店门前照例会排成长队，抢购者大有人在。一嚼三叹、连声叫好者，也一定不乏其人。眼不见为净，其味道究竟如何，只有天晓得了。迷信，何其可悲乃尔！

1984 年

怕惹眼与争署名

我的一位邻居，看见别人穿西服，几次三番地跃跃欲试，又几次三番地搔首踟蹰。终于有一天，到底从街上买回来一套，试穿时，还兴冲冲地把我拉去充当观众。只见他在镜子面前左瞧瞧、右瞅瞅，潇洒、飘逸、精神之状可掬，我实心实意地恭维了一番。可是，这位老兄迄今仍旧不敢正式穿出去，问起原因，说是太惹眼，不好意思。

像我的这位邻居，添置了西服而不敢穿，据说还不在少数。这说明，穿衣服也得有一股勇气。而我们的同胞，面对艰难困苦，虽然从来不曾怯懦过，但在出人头地方面，则一向是不乏谦谦君子风度的。君不见开会时，大家都往后面坐，离主席台愈远愈好，很少有人肯坐第一排。每值筵席就座时，也你拉我扯地推让半天，谁也不愿贸然坐在首席。这也难怪，民间自古就有“树大招风”“枪打出头鸟”“人怕出名猪怕壮”之说；凡是“一顾倾人城，再顾倾人国”者，后景往往不佳，在历史上更是屡见不鲜。所以，大家愿当普通人，穿普通衣，“十亿蚂蚁”清一色，彼此无碍，谁也不突出，无形中自有一种安全感。这种风气，外国人多不理解。在他们看来，标新立异，与众不同，是一种荣耀。就拿举行婚礼来说，异邦就有登上气球的，还有爬上电线杆的，总之，别出心裁，五花八门，似乎愈新鲜愈好。

当然，如果说中国人所有场合都一概地不愿抛头露面，那也不符合实际。譬如在报刊的版面上，谁的文章在前，谁的文章在后，谁的姓名排在头，谁的姓名排在尾，则是有人斤斤计较，甚至耿耿于怀的。文艺界有一场官司，从去年折腾到今年，大报小报接二连三地报道，弄得家喻户晓，举世瞩目，其纠葛所在，就是涉及一部影片的署名问题。

风尚的这种不同和变化，孰为进步，孰为退步，我至今没有弄通，因而也说不清楚。

1984 年

欲传春消息　不怕雪埋藏

经过了严冬的积蓄，大地又开始了生命的顽强搏动，到处是一派盎然生机。这宝贵的春的信息，不独洋溢在自然界，同时也蕴藉在生活中。今天报载赵华等人的感人事迹，便是一例。

生活当然是美好的，但是，由于先天和后天的诸种不可逆料的幽微因素，谁也不能绝对避免厄运的降临，就像活蹦乱跳的赵华忽然成了残疾人一样。问题在于，面对厄运持什么态度。因为残疾而萎靡不振，是很可悲的。其可悲在于，在他们失去生理的健康之后，旋即又失去了心理的健康。赵华则不是这样。她正视现实，但不屈服于现实，努力寻求生活的价值和意义。志，气之帅也。赵华身残志不残，有理想，有抱负。她是驾驭厄运的强者。在那些四肢发达而思想贫乏、五官端正而心灵空虚的人面前，赵华甚至是属于健全的人、完善的人。

赵华是大有希望的。从赵华等年轻人身上，我们也看到了祖国的希望。我国是一个大国，也是一个穷国。这里所谓穷，通常是指他的经济落后。其实，“夫财用不足，国非贫；人才不竟之谓贫”。近几年来，国家注意智力开发，起用人才，政通人和，古老的中华开始焕发了青春。放眼二十一世纪，培养人才乃是当务之急。像赵华那样身患残疾，尚能如此发奋自学，那些肢体健全的青年，当更不在话下。“致安之本，惟在得人”，“贤才出，国将昌”。看到这样刻苦磨砺、奋勇进取的一代新人，怎不令人欢欣鼓舞呢！

“欲传春信息，不怕雪埋藏。”这是南宋诗人陈亮的著名诗句。值此大地春回，万物复苏季节，我们寄语有理想的年轻人：为了民族的崛起，为了中华的腾飞，努力吧！

1985 年

戒烟一辩

据估计，在我国十亿人口之中，吸烟者已高达三亿之众，肺癌发病率近几年有迅猛上升之势。有关部门惊呼：再不大力宣传戒烟，可不得了！可是，旋即便有人对宣传效应表示悲观，理由是：名人多吸烟！

悲观的论调诚然叫人不舒服，但仔细想一想，也不无道理。我们的祖先，素来讲究“为人师表”，上至国君，下之父兄，一举手一投足，都被列为楷模，具有示范作用。上有所好，下尤甚焉。“吴王好细腰，国人多饿死”，此例一；例二，清朝有个道光皇帝，十分吝啬，省吃俭用，几乎成了病态。于是文武官员争相效仿，个个都穿破袍旧褂上朝，直闹得京城破袍旧褂的价钱倒比新的昂贵两三倍！上行下效，竟至如斯！怎么能怪别人对宣传戒烟缺乏信心呢？

然而，是否因为名人抽烟，戒烟就绝对无望呢？我看也不见得。这里有个科学态度问题。正常的人，总是希望自己能够健康长寿，一旦他们真正明白吸烟确实有害健康，大多还是乐于戒烟的。对于名人，我们也应科学看待，他们是杰出的人物，同时也是普通血肉之躯，也有七情六欲。从保护他们健康的角度出发，我们当然乐于看到他们戒烟，但他们往往年事已高，且著书立说，烦神费心，一时戒不掉，我们也用不着苛求，更不必效仿。实际上，当今名人（包括国家领导人）的一举一动，也并不总是有法律效力，譬如，为打破国民穿着上的单调局面，中央最高层领导都率先穿起西服。结果是：举国上下，效者有之，不效者亦大有人在。由此可见，名人吸烟与否，对于他人戒烟并不具有决定意义。重要的是，我们除了大力宣传之外，恐怕还应适当辅以其他一些约束措施，这样戒烟才会有成效，我以为。

1985 年

"门第"一议

门第这玩意，尽管大大小小的字典上都说它只是封建社会的附丽，似乎与我们新社会毫无干系，但我却疑心，而今它也许并未寿终正寝，如果说并不是非常健旺的话，那么毫不夸张，它起码是仍然还很有些精神的。

我们仍然经常从报刊上读到一个又一个真实的报道，那些行骗的"道业"并不甚深，有不少还是初次出山的寻常恶少，只要在某些人面前自称是某某高官的儿子或孙子，便立即畅行无阻，要人头似也可以骗得半打来么?

门第观念是人的一种退化的标志。一个有出息的人不会去炫耀自己的门第。只有当他自惭形秽，在人生的搏斗中甘心落后于他人的时候，他才会想到借助门第的余威。试想，秦始皇会不会在人前夸耀他的父辈？同样的，有谁会去特别留心莎士比亚和门捷列夫的门第？其实，当一个人企图以自己的父辈和祖父辈的显赫来显示自己的高贵时，他如果不是等于在说明本身的没落，那么起码也是从侧面反映了自己的无能。

共产党的性质决定了它对门第观念的蔑视。家庭是私有制的产物，当私有制不复存在的时候，家庭当然也就随之解体。我们不应该干那些和党的宗旨背道而驰的蠢事。极端地说，历代统治阶级的政权之树都是他们的后人用门第的污水淹死的，我们应该接受这个教训。事实上，随着物质和精神两个文明的发展，包括人生价值观念在内的一切社会观念，也一定会相应的发生变化，门第观念不仅是"贵胄"子弟的一帖腐蚀剂，而且在一般人的心目中也必将越来越不屑一顾。

1985 年

“气只可鼓而不可泄”吗?

某厂偷工减料，以次充优，甚至假名牌以冒之，引起消费者愤慨。此事在报上披露后，该厂主管部门把厂长请了去。哼哈半天，竟连一句批评的话儿也不肯说。什么原因呢？据说当前正在改革热潮中，“气只可鼓而不可泄”，不能挫伤积极性。震惊全国的晋江假药案，在处理上之所以一直扭扭捏捏，其原因之一，也是因为有人认为，“气只可鼓而不可泄”。看来，把气之鼓与泄作为一项准则的人并不在少数，因此，很值得一议。

气，神之所系，命之所本。人可三日不餐但不可须臾无气。但气有正邪之分，清浊之别，扶正祛邪，纳清吐浊，原是生存之道。此理完全适用于社会。就风气而言，一切有利于祖国，有利于人民的正气，毫无疑问应该鼓之；一切不利于祖国，不利于人民的邪气，毫无疑问应该泄之。不分青红皂白，笼而通之地说什么“气只可鼓而不可泄”，显然是不科学的。

不知何日始，成绩和缺点忽然同鼓气与泄气挂上了钩。凡事摆成绩、叫好的就是鼓气；稍微说点不是，就被认为是泄气。气一泄，宛如干瘪的皮球，再也弹跳不起来，是够叫人头痛的。所以，大家都宁鼓而不泄。风之所趋，人们在批评面前，精神都一律显得异常脆弱，明知不对，谁也不肯轻易直言，乐得一团和气，古人云“和气生财”。可惜的是，这样的和气却生不了财，尤其是不能为国家生财。因为，正是在一团和气之下，歪风邪气鼓而猖之，而正义呼声则泄而尽之，社会也就生出许多令人烦恼的弊病，其结果受害的自然是国家和人民。

批评，原是我们党的一个优良传统。从一定意义上说，我们党正是靠不断批评而发展壮大的。不幸这传统被破坏了。一九五九年的庐山会议，有人就曾亮出“气只可鼓而不可泄”这种旗帜，对彭德怀等同志的善意批评就横加挞伐。当时张闻天就曾严正指出：“做了蠢事不要怕讲，不要怕泄气，合乎马列主义的气，要鼓，但是不合马列主义的气，就是要泄，虚气泄掉，实气才能上升。”（《在庐山会议上的发言》）历史证明，张闻天这番话是掷地有声的真理。

前车之辙，后车之鉴。当前，我们正处于改革时期，改革就是革命。而“任何一次革命中，就像任何其他时候一样，难免会做出许多蠢事”（恩格斯语），重要的是，如同列宁说的“必须冷静地和大胆地来看这些蠢事”。因此，检讨工作，开展批评，任何时候都是必不可少的。那些以为凡批评，便是泄气，并且认定“气只可鼓而不可泄”的同志，是不是自身有些蠢气，从而该泄一泄呢?

1985 年

话说万一

我的读小学的女儿做语文作业，用“万一”造句，她写道：“明天是教师节，万一老师放假，我就可以痛痛快快玩一天了。”我说不行，有语病，旋即对她讲了必然与偶然、一般与个别、普遍与特殊、正常与反常的关系。其时适值一位朋友在座，他听了竟不以为然，说：“在修辞上是病句，在生活中却不是。”为了论证，他一口气举了三个例子。

有一次他同友人去车站接客，友人催着快走，他说不急，因为这班车经常晚点。友人则道：“万一正点，岂不误事。”正点，乃正常之时刻也，正常在这里成了反常。此例一。

某办事员到外地联系业务，为防止刁难，领导上嘱咐他带点礼物，办事员道：“万一对方不受礼，怎么办?”遵守纪律、廉洁奉公，原是我们社会普遍的道德规范，普遍在这里成了特殊。此例二。

一对男女谈恋爱：男方以接受一笔遗产为许诺，女方则问道：“你家老头子还健在，万一眼下不死呢?”健康长寿，原是一般规律，也是儿媳共同所祈，但一般在这里成了个别。此例三。

面对友人暴风雨般的扫射，我默然良久。

事后我想，确实，在我们生活中，有许多观念被一些人倒置了。搞歪门邪道，原是庸俗之举，却被视作有本事而受到青睐。招工、调干之类，大家都深知其难，一旦有人顺顺当当办成了，说是既未送礼，亦未托人，人们一定会像发现了怪物似的，惊讶得连脸都要扭歪。凡此种种，普遍耶？个别耶？恐怕说不清。但我想，即使眼下属于普遍现象，世上既有“不怕一万，就怕万一”之谓，只要我们每个人敢于砥柱中流，充当一下“万一”，那么，当前的普遍也就会转化为个别，今天是“万一”，明天就是“一万”。

因此，我坚持对女儿说，这是病句。我相信，当她走上社会的时候，类似的病句即使在生活中还有人用，也只是个别的，属“万一”之列。

1985 年

有感于“冒牌特务”

当今市场上，冒牌的东西也实在多，什么冒牌电视机、冒牌自行车、冒牌香烟……三天两日，便见诸报端。此外，还有冒牌书记、冒牌教授等等，亦属屡见不鲜。尽管如此，还不曾有谁听说有冒牌坏蛋的。可是且慢，据报载，山东省潍县有一退伍军人，朝朝暮暮向往城市舒适生活，却又离乡无路，一天，他偶然读到一则关于“台湾特务投案自首得到妥善安置”的报道，忽然灵机一动，便乔装为一名空降特务，跑到南方某市公安局投案自首，结果演出一场冒牌特务的滑稽剧。

为了离乡进城，不惜冒充特务者，可能是个别的，但为了谋私，而不择手段者，在我们社会绝对不在少数！冒牌者，自不待言；为了捞钱，不惜卖牌子的，难道就没有么？工商界有，其他各界也有。有的人稍有名气和权威，便到处挂牌，到处卖条子，只要给钱，卖给谁，挂在哪个角落里都行。钱能通神的腐朽观念，连资产阶级的有识之士都曾给予痛斥，想不到尔今竟成了某些人香喷喷的口头禅。“志，气之帅也”，人穷一点，国家穷一点，其实并不可怕；假若人无人格，一个个寡廉鲜耻，统统拜倒在赵公元帅脚下，甚至不惜出卖灵魂，那国家也就完了！

宣传要注意用辩证法，不能走极端。早些年提倡艰苦朴素，未必就不对；后来变成了“越穷越革命”，奉行苦行僧主义，就错了。这些年注意改善生活，宣传劳动致富，无疑是一个进步，但如果天天津津乐道地比吃谈穿，也会消磨人的意志，变成享乐主义。我们国家毕竟还贫穷，即便今后富了，对于一个民族来说，艰苦奋斗的精神任何时候也不能丢。人有所崇，国有所尚。是非不分，香臭不辨，有谁肯主持正义、为真理献身耶？

冒牌特务云云，确是发人深省的。

1985 年

艾滋病、麻木症及其他

当今，西方正在流行一种可怕的疾病——艾滋病，染上此病的人，将会丧失对任何一切细菌的防御能力，只能坐而等死。截至目前，在我国似乎还没听说发现艾滋病患者，真可谓“风景这边独特好”。但随着国际旅游事业的发展和西方文化的渗入，今天不曾有的艾滋病，今后是否会发生，尚属未知。好在全世界的科学家，正在为战胜艾滋病而日夜奋战，有关国家也为此投入了巨额资金，相信会有攻克的一天。

值得提醒的是，倒是有另一种可怕的疾病正在侵害着我们的同胞。患有此病的人，双目无神，面孔呆板，对一切是非善恶，都无动于衷，即使天塌下来也无所谓。此病在临床上并无明显症状，一般医院也不以为是病，我们姑且命之为“麻木症”。

此病的正式报道，最早大概见之于上海，那是数年前，一位姑娘落水，黄埔江边围观者甚众，鲜有肯下水抢救的。那些围观者中就有不少患有麻木病，为此，报上还大大地做了一通文章。此后，又有某地姑娘遭歹徒凌辱，在大街被脱掉衣服，有人竟视而不见；又有少女遭坏人追踪，少女求救，有人硬不让她乘车，眼睁睁看着她被坏人拖走，等等诸如此类的事情见诸报端。近些年来，无论是在柜台边，还是在门诊部，甚至是在机关里，以及一切公共场合，我们都不难发现“麻木症”患者。以至于某人救了一落水儿童，或者是公安干警降服了一个行凶歹徒，这些本来符合日常道德规范或职业责任，理所当然的事情，在如此文明的今天，都需要记功授奖，在报上予以表彰。由此我们不难悟出，“麻木症”危害之烈。

艾滋病是由于“爱”得太泛而引起的。在“性自由”的旗号下，西方青年不但异性相爱，同性也相爱，于是生出了意想不到的弊端。我们的“麻木症”，则是爱的太少所致。有些人情感吝啬的出奇，除了爱他自身其余谁也不爱，别人的苦乐哀愁，与他毫无干系。其危害自然不言而喻。我常常想，我们的同胞是否有一天也能意识到这一点，从而兴起一种新的道德风尚呢？

1986 年

车兮车兮奈若何

昨天夜里，我的自行车无端地被人削去了“脑袋”，只留有残骸一具。阿弥陀佛，我终于不必再为其苦恼了！

这辆车是我的前任移交给我的，其实只有三成新。它驮着我上下班，疾驰于车水马龙之中，蛇行于坑坑洼洼之间，风风雨雨，已有七个春秋矣！当初，单位里没有住房，我同妻子儿女蜷局在亲戚家中，白天，车子在门口站岗，夜间搬来床边做伴。两年后，妻子在机关里分得一套住房，人的住宿改善了，而车子的存放却成了个大问题。我们住在四楼，单位面积其实很小，车子一放，人就得贴壁侧行。此且不说，单那驮上驮下，就叫人受不了。走廊和过道都很窄，不是前面碰了壁，就是后面撞了墙，冬天抹了一身油，夏天淌了一身汗。随着年岁增长，兼之胃疾常发，体力渐有不支，每驮一趟就像登上天都峰似的气喘吁吁。邻人劝我：一辆破车子，驮上驮下，难道还怕别人偷去不成？我一想也是的，于是就把它放在一楼的走廊里，为保险起见，我买了一把环形锁，将车固定在别人铁门上。时过不久，铃盖竟不知被哪个淘气鬼给下走了，我只好买一个；过不多久，又被下走了，我只好又买一个…… 如此反复四五次，我烦了，不要铃算了，行人不让我，我让行人。不料有次被交警发现了，说我违章，提出警告。我只得再去买铃，并学着别人家加了一道保险箍。真是道高一尺魔高一丈，后来铃盖连同铃系一起被人用螺丝刀彻底下走了。今晨早起上班，发现车座被人连根拔去，就像被人砍去脑袋似的，车子顿时矮了半截……

自行车是不能再骑了，我只得步行上班。“别人是怎么停车的呢？”我暗自问道。这别人，当然不是指不必骑车的人，他们绝不会有驮车上楼之忧。我是指那些更多的骑车的人们，他们或许还住在五楼以上呢！城市的设计师们，你们想过他们没有？

1985 年

虎年话虎气

今年是虎年。虎者，乃百兽之王也。他勇猛彪悍，桀骜不驯，生气勃勃，吼则撼山震岳，搏则挟电裹雷。不卑不怯，不慌不恐，不奸不诈，不谀不媚，堂堂正正，威风凛凛，浑身洋溢着火与力。不怕死的将军，人们谓之虎将；敢于进取的青年，人们谓之虎子；有慑众之力，人们谓之虎威；精神抖擞，人们谓之虎虎有生气。虎在日常生活中成了勇敢和刚强的象征。

我们的文坛，也需要有点虎气。

回顾这几年的文艺创作，硕果累累，自不消说，但也不乏“阴盛阳衰”之感。这所谓“阴盛阳衰”，包含有两层意思：一是说女性作者的崛起比较突出，其成就甚至超过了男性作者；二是说作品普遍存在着阳刚不足，阴柔有余，有秀美而乏壮美。对于前一点，即女性作者，这当然没有什么不好。至于第二点，即作品缺乏阳刚之气，倒很值得注意。文艺创作诚然离不开情，但生活中既有卿卿我我温情，也有气壮山河豪情；既有吴越软语，也有燕赵之悲歌。避开温情软语，一味作豪情壮举之状，固然大可不必；但如果处处都呈女儿之态，而看不到一点男子汉的气概，就审美而言，亦不能不说是憾事。我们这个民族，乃炎黄子孙，龙的传人，自古便不乏慷慨悲歌之士。最近这半个多世纪来，更是天翻地覆，人才辈出。原当是产生史诗般的作品、铸造崇高和壮美的时代，然而，文坛给人印象，纤巧缠绵有余，博大恢宏不足。前一阵，在关于文学“寻根”的讨论中，有的同志主张远离现实，去学处在原始状态的那种所谓淳朴民风，出现了一些缺乏鲜明时代感的作品。我们认为，对反映现实缺乏热情，并不可取。我们在任何时候都不应忘记我们肩负的时代责任。

虎年开始了，愿在虎年文坛出现更多具有阳刚之美、催人奋进的佳作。

1986年2月9日

不一致好！

抽烟，有人说致癌，有人说不致癌；隔夜茶，有人说能饮，有人说不能饮；牛奶，有人说于胃有害，有人说于胃有益；开水，有人说多喝可以防病，也有人说多喝将会伤肾……诸如此类的对立观点，曾经分别见诸报端。于是，有人忧心忡忡；有人惶惶不安；有的进而诅咒作者，大骂编辑，发誓再也不看报纸。

对此，笔者觉得又喜又可忧。

喜者，由此可见我们的报纸多少能够在学术等领域发表一点不同意见了。这是一个了不起的进步。本来嘛，事物是复杂多变的，论者限于主客观条件，对同一对象有不同看法，完全是正常现象。报纸，作为传播信息的媒介，如实地反映这些不同观点，完全应该。以往强调舆论一律，千家万户一支号，大报小报一个调，让人闻而生厌。现在注意扩大信息量，有利于开阔视野，启迪智慧，当然值得高兴。

忧者，我们的一些读者习惯于一腔一调，以至于以为上了报纸的言论都是真理。一旦出现了两个对立的真理，就不知所措了。这是对报纸性质的极大误解，也是前些年舆论一律的直接恶果之一。这样的读者接受信息的方式是生吞活剥，而不善于判断和筛选，长此以往，便难免由懒人变成庸人。历史上不乏这样的教训。假若，在当年有人说“造反有理”的时候，报纸上如也允许人家说造反并不处处都有理，而读者也能据此独立思考，那么，歇斯底里患者一定要少得多，而我们国家或许也能少遭浩劫之苦了。

新的时代，需要有新的思维方式；现代社会，需要造就现代读者。这方面，报纸肩负着特殊的使命。报道日常保健方面不同观点，仅仅是一个小小的开端，倘能循此前进，扩大到其他各个学术领域，并能蔚成风气，则我们梦寐以求的百花齐放、百家争鸣的局面也就指日可待了！

执此，我为不一致叫好。

1986 年 6 月

丁玲不死

又一颗文坛泰斗陨落了！她的遗体上覆盖着一面红旗，红旗上书有四个遒劲大字：“丁玲不死”！

这绝不是一般的哀悼之词。了解丁玲一生的人都明白，这四个字蕴藉着深刻的意义。

杜甫曾经感叹：“文章憎命达，魑魅喜人过。”凡与文章打交道者，不少人命蹇运乖。丁玲一生也在所难免。早期受到国民党特务的摧残、迫害自不消说，好不容易脱离魔掌逃回根据地，却又遭到营垒内部的无情打击。刚刚被誉之为“昨天文小姐，今日武将军”，旋即又被斥之为“莎菲女士”，甚至“特务”“反革命”。此后三四十年，颠沛流离，日子就没平静过。文艺界不搞运动则罢，一搞运动就要把她扯出来示众。在当代的文艺家中，丁玲的创作成果也许不是最丰的，但她经受的冤屈和磨难则属无与伦比。

即便如此，丁玲也丝毫没有放弃对祖国的忠诚，对共产主义的信仰。在冤案获得昭雪之后，有位外国记者问她是否愿意去国外，丁玲斩钉截铁地说：“我宁愿在国内当右派，也不去国外当‘左派’。”虽九死而犹未悔，这是一颗怎样的赤子之心啊！

这颗赤子之心还体现在对党的文艺事业的忠贞不渝上。丁玲被剥夺创作权利数十年，等她再次挥笔，已是垂垂老矣。她克服难以想象的困难，把木板吊在脖颈上，孜孜不倦地写作。为了让更多的无名新秀登上文坛，她主编文学期刊《中国》。八十高龄，还计划到桑干河畔去住一段时期，写《太阳照在桑干河上》的续编《在严寒的日子里》。辗转病榻，她还惦记着两部未曾完成的长篇回忆录。直到逝世，案头还摆着尚未写完的文稿……

丁玲是知识分子的一面光辉旗帜。她的精神鼓舞了千千万万的中国作家，激励着他们为开创社会主义文学创作新局面而不断奋斗。丁玲献给人间的二百多万字的著作，如同春风化雨，将千秋万代的滋润着人们的心田。

的确，丁玲不死！

1986年3月23日

应当摒弃“依靠之道”

中国有句古话：在家靠父母，出门靠朋友。倘若作为谦辞，请求别人多多关照之类，倒也无可厚非。但不幸的是，在实际生活中，有人把这句话当作处世之道，身体力行，于是，捧着“铁饭碗”吃“大锅饭”，便觉心安理得。

谈及“铁饭碗”“大锅饭”，人们总是把它归咎于“制度”所致。其实，制度的不完善仅仅是原因之一，如果追溯得远些，挖掘得深些，性格和心理的积淀，也是一个重要的因素。一个人从小就是衣来伸手、饭来张口，一应事宜一律赖由父母，一种属于惰性的心理也就钻进了他那幼嫩的心灵。及至步入社会，由于缺乏自立能力，就只好投靠“朋友”了，惰性的东西益发繁衍、膨胀。岂不知有的“朋友”也同样“在家靠父母”的，彼此都靠不住，于是乎大家唯有死死抱着“铁饭碗”，两眼盯着国家了，社会上因此就出现了一批“依靠派”。

“国有贤良之士众，则国家之治厚；贤良之士寡，则国家之治薄。”依靠的人多，创造的人少，国家的贫困也就在所难免。因此，国家欲自强，民众就必须自立，而民众欲自立，“在家靠父母，出门靠朋友”的“依靠”哲学，就绝对不能奉行。

值得提及的是，当今的独生子女越来越多，他们一般享受着“小皇帝”的待遇，父母的依靠从来没有像今天这样普遍、这样突出。而他们面对的社会又将是一个创造的社会、竞争的社会。古人云："不厚其栋，不能任重。"因此，对于他们，中国的第X梯队，未来的栋梁，科学的教育乃是当务之急。无论是为国家计，还是替自己着想，都宜多点自立性，少点依靠性。

1985年

政治化了的艺术

在样板戏该不该再唱的讨论中，见诸报端的有这样一种观点：艺术是艺术，政治是政治，硬要把样板戏和“文革”扯到一起的人，是不懂艺术的！听这口气，俨然是位艺术行家。这里有几个问题需要搞清楚。

艺术是否需要树立样板？戏剧是根据生活创作的还是按照模式浇铸的？样板戏的创作原则是三突出，人物形象要求高、大、全，移植样板戏不准走样，甚至连衣服上的补丁，布景中的一棵草也得原样照搬，这是一种什么样的艺术？

“文革”中对样板戏的态度就是对无产阶级“文化大革命”的态度，稍有不逊，便会大祸临头，重则蹲监，轻则批斗，包括严凤英在内的许多善良的艺术家因此断送了生命。这就是历史事实。至今，仍有不少劫后余生者一听到那声那调，便不由自主地回想那年头，从而心惊肉跳、毛骨悚然。

样板戏和“文革”都是“左”的产物，把他们扯在一起的不是今天哪个人，而是当年极“左”路线，是阶级斗争这根弦。如果说，这些戏剧的原始作者早先是把它当作艺术品来创作的话，那么，后来江青一伙强行打上自己的烙印，把它们上升为样板，利用它们发难，篡党夺权，它们已经彻头彻尾地被政治化了！

那年头，人们噤若寒蝉，动辄得咎，对样板戏不敢说半个不字。如今，不但可以对这尤物评头论足，甚至可以自由地议政、议经、议文了。这是多么值得珍惜的形势哟！为什么偏要搬出那尊瘟神刺激人们的神经，毒化政治空气呢？

1986 年

屈辱的信号

久已不闻的样板戏，前些时候忽然又在电视上露面了。此事立即引起种种议论和猜测，忍不住也想说上几句。

样板戏可谓是家喻户晓，人人皆知的。只是，由于同各人的感情生活联系不同，唤起的记忆不同，其产生的心理效应则大不一样。

从前，有个仆人为了惩治他的主人，便天天在马厩里痛打主人的坐骑。在鞭挞之前，他照例总要先对马深深一鞠躬。久而久之，这马一见仆人鞠躬就心惊肉跳。有一次，主人骑马归来，仆人远远一鞠躬，此马一见，立即撒蹄狂奔，把主人摔得半死。鞠躬，原属恭敬之状，但对于那马来说，则不啻是灾难。

样板戏，作为极“左”的产物和舆论工具，其实它就是“文化大革命”进行曲，或者说，它就是十年浩劫的音乐伴奏，对于大多数人来说，它就同上述的鞠躬一样，是与血泪和屈辱相联系的信号。当年，人们在戴高帽子游街时，耳畔响彻的是样板戏；批斗会上坐喷气式时，扩音器里响彻的是样板戏；回到家里写检查时，收音机里响彻的还是样板戏……于今，这音响一出现，很多人眼前旋即浮现出宽皮带、阴阳头、打砸抢、挂黑牌、蹲牢房，等等，种种怪诞的面孔和歇斯底里的日日夜夜。本来已经愈合的伤疤，因之难免渗出殷红的鲜血！

所以，撇开样板戏的内容不说，仅就它的客观影响而言，对于劫后余生的人，它已构成了一个引起痛苦回忆的信号系统。

1986年7月13日

人“内”言轻

电影《黄土地》当初放映时，虽有争议，但是评价还是不错的。可是，自从报上刊登了这部电影在波兰大受冷落的消息后，在许多人眼里它就立刻贬值了。一些先前曾经为之叫好的人，也仿佛干了“亏心事”似的，总觉得抬不起头来。一部电影的毁誉如此大起大落，真叫人深感不解。

其实，由于各民族的历史和文化传统不同，人们欣赏习惯存在差异，同一部电影在不同的国家获得不同，甚至截然相反的评价，并不奇怪。《黄土地》在波兰受到冷落，只说明波兰人不喜欢，并不意味日本人也不喜欢，更不意味着全世界人都不喜欢。艺术现象比较抽象，比较复杂，往往仁者见仁，智者见智。对外国人的意见，我们也要分析，没有必要捧为圣音玉旨。

同一种意见，出自普通人之口与出自尊贵者之口，分量大不一样，人们把这概括为“人微言轻”。当今的情况是，人“内”言也轻。同样一件事，由外国人说出来，就比国内的人说出来轰动得多。譬如，某市的一家商店，服务态度十分恶劣，顾客早就义愤填膺，始终没有人干预。一天，一位外国顾客碰上了钉子，投书报纸，于是从主管部门直到市政领导，纷纷出动，严加整顿，报刊电台也忙不迭地报道。

表面上看来，这似乎是注意国际影响，维护祖国荣誉；实际上，是看不起自己的同胞。就心理状态而言，这是一种积淀在意识底层的等级观念的反映，它与早年殖民主义者蔑视华人在本质上没有两样。这类现象与现代化显然格格不入。现代社会要求人们具有现代意识，而现代意识的根本点就是人的主体意识，即充分地尊重人，平等地对待人。对一位超级市场的经理来说，总统和儿童都是他的顾客，他们都将受到同样的尊重。如果我们口口声声要搞好现代化，而又时时刻刻“三只眼”看人，这样实现现代化恐怕比拔着自己头发登天还要难呢！

1986 年 8 月 31 日

肉糜、鸡蛋及其他

晋时天下慌乱，饿殍遍野，晋惠帝闻讯后迷惑不解地问道："百姓既无饭吃，何不食肉糜（粥）呢?"（《晋书·惠帝记》）此事让后人捧腹两千余年。但是历史有时会捉弄人，两千年后的今天竟然又有这样一个四年级的学生，他把带到学校去的白煮过的鸡蛋又原封不动地带回了家，妈妈问原因，他答道："鸡蛋没有缝，我怎么吃?"（报告文学《中国的"小皇帝"》）

这件事的荒唐、可笑，同样让人捧腹。但是，一想到二十一世纪的国家领导人可能就从这样的孩子中产生，恐怕谁也笑不出来！

不能一味地嘲笑孩子，也不能一味地责怪父母。

一天，我的读初中的女儿同我谈起刘少奇之死。她奇怪地问道："刘少奇不是国家主席吗，谁敢欺辱他啊？警察干什么去了?"要回答她的问题就必须介绍"文化大革命"，而"文革"期间"发明创造"又太多，实非三言两语说清的，所以有时我只好搪塞。

地震彻底摧毁了唐山。在建设新唐山时，人们尚且不忘记留下一片废墟做纪念；而对于席卷中国的大浩劫，为什么就不能给后人留下一丝痕迹呢？巴金曾经呼吁建立"文革"博物馆，继之，曹禺又一次呼吁。此乃慧眼卓识。倘若社会能听到他们的呼声，能使"文革"的"废墟"留以警世，则儿童幸甚！国家幸甚！

1986 年 9 月 21 日

仿生一说

自然界的精灵，有时真叫人叹服。燕子垒窝，蜘蛛结网，那布局之周密，结构之灵巧，恐怕连高明的建筑师也会自愧弗如。当然，并非所有精灵都具备如此禀赋，其中也有不争气的。在黄山一带，自然保护区有一种三宝鸟，生性懒于做窝，喜欢偷偷地把卵产在别的鸟巢里，让别的鸟儿代孵、代育。因此，可见精灵世纪也是五花八门，什么角色都有的。

当今世界上兴起了一门边缘科学，即仿生学。人们模仿生物体的构造和原理，创造和改善新型的机械系统、仪器设备、建筑结构和工艺过程。例如模仿像鼻虫复眼，人们研究制造了飞机上用的地速计，模仿蜻蜓苍蝇的眼睛，人们研究制造了光学元件复眼透镜、照相机，等等。专家们认为这门科技在造福人类方面有着广阔的发展前景。

在万物唯我所用的今天，三宝鸟的生活习性是否也属于可以模仿，借鉴之列呢？听说在西方，有些妇女由于生理或心理的原因，不能和不愿意妊娠，于是便将受精卵植入他人子宫中，租借他人身体代己生育，这种繁衍方式就颇类三宝鸟。发明者是不是有意模仿，因无根据，不敢妄断。但是，像《诗经》中写的鸠鸟那样，自己不做巢而占别的鸟的巢，坐享其成，仿效者自古以来就不乏其人。人家从无到有，惨淡经营，终于创造了一种新产品，投放市场后获得顾客们的好评和信任，从而成为名牌。一群不肯动脑筋，也不愿意下功夫的“鸠”们，旋即蜂拥而上，将别人的牌子偷占过来，贴在自己的劣货上，以次充优，坐收其利，直弄的冒牌货充斥市场，上当的顾客叫苦不迭。

用鹊巢鸠占方式经商牟利，也可以说是仿生学的一大运用。可惜，它仿的是自然界的劣等公民，其后果是荼毒社会。这样的仿生，注定是没有前途的。凡奉行者，宜早改弦易辙。

1985 年

“一千八百度”的启示

一天，与一位朋友闲聊，在谈及一位熟人的决然变化时，我说：“他呀，与以前比较，简直是一千八百度的大转弯。”不料，那位朋友竟然扑哧一笑：“你这夸张不科学。”我先是一愣，续而掐指一算，旋即恍然大悟：一千八百度正好是第五个圆周！这位朋友是位化学家，我不由暗暗佩服她心思缜密和敏捷。

夸张，是文学创作的一个必不可少的表现手法。可以说，没有夸张，便没有文学。然而，生活中并非随便什么都可以加以夸张的，这里也有一个科学观念问题，否则，便会弄巧成拙。记得大跃进年代有首诗：地翻二尺产量高，一颗玉米穿云霄，彩云拴着玉米腿，吓得月亮弯下腰。不是人们长得小，而是玉米长得高，顺着梯子爬上去，半月才到玉米腰。夸张变成了虚妄，浪漫演绎为梦呓，联系到了当时的实际环境，读来只能令人作呕，毫无美感可言。

夸张讲究想象奇特，科学要求推理严密，乍看起来，二者互为逆反、水火不容，其实有相通之处。科学也需要幻想（包括夸张），没有幻想便没有科学。但是，正如高尔基指出的：“科学工作者在研究公羊的时候，没有必要把自己想象为公羊，而文学家虽然是慷慨的，却必须把自己想象成吝啬鬼。”这是他们的不同之处。科学是宽厚的，当文学家想象的骏马飞驰的时候，科学家绝不会拿一根标尺去衡量：白发是否真的能长到三千丈，雪花是否真的比席子还要大。问题在于，随心所欲可也，但不能逾矩，即不能有悖于常理和常识。

在当今的文艺作品中，悖于科学而太实者，以及悖于科学而太虚者，均不乏实例可援。这常常是某些作品引起非议的原因之一。从事文艺创作的同志学点自然科学，或者与搞自然科学的同志交朋友，也许不失为弥补之策，有心者不妨一试。

1985 年 6 月 23 日

教师节后话

第一个教师节期间，各行各业普遍开展尊师活动，笔者虽不是教师，但亦颇受鼓舞。尊师，其实是尊重知识，此乃文明的标志，谁不为社会的进步而高兴呢？可是，当我把这感受对一位当教师的朋友谈及时，不料此公竟摇了摇头，反问我道："你以为大家都是真心的吗？"这位老兄也许过于世故和偏激。但是，细细想来，他的反问也并非毫无缘由。别的暂且不说，就以某家电视台为例，节日那几天，该电视台报道了大量尊师重教活动，庆祝大会、小型座谈等等，应有尽有，连播音员的语调也洋溢着欢欣。可是，新闻节目之后，接着播映的是什么呢？电视连续剧《十三妹》，电视连续剧《魔域桃源》，电视连续剧《八仙过海》。这些魔、仙和妹诚然不是轻侮教师的，但其趣味格调实在不敢恭维，屏幕上除了刀光剑影、拳脚棍棒，几乎再不能给人别的印象。青少年一场电视看下来，教师必须花三倍的精力去纠偏，电视台一面赞扬教师为培养青少年呕心沥血，一面却又不厌其烦地搜罗这些给教师们带来麻烦的打斗片大放特放，岂不是有点滑稽吗？

有这样一幅漫画：一个儿童落水，拼命挣扎，一记者端着摄影机站在岸上，等着别人来抢救。这记者或许可谓忠于职守，到却毫无恻隐之心。一个在感情上不能与英雄人物相通的记者，他报道的英雄事迹有几分出自真诚，不能不叫人怀疑。同理，如果社会一方面向教师奉献鲜花、作恭敬之状，一方面则做着与教师事业格格不入之举，这就叫人费解。

尊重教师，首先是尊重教师的劳动。如果全世界把培养青少年作为崇高的事业，并自觉地身体力行之，那么，一个真正的全社会尊师局面，会早早地到来。

1985 年

金钱观 人情味

有人旅美回来说，在美国，甚至亲朋好友相邀去喝一杯，也是各掏各的腰包，从不轻易为对方付账。对比，许多人将信将疑，总觉得这是编派。最近，刘晓庆在谈及美国之行时感慨地说："美国固然有最先进最好的东西，但不好的东西也不少。他们什么都讲钱，人情味非常淡薄。我以为在中国容易找到的真诚，在美国太难了。"刘晓庆为人桀骜不驯，素来直言不讳，她的这番感慨当然不是凭空而发。对于民族自信心不足的人来说，似乎有理由从中获得某些安慰。

的确，各个民族都有自己值得珍惜的东西。千百年来，我们的祖先在人际交往中就推崇信义，主张与人相交，以信义为本，替人办事必须竭忠尽智，甚至不惜士为知己者死。这品性代代相传、世世相因，于是便形成了刘晓庆谓之为真诚的那些东西。这是我们民族的瑰宝，它能使人与人之间变得温暖，使生活变得美好。

可惜，随着商品经济的发展，人情味在我们生活中如同大熊猫一样也日渐稀罕，并非像刘晓庆说的那样容易找。十年浩劫期间，以线划情，亲不亲，线上分，阶级代替一切，人情遭一次扫荡。这些年，人情似乎升值了，亲戚、朋友、同事、同学一时吃香得很，三个公章，抵不上一个同乡。公章碗口大，不如熟人一句话。但是，这种人情其实是以互利互惠为前提的，今天你方便我进财，明天我方便你得利。如果一方无职又无权，他的情即便再重，别人也是不肯买账的，所以，这种人情说穿了，不过是金钱的变态，早已无多少真诚可言。商人重利轻别离。金钱观念强化，人情味势必淡化，这种杠杆原理似乎是发达国家的通病。一开始就把物质文明与精神文明一起抓，届时或可避开此种弊端？

1986 年 11 月 9 日

再谈“吃肉和骂娘”

读了苏柏同志《也谈“吃肉和骂娘”》一文（载十二月八日《合肥晚报》），耳目一新，忍不住也想说几句。

“端起碗来吃肉，放下筷子骂娘”这句话，倘若作为今天社会某种写照，我觉得完全可以当作春联贴在大门上。上联“吃肉”，说明群众生活得到改善，物质文明有了发展；下联“骂娘”，则说明大家敢于发牢骚了，这是言论自由，政治开明的体现。物质和精神双丰收，这有什么不好？有人却要把这句话搬来教训人，一些报纸也跟着起哄，在他们笔下，老百姓反倒成了忘恩负义，不知好歹之徒。这真叫人大惑不得其解！

其实，说群众生活有了改善，也只是与历史相比较而言。如果我们不但纵向比较，同时也来一个横向比较，那就不难发现，我们的所谓改善还只是处在低级阶段，较之世界上发达国家的人民生活，我们“端起碗来吃肉”，实际上只能算是锅里飘了点油花。看到群众锅里漂了点油花，就摆出贵族老爷的架势颐指气使，一旦中国真的建成了小康社会，即不但“吃肉”，还能“喝酒”，真不知他们会对百姓怎样呢。

艰苦奋斗了几十年，终于能够“端起碗来吃肉”了，群众本来是心满意足的。自从对外开放，人们眼界大开，第一次发现天外原来还有天，比比别人，再看看自己，完美的不再完美，神圣的不再神圣，免不了要发发牢骚，骂骂娘。这原属开放后的必然现象，对于政治家来说，应该在意料之中，丝毫不会大惊小怪。可是，某些报纸和文件，一时间竟以指责群众骂娘为时髦，岂不是太小家子气了么？我想，深入查一查群众骂娘的原因，继而切切实实地根除之，比一味地指斥群众也许要科学得多。

1986 年

希望，在热血青年

有几件事很令人鼓舞。王殿明等一批健儿不畏艰险，漂流考察长江全程，在人类探险史上谱写了雄壮的诗篇；一些健美姑娘，毅然挣脱世俗观念的惰力，身着（比基尼）泳衣参赛，充分地展示了生命的美；还有其他，等等。

他们，都是热血青年！

笔者不是机械的进化论者，并不认为青年人绝对地胜过老年人。老年人自然有老年人的智慧和贡献。但是，只要翻开中国近代史，我们就不难发现，社会的每一次革命、每一项革新，几乎都是依靠青年人冲锋陷阵。旧民主主义革命如此，新民主主义革命也是如此，震撼世界的五四运动和“一二·九”运动，更是直接地飘扬着青年的旗帜。社会主义新的历史时期，似也不能例外，且不说天安门前的五四运动，就拿人们日常穿着来说，眼下，妇女着裙戴纱，男人西装革履，风度翩翩。然而，就在几年前，中国还曾是一片蓝蚂蚁的海洋，服饰单调得叫人心寒。清一色的格局是怎么打破的呢？是青年！正是他们敢冒天下大不韪，最先穿起了喇叭裤，接着又率先穿起了牛仔裤。正是他们悄悄地发动了一场服装革命，造就了姹紫嫣红的今天。

当然，青年人也并非一律地先进。正像五四时期所显示的那样，青年之中也有封建遗少，也有落伍者和自私鬼，这样的人即便今天还活着，其实与死去无异，谁也不记得他们，因为，推动社会前进的不是这些人，这些人不能代表青年的风貌。

当今的中国，正处在大变革时期。历史再一次给中华民族以崛起的机会，同时也给了当代青年以鲲鹏展翅的良机。改革，无论是经济的，还是政治的，都需要开拓，需要创造，需要竞争，需要勇气，需要拼搏，需要冒险，而这些，正是青年得天独厚的素质。青年天生适宜于改革。

希望，在热血青年！

1986 年

文学刊物也要注意生态平衡

自然界的万物，相生相克，共损共荣，彼此之间处于一种微妙的平衡状态。因之，保护生态平衡成了当今的一门重要学科。这种情况，我觉得也适用于文学园地。

一般来说，文学期刊的发展，是创作繁荣的征兆。最近几年，各类期刊如雨后春笋，只要达到一定水平，作品便不愁问世，这当然是件好事。但这里也有一个度的问题，即与创作力量、读者需求，乃至财力、物力、人力相适应的问题。过度膨胀，文贵刊轻，作家粗制滥造，刊物以次充优，即便无人问津，也一律照印不误，无论从哪个角度来看，都是有害的。

期刊一多，人们无暇涉猎，于是，各种选刊应运而生，在讲究时间和效率的今天，这予读者倒不失为一件好事。以一当十，何乐不为？于是，读者纷纷订阅选刊，各类期刊的发行量急剧告跌，有的甚至出现了生存危机。有些期刊编辑部见势不妙，便来一个你选我也选，大家都来办选刊，粥少僧多，质量势必降低，于是又有人考虑再办选刊的选刊，即在其他刊物选载的基础上，再来一次精选……如此竞选的结果，便产生了一个新的问题：皮之不存，毛将焉附？经销部门纷纷倒闭，二道贩子又哪得饭吃？

有人可能会说，自生自灭，听其自然。但那样损失太大，我国毕竟是社会主义国家，实行的是计划经济与市场调节相结合的体制。在文学刊物的发展上，恐怕也要采取措施，妥善引导，以保证文学事业的健康发展。

1985 年

小品卷

XIAOPIN JUAN

做 好 事

王老师在夜大执教，已届一年，他为人温文尔雅，忠厚老诚，兼之教学认真负责，故深得学生爱戴。新年前夕的一天，学生们商量要为王老师做件好事。诸多方案，几经讨论，都不合众人心意。这时，一位张姓学生说道："王老师年逾半百，尚孑然一身。我们何不替他代为征婚，以结束他后顾之忧呢?"此议一出，众口称善。有人还特别强调，王老师昔日曾言，人之美以心灵为本，其他次之。因此，拟文时，心灵美当为首要条件。于是，不几日，晚报的中缝便刊出一则《征婚启事》，其文曰：

王××，教师，54岁，月工资140元，未婚。欲寻觅一心灵美的女子为偶，年龄四十岁左右为宜，其他条件不限。有意者，请到月桂街八号楼三〇一室寓所联系。

翌日，王老师正在寓所批改作业，忽有一妙龄女子来访。寒暄几句之后，那女子见地面甚脏，便抓起扫帚帮忙打扫卫生。王老师以为她是夜大学生，先是劝阻，后来也就随她。室内室外折腾一通之后，那女子羞答答地说：

"王老师，你看……"

王老师环视一下地面，连连点头："很好，很好!"

"我是说，你看我这人……"

"不错，不错!"

"我的心灵?"

"美！美!"

"那么，你愿意?"

王老师还未弄明白同意什么，又听见敲门声，接着又进来一中年女子，二话不说，便将床上垫单，枕巾扯下来洗涤。事未及半，又进来一女子……一连三天，有代为买米买菜的，有帮忙做饭的，有精心缝补的，有侍弄花草的。每个人都怀着同一意思："王老师，你看我心灵美不美?"弄得王老师课备不成，饭吃不香，觉睡不安，神不守舍，不胜其烦，只得在门上贴一安民告示："来访诸君，心灵都美!"即便如此，还是不能挡驾，女毛遂仍然络绎不绝。

话说夜大学生，自《征婚启事》刊出后，见王老师几晚不曾来上课，有人估计莫非正在欢度蜜月，于是，商定派代表登门恭贺。他们来到王寓，一敲不应，二敲无声，三敲寂然，敲到第十下，门洞然打开，一把扫帚横扫而来，只见王老师蓬头垢面，目髭尽裂，歇斯底里地吼道："滚，统统给我滚!"

1985 年

我要当爷爷

一年级教室里，林老师要小朋友们谈谈自己的理想。小军歪着脑袋想了半天，忽然举起手："林老师，我的理想是当爷爷！"

全教室的小麻雀一下子叽喳开了：

"嘻嘻！"

"当爷爷有什么好？"

"路也走不动。"

……

小军力排众议："当爷爷拿的钱多。林老师说的，越富越光荣。当爷爷不用走路，我爷爷一出门就坐小汽车！"

林老师："你爷爷是国家干部，工作是很辛苦的……"

"林老师，我爷爷一点不辛苦！"小军急了，机关枪似的说道："他天天在家养金鱼、种花。叔叔送文件来，他看也不看，只会在名字上面用红笔画个鸭蛋。画鸭蛋谁不会？我也会，真的，有好几次，爷爷的鸭蛋就是我画的。不信，你们去问！"

1985 年

失　　真

“小李！”

隔壁秘书办公室，小李正在伏案疾书，忽然听见主任喊，他抬腕看看表，不由微微一笑，顺手抓起主任的讲话稿，在桌子上跺跺齐，连忙跑过来。

主任背对着门，两手叉在桌沿上，身子前倾，与地面成60度角，好像是在做俯卧撑。那后颈项上的肉，重重叠叠，鼓鼓囊囊。

“怎么样？”他头也不回地问。

“快了。这是已经整理好的部分，你先审阅。”小李递上文稿，并补充说，“我已经通知打字室，今晚加班，明天一定发出去。”

主任并不动，也不伸手接，只是把嘴朝前呶呶：“我是说这个，你看怎么样？”

小李这才发现，桌子上竖着一台锃亮的收录机，四个喇叭，双卡，调频调幅，带电脑的。

“啊！刚买的？”

主任咧咧嘴，笑笑，算是回答。

“日本的，索尼牌，真棒！”小李一边端详包装盒，一边由衷地赞叹。

“你那里有磁带吗？”

“没有。”

“刚才不是听见你在开录音机吗？”

“那是上午动员大会上你的讲话录音，我在整理。”

“去，拿一盒来试试！”

“……我们党内存在着思想不纯、作风不纯、组织不纯、以权谋私、严重官僚主义以及其他不正之风，比较普遍，群众意见很大。”

“这是谁在讲话呀？”他靠在沙发上，点燃一支烟，眯缝着眼睛问道。

“是你哪！”小李盯着绿光荧荧的音量显示器，头也不抬。

“在我们单位，就有这样一件怪事：一位基层同志来申请计划器材，明明有货，物资处就是卡住不给。什么原因呀？一打听，原来他们想吃鲥鱼。基层的同志只好打电话回去，叫想办法。后来人家特地买几只保温瓶，每只瓶里装上两条鲥鱼，千里迢迢送上门来，这样，货也有了，脸也好看了……”

“莫非机子有毛病。怎么不像我的声音？”

“这叫失真。不是机子问题，是听觉上差错。人们听自己讲话录音，都是这样。”

“同志们，这不就是利用职权、敲诈勒索吗？这样下去，怎么得了呀！所以，我们一定要认真搞好整党，绝对不允许走过场！”

主任望着收录机，满意地说：“行，不错。那家伙到底没有糊弄我。”

小李取下录音带。主任的后半句，他没听懂。

主任把收录机装进包装盒，再放进手提塑料袋。塑料袋是橘黄的，上面绘有“S”形图案，半白半黑，像是阴阳太极图。

“小李，”主任临走时候嘱咐道，“下午通知计财处，三公司要的那笔款子，如数拨给他们，就说是我的意见。别忘了！”

小李盯着塑料袋，顿时想起来，三公司的赵经理上午来过，提的就是这只阴阳太极塑料袋，沉甸甸的。小李问他有什么事，他说找主任，还狡黠地一笑。

大腹便便的主任消失在走廊的尽头。望着主任手提塑料袋的姿态，小李不由倒吸了一口冷气，他觉得浑身酸软，疲惫极了。

1985 年

最佳选择

走进婚姻介绍所，她被引到一张写字台前，工作人员交给她一张表，嘱咐她逐项填写。没有什么难的，成竹在胸，她已为此好几晚不眠。工作人员按照编排程序，把指令输入电子计算机。运转、筛选、很快，终端显示器上映出最佳选择对象。她一看，愣住了，接着用手蒙住脸，抽抽泣泣地哭起来了：“半年前，我就是同他离的婚！”

1985 年

紫红色的围巾

是的，大厦的建筑体型，立面式样，平面布置，内部和外部的空间组织，试样处理、装饰、色调、排列等等，和谐统一，新颖而有韵律，甚至连最善于挑剔的专家也赞叹不止。考评结束后，来自各地的设计师、建筑师，纷纷向我表示祝贺。

人生不是一条均衡直线，它有着许多曲折。如果说这座大厦获奖，是我成功道路上一座具有转折意义的里程碑，那么，它的基石则是三年前就铸就好了的。那是一个冬天，具体说，十二月二十八日，我永远忘不了那个日期。

那天下着鹅毛大雪。土木工程系的王怀斌教授给我们讲建筑美学。这是一个干瘪的瘦老头，虽然不过五十来岁，但头发已经灰白，看上去比实际年龄苍老得多。那天上课，他竟戴着一条紫红色的羊毛围巾。围巾的颜色在他的身上显得那样触目，让人不由想起戴在刘姥姥头上的鲜花。“真是老来俏!”不知谁轻轻说了句，惹得一些同学窃笑不止。对此，王教授似未觉察，仍旧像往常一样侃侃而谈。

“建筑是一门科学，也是一门艺术，讲究内容与形式的统一和谐。我们设计一项工程，必须注入情感，没有情感，便没有韵律。”他指着挂在黑板上的一张宾馆设计图讲道：“这砖瓦结构的厚墙，加上粗大的基础，机械而呆板，给人一种沉重感、压抑感，要记住，这是设计宾馆，不是设计碉堡。”

教室里发出一阵哄笑，有几个同学朝我做鬼脸。

我的脸唰地一热。挂在黑板上的那张图纸，不是别人，正是我设计的。天晓得我那时怎么那样轻狂，仿佛受了侮辱似的，我霍地站起来："王教授，我想提一个问题：内容与形式相统一的原则，除了适用于建筑，是否还可以适用于其他方面——譬如，人的服饰装束等等？"

空气顿时凝固了。同学们吃惊地睁大了眼睛。教室里死一般的沉寂。

王教授用迷惑的眼神默默地望着我，脸色异常苍白。这时，下课铃响了。他放下手中的粉笔，掏出手绢擦擦手，慢慢地把围巾取下来，又不慌不忙地戴上，并且郑重地整了整，然后，平静地对我说道："是的，人的装束服饰也应该做到形式与内容相统一。"接着，头也不回地走了。

教室里叽叽喳喳，有指责我太过分的，也有替我辩护的。一位同学不住地朝我使眼色，循着他的示意看去，只见王小玲伏在桌子上啜泣。王小玲是王教授的女儿，我们班上的高才生，学习委员。

"冲撞了爸爸，得罪了女儿，真没想到。"我解嘲地说。

王小玲霍地站起来："你知道吗？今天是我妈妈的忌日……她是被'四人帮'折磨死的……围巾是妈妈的遗物。十六年了，每到这一天，爸爸总是要戴上它……我原是劝他不要戴的，可他……"

我真恨不得找个地洞钻下去。自那以后，我才懂得了设计也是科学，也是艺术——感情的艺术。

1985 年

雨天的故事

回想起来，我和她的故事，多半与雨天有关。那是一个星期天，春雨潇潇，我帮她把铺盖卷搬进学生公寓，然后陪她上商店购日用品。商店就在校园里，距公寓不远。她买了脸盆、碗筷、香皂，还有碳素墨水。这时，外面的雨越下越大了，我提醒她："再买一把雨伞吧。"她瞪了我一眼，斩钉截铁地说："不!"接着，自言自语似地轻轻地说："我已下了决心，再也不用伞。"说毕，她一手握着物品，一手遮着头发，毫不迟疑地钻进了雨帘，小鹿似的跑开了。

望着她活泼轻盈的背影，我心中一阵热乎。我曾在她面前说起过，从前，我送一位女友上路，适值下雨，我买了一把伞送她，那女友说，送伞是不祥之兆。伞者，散也。我以为是迷信，一笑付之。岂料后来我们果然拜拜了。想必她把这个故事听进了心里。

一天下午，我去公寓看她，只见她独自一人，凭窗而立，神态黯然。窗外，正淅淅沥沥下着雨，雨水洒在玻璃窗上，弯弯曲曲地流下来，宛若一行行伤心的泪水。我想，一定是某种景致触动她那颗敏感而纤细的心。她指着窗外的街道对我说："那一对男女打着一把伞，另一个人偏要挤进去，你瞧，雨从伞边流下来，全洒在那个人的身上了。依附于别人，总是可怜。"我忽然想起她曾经说过，她喜欢雨，雨是大自然的甘露，将来如果有了自己的书房，一定命名为"化雨斋"。于是，我连忙排解道："大自然给他吃小灶，那人真是福分不浅哪!"一句话，把她逗笑了。"既然如此，敢不敢和我出去淋淋雨?"她咧着嘴，挑战式地问道，神态像个淘气的孩子。为了让她换个心境，我大手一挥："走！"

那一天，我们像疯子一样在雨里狂奔，结果都变成了落汤鸡。事后，她感动地对我说："谢谢你给了我勇气！"

一听此言，我的心不由"咯噔"一声往下沉。我意识到，她去南方的主意已经定了。南方有家公司拟聘她去效力。她曾经征求过我的意见，我投了反对票，理由是：她美貌且单纯，去南方盗仙草，犹如虎口拔牙，有去无回。即使日后还回来，但回来的一定不是现在的她。她说我危言耸听，对南方有偏见。尽管如此，碍于我的态度，她也一直犹豫不定。想不到，雨里一场疯狂，竟唤醒了她的冒险意识。

她素来任性，主意一旦拿定，谁也无法拦阻。然而，在她启程前夕，我还是想作最后一次努力。那天傍晚，细雨霏霏，我们沿街散步。我对她讲老庄的"养生学"："吾生知也无涯，而学也有涯，以有涯随无涯，殆矣。"她则挽着我的手臂，轻轻地给我朗诵舒婷的《致橡树》："如果我爱你，绝不学攀缘的凌霄花，借你的高枝炫耀自己……我必须是你近旁的一株木棉，以树的形象，和你站在一起。"真是一人一把号，各吹各的调。最后，我只好摊牌："既然你一定要走，我也不强留。我打算送你一件礼物。"她高兴地蹦起来，笑嘻嘻地问道："能告诉我是什么吗？"我阴沉沉地说："南方多雨，我送你一把伞。"她半天没吭声，随后跑到商店橱窗前，捂着脸，嘤嘤地哭了。哭得好伤心，好伤心。

几天之后，她还是乘飞机去了。我没有去机场送行。

她走后第二年，我便结婚。两年之后，我有了一个女儿。

又过了几年。一天，院长把我叫了去，说是南方来了一位客商，愿捐资学院建造一座图书馆。"你是学报主编，晚上宴会，请你也参加。"

客商很年轻，风度翩翩。席间，他告诉我们，他们公司总经理曾在我们学院培训过，对学院很有感情，想为学院办点公益事业。唯一的条件是，图书馆建成后，应命名为"化雨斋"。"春风化雨，桃李天下，这个名字贴切，好！"大家齐声赞同。那位客商乘着酒性，侃侃而谈："我们那位总经理呀，又能干又漂亮，就是有一个怪脾气，特别喜欢雨。只要是下雨天，她就不坐车，总是步行上班。这么多年，我们从来没有看见过她打过伞……"

这天晚上，我喝得酩酊大醉，醉得像一团烂泥。

1996 年

报告文学卷

BAOGAOWENXUE JUAN

太阳在狭窄的空间喘息

——写自煤矿的报告

普罗米修斯把火种盗给人类，他自己却日复一日地忍受着恶鹰的啄食。

——题记

第一章　太阳的奉献

手记：想想吧，假如生活中没有煤，社会将是怎样的洪荒景象？因此，把煤矿工人比作太阳，或许不会有多少人反对。

太阳打了一个喷嚏

1988 年与 1989 年之交，煤炭供应骤然紧张，全国各地纷纷告急。

随手从报上拾到几则消息：

上海。由于供煤渠道的矿发率下降，上海市 1988 年 1 至 11 月份各发电厂赖以生存的“口粮”，共欠供 102 万吨，兄弟毗邻省市的电源紧张，致使 12 月份以来华东电网每天比上月减少供应 3000 万千瓦时，全市 6 家电厂和高桥、金山两大电厂实际存煤量已从规定的 3 天存煤线锐减为两天甚至1天。

广州。入冬以来，广州市供电不足。为渡当前用电难关，市政府决定实施轮流停电紧急措施，省市重要机关、大学和一般宾馆每周停电一天，居民则分片每周停电1至2个晚上。

河北。马头电厂发电用煤告急，一台10万千瓦机组和两台2.5万千瓦机组相继被迫停电。

合肥。进入12月份后，整个华东电网用煤缺口仍无好转，被迫停机容量三分之一左右。市政府如实向市民通报情况，要求供电部门运用有限电力确保农村抗旱、一类负荷单位、人民生活必需的生产用电，对一般工业有电就供、无电就停，号召市民节约用电，共渡难关。

……

许多工厂被迫停或减产。

许多城区、商店、酒吧、舞厅一片黑暗。

家家户户点起了蜡烛。

机关干部的烤火煤被取消。

一个寒冷而又黑暗的冬天。

有人说，太阳打了一个喷嚏。

淮南，太阳升起的地方

淮南，我国重要的煤炭基地之一，驰名中外的“百里煤城”。每年有1000万吨煤从这里输出，为安徽、江苏、浙江、江西、福建、上海等省市提供大量光和热。

1958年以来，刘少奇、聂荣臻、邓小平、彭真、刘澜涛、杨尚昆、董必武、王鹤寿、许世友、李先念、李德生、谷牧、万里、张劲夫、赵紫阳、李鹏等党和国家领导人，先后到淮南煤矿视察。

新中国成立以来，苏联、波兰、英国、美国、日本、朝鲜、联邦德国、民主德国、捷克斯洛伐克等十几个国家的代表团和经济技术专家先后到淮南煤矿参观访问、交流技术。

李鹏说：“淮南不光是淮南的淮南、安徽的淮南，而是华东的淮南、全国的淮南。”

百里煤海，储量丰富，煤炭地质储量143亿吨，精查储量近90亿吨。煤质好，多数是主焦煤，热量7000大卡。矿井服务年限100到150年。

到20世纪末，淮南的煤炭将达到年产2300万吨。

淮南是华东也是全国的动力心脏。她是我国新型能源城，是太阳升起的地方。

地下-250米深处

人人都离不开煤，但未必人人都了解矿工的劳动。

在濒临淮河一公里的孔集煤矿，我有幸随同矿工下了一次井。

那天是农历冬至，气温零度左右。

在更衣室里，我们把衣服脱得精光，穿上矿工服，单裤单褂，外套一件棉背心。戴上矿工帽，系一条白毛巾，到灯房领了一盏矿灯和一副电瓶，再领一只自救袋，在矿工帮助下，披挂整齐。然后，抖簌簌地来到井旁，挤上一架可纳二十余人的罐笼，一声哨响，便沉入了黑洞洞的深渊。

在标号“-250米”之处，“哐啷”一声，罐笼停了。

一条巨大的通道。有电灯照明，能见度不差。地上铺有铁轨。我们沿着铁轨走了大约百余米，爬上了一列机车。车厢很矮，挤满了人。大家都不作声，睡着了似的。只听见行进的列车发出沉闷的轰隆声。

列车在通道里运行了4500米。下车之后，我们又步行了一阵子。在个绞盘机旁，我们脱下棉背心，重新武装好，开始攀井。

黑黢黢的小井，在头顶上笔直地竖立着，40米高，极端狭窄，勉强容纳一人。扶手是铁的，湿漉漉沾满了煤渣，手必须抓紧，脚必须踏牢，倘若滑脱，后果不堪。腰不能躬，头不能低，否则就会碰到井壁；每攀一步，都要付出力气。及至爬上井面，我已是两腿发软，大汗淋漓。

休息片刻，便向工作面挺进。爆破的硝烟，尚未散尽，直呛鼻子。坑道越走越窄，越走越矮，越走越黑。稍不注意，头盔便“砰”的一声碰到坑顶上，震得煤渣直落。弯腰驮背地行进了一阵子，接着就跪下来爬行。再伟大的汉子也得跪下来，作狗状。幸好是在地下250米深处，谁也看不见谁，谁也不笑话谁。

再往前去，坑道只剩下一个极小的缝隙，天地之间不过尺把距离。爬也别想通过，只能直挺挺地伏在地上，用脚往后蹬，胳膊肘往前撑，匍匐前进。这时，前面看不到人，后面听不见声音，漆黑的世界仿佛只剩下我一个。要是有煤块塌下来，别想逃离半步。

先前听过介绍，井下危险，瓦斯、水、火、流沙和塌顶，时刻威胁着矿工的生命。井下采煤，宛如虎口拔牙，事故时有发生，死人在所难免。不久前，潘一矿井下火灾，死亡 45 人。新庄的一个煤窑漏顶，进水 13.7 万立方，淹死 12 人。也就在前两天，孔集的一位老矿工被埋在井眼里。

想到这些，不免有些紧张，下意识地抬起臀部，想爬快点。刚一用力，便结结实实抵在煤层上，像被一只无形的大脚重重踩了一下，复又老老实实地趴下，继续匍匐。

终于到了一个转折点。一个大约 45 度的陡坡，费了好大的劲，调过身子，头朝上，脚朝下，双手拽住一根绳子，顺坡往下滑。

滑行中，忽然听到身边有喘息声，凭借头上矿灯看去，原来是两位矿工躺在那里。再往下去，又是如此。事后才知道，矿工们正是躺在那里工作。是他们第一个接触这些煤，这些在地下沉睡了千百万年的煤，用他们那双粗糙的手，一铲一铲地把煤送上皮带机，然后装车上井，输送到祖国的四面八方。

来到一个水平面，再也无心恋战，赶紧沿着一口竖井鱼贯而下。这口小井，比原先上攀的那口更糟糕，没有扶手，只吊着一根绳子，双手抓住，脚踩在井壁上，一点一点往下滑。井口不断往下漏水，花果山水帘洞似的，我身上衣服湿透了。

回到大通道，离下班时间还早。调度安排了一辆专列。到达井口，风呼呼地吹，我浑身哆嗦，牙齿直打架。湿衣服沾满了煤屑，沉甸甸的，走起路来，嚓嚓地响。

走出罐笼，阳光特别明媚。我有生以来第一次发现：在地面上工作是多么美好！

高擎的火炬

在通往矿区的交叉路口上，耸立着一尊大型雕塑：一位矿工，高擎着火炬，英姿勃勃，巍然屹立。

这是淮南20多万煤矿工人的精神象征。

那熊熊燃烧的火炬，是他们奉献给人类的光和热。

奔驰的火车，劈浪的轮船，腾空的火箭，耀眼的灯光，沸腾的饭锅……庞大的社会机器，人类一切的一切，都离不开那个火炬。

为了这火炬，有多少父母献出了儿子，有多少妻子失去了丈夫，有多少充满青春活力的青年长眠在地层深处。

矿工有理由受到全社会的尊重。

刚刚诞生的共和国，似乎深深理解这一点。

在淮南，最先穿上皮鞋的是谁？矿工。

在淮南，最先穿上呢料的是谁？矿工。

在淮南，最先戴上罗马表的是谁？矿工。

“广播响，电灯亮，姑娘都到矿上找对象。”这是20世纪50年代流传的一首歌谣，它道出了矿工当时在人们心目中的地位。

1960年，全国大饥荒。矿工口粮55斤。有些人眼红了，哇哇叫，要求削减。领导人把有关部门负责人召集开会，商定此事。会前，先让大家下井走一走，调查研究嘛！从井下上来，不等领导人开口，大家都争先恐后地表示：“矿工太辛苦！这点口粮，不多！不多！”

会也不用开了，口粮照常供应，还特别照顾一些猪油和烟酒。

“那年头，别人有的，我们有；别人没有的，我们也有。”矿工们回忆说，“国家看得起煤黑子，我们干起来也特别带劲。苦点，累点，心里痛快！”

“那么，现在呢？”

良久的沉默。

据了解，就工资类别而言，新中国成立初期，煤炭排在第4位，仅次于航海、盐业和森林采伐。现在，在工业行业中，煤炭是第二十几位。在淮南各个行业中，煤炭是第54位。采掘工人体力消耗大，百多元的月收入，在目前的物价情况下，仅够维持自身的基本生活。

人们赞美煤是乌金，把煤炭称作工业的粮食，可是奋斗在地层深处的矿工的劳动，并没有得到应有补偿。他们被社会疏忽了。矿工们自嘲：“光荣的岗位，玩命的工作，倒煤（霉）的差事。”

那高擎的火炬，仿佛有些黯然。

第二章　不完善的家庭

手记：人是家庭的核心，住宅是家庭的物质外壳，是家庭的可见形象。住宅和人二者必备才成其为家庭。没有住宅就等于没有家庭，住宅的不适当就是家庭的不完善。

最大的心病

“住房难是淮南矿工最大的心病。目前全局缺房户有 4 万多，矿工占绝大多数。不少矿工老少三代七八口人挤在一间房里。矿上分不到房，工人只好自己搭，秫秸、泥巴墙，油毡、芦席棚，依树、依墙茅草庵，什么情况都有，破破烂烂，矮小、阴暗、潮湿。”这是《人民日报》不久前载文所指出的。

很幸运，我到淮南矿务局采访，正值该局房屋普查登记刚刚结束，生活服务公司有关同志向我介绍了最新统计。

以李郢孜一矿为例。

总人口：28825 人；总户数：6610 户；居住总面积：64177 平方米；人均居住面积：2. 23 平方米。

在 6610 户数中，无房户为 1860 户，不方便户（三代同室，父母与 12 岁以上子女同室，12 岁以上兄妹同室）为 94 户，拥挤户为 3013 户，其中人均居住面积 2 平方米以下的 1611 户，2 平方米至 4 平方米之间的 1402 户。

也就是说，在李一矿，有 75% 的家庭是不完善的。在淮南矿务局系统，李一矿还算不上是房荒最严重的单位。

淮南矿人口总和 40 万。住宅的阴影，笼罩着多少颗跳动的心！

17 平方米的空间

在李一矿，有好儿片平房区，矮小的平房摩肩接踵，排列成行。这些房子大都建造于20世纪五六十年代，是矿上的元老，那年头强调“先生产，后生活”，“先建矿，后建房”，住房都是简易的，一大一小两间，总面积17平方米。房屋的主人，大都是1958年进矿的工人，其中不少是转业、退伍军人。

30年的风吹，30年的雨洒，30年的日晒。砖，依然是当年的砖；瓦，依然是当年的瓦。可惜其面貌，则今非昔比，早已是斑驳陆离，百孔千疮。一幌30年，青丝变白雪，青年变老翁，一代变三代，两口变六口、八口、十口……二十口。只有一样没有变，永远是17平方米。

在那狭窄的空间，大家挤吧！

冬天里，挤着暖和。夫妻俩带一两个小儿女挤一床，其余兄弟姐妹挤一床。上面有老爷爷、老奶奶的，再搭一个铺。实在挤不下的，到外面打游击，到矿上去“值班”。

夏天呢？好办，打地铺，睡露天。一天夜里，睡梦正酣，突然暴雨袭击，基建队副队长老阎一家八口，急忙往家撤。孩子们把竹席往地上一展，横七竖八倒头便睡。老两口爬上床，正待入梦，忽闻门外有声音，拉亮电灯，“一、二、三、四、五……”把孩子点个数，不对，少了一个！开门搜索，果然还有一个掉队的，正蜷缩在屋檐下委屈地哭泣。

女儿一个个长成了害羞的大姑娘，儿子一个个地蓄起了小胡子，再也不能在一张床上挤了。分窝。于是，八仙过海，各显神通，院子里，屋檐下，大树旁，接二连三地搭起了小棚子。油毡的，芦席的，茅草的，应有尽有。

随和一点的，就在这棚子里凑合着结婚，生儿育女。

挑剔的姑娘，看不中，对小伙子叹口气，眼泪汪汪地走了。

有多少大龄男女，就是因为没有窝，有情人成不了眷属，结婚证书揣在口袋里，焐热了，揉皱了，捏烂了……

无以扩展的12平方米

在李一矿，有两幢三层楼房，住着大约140户人家。这里原是农工集体宿舍。1970年进矿的一批工人，工龄满了十年，按政策规定，农村家属可以在矿上落户，于是拖儿带女地搬了进来，一户一间。在孔集矿，这样的楼房有三幢，五层高，住有四五百户。居户都在走道上烧饭，浓烟滚滚，遮天蔽日，整个楼房被熏得漆黑，人们把此楼称之为“烟囱楼”。

走道里光线很暗，白天须点电灯。两边堆满了杂物和煤炉，人必须侧身而过。楼梯口的窗户被拔掉了，剩下残缺的空洞。洗脸间堆满了垃圾，污水足有一尺深。厕所住上了人，大小便必须跑到一里开外的学校去。百余户人家共一个自来水笼头，小学生放学回来，纷纷拎着大桶小桶排队接水。

房间大约12平方米。全家人挤在一起，衣柜、水缸、床铺，锅碗瓢盆，统统陈列其中。没有出处，没有别的发展余地，不能像平房那样附搭一个小棚子。

掘进工王化彬，1970年退伍来矿上，今年45岁，一家六口。房内一张床，再用几根毛竹横空搭了一个楼阁。夫妻睡床，四个孩子并排睡楼阁：大儿子20岁，二闺女18岁，三闺女15岁，小儿子11岁。

掘进工林文忠，1970年退伍来矿上，7口人住一间。大女儿19岁，二女儿17岁，三女儿15岁，四女儿13岁，小儿子6岁。房内拥挤不堪，鞋臭，尿躁，汗味，熏得人直恶心。

掘进工杜国颜，8口人住一间……

我每到一处，立即被包围，职工和家属纷纷诉苦，硬拉着不让走。

有的说，下夜班回家，疲惫不堪，想好好睡一觉，无奈小孩哭，大人叫闹翻了天，哪能睡得着！

有的说，媳妇在床上生孩子，公公就睡在床前地上，实在不方便。

有的说，儿子对象来了，小两口在房里谈情说爱，老两口只得回避，蹲在外面吹冷风。

有的说，孩子放学回来，连做作业的地方都没有。

有的说，夏天你来看看，家家户户煤炉烧起来，热得像蒸笼。

……

贫民窟

在矿区的山脚下，树林里，铁道旁，可以看到一些破烂不堪的小窝棚，它们是矿工用矸石、碎砖、树枝、泥巴垒起来的，村落式地散布着，人们称之为贫民窟。

住在贫民窟的，大致有三种人：一是未曾分到房子的老工人，二是到矿上不久的采掘骨干，三就是退休老矿工。

在一片小树林里，我走进一户人家。这是一间靠树搭起来的棚子，墙壁是高粱秆、马粪纸、纸箱壳。主人是井下验收工，43 岁，1970 年从部队退伍来煤矿，就一直住在这间棚子里，整整 18 个春秋。如今全家 5 口人。他告诉我，下雨天，水从屋外往里淌，一家人拿着水瓢，轮班排水，否则床都会漂起来。因为居住偏僻，歹徒经常光顾，家什经常被窃。有一天晚上，听说外面有人找，他刚一伸头，便挨了一刀。经过一番搏斗，歹徒虽然被赶跑了，而他身上从此便留下好几处伤疤。

在一个叫“二号井”的地方，有一片用秫秸、油毡搭起来的棚子，棚顶用砖块压着，棚前有泥巴垒的锅灶。不了解情况的人，乍一看，还以为是乞丐群落，其实不是。这里居住的，多是 1976 年进矿的，如孟宪海、陶富川、曹学友、赵广文等，他们都是采煤第一线的骨干。在孟宪海的棚里，还贴着一张“采煤状元”的获奖证书。这批人，相对来说，进矿稍晚些，家属还是农村户口，一般带两个孩子，吃粮靠议价，月收入不够开支，许多人都背了债。

最让人伤心的，是那些退休老矿工。他们多半是子女成人，儿孙绕膝，住房拥挤，老两口被迫“出走”，在野外搭棚栖身。也许是心血耗尽，万念俱灰，他们的窝棚毫不讲究，有的宛如猪圈，有的近似墓穴，走进去，很难相信是人居住的地方。这些老工人，挖了一辈子煤，按一般经济效益计算，平均每人为社会提供了数百万元的财富，及至风烛残年，沉疴缠身，别说保健、疗养、旅游、娱乐，甚至连起码的生存居所都没有！

在孔集矿的二道河，有一片住着大约 200 户矿工的村落。这里原是劳改农场，1958 年由部队移交给煤矿，作矿工临时工棚，谁知一“临时”就三十年。由于涉及土地纠纷，当地农民只允许矿工居住，既不允许翻盖，也不允许维修。三十年来，矿工们就在这里繁衍生息，代代相传。如果我说，这里矿工的居住条件还不如当年的劳改犯，该不会有人说我是造谣吧？

寄人篱下

不论怎么说，上面提及的那些矿工，好歹还有一个属于自己的“窝”，有一片属于自己的方寸之地。在矿上，还有许多矿工，连这样的“窝”、这样的方寸之地也没有，不得不去附近的农村租借民房，寄人篱下。

这些年来，矿区周围的农村确实富了。《人民日报》记者写道：“长期封闭在黄土地上的农民，离开了安身立命的土地，一下子难以创造出新的生活方式，最省劲的就是靠矿吃矿了。谢桥镇用给农民的征地钱，盖起了富丽堂皇的镇政府大楼，灰白色的墙体，5 层楼高，正厅镶着大型陶瓷画《桃花源记词意图》，地面和柱子都是大理石的；院子很大，围墙上盖着琉璃瓦。”据我亲眼所见，矿区周围农民纷纷盖起了新房，那深宅大院，那楼台亭阁，那雕廊画栋，与矿工的贫民窟相比，简直就像是旧社会的地主和长工！农民的房屋有剩余，就向矿工们出租，每月租金 20 元、30 元不等。

矿工租用民房，增加经济负担（矿上每月只给报销 3 元）姑且不说，更主要的是精神压抑。“端人家碗，受人家管”，住人家房，得帮人家忙。大事小事，主人一声吆喝，矿工及家属哪敢推脱，再忙也得从命。矿工劳累一天，下班回来，想早点歇息，一看主人家老小来看电视，不敢得罪，只得硬撑着瞌睡陪着。来了一位朋友，矿工免不了喝上几盅，必须把主人请到，否则有脸色看。逢年过节，还得对主人有所“表示”。妻子一旦分娩，即便寒冬腊月，也得赶紧搬出，因为当地风俗，主人绝不允许外人在家里生孩子。

有多少个日日夜夜，有多少个矿工在祈求：什么时候有一个属于自己的家，那该多好啊！

第三章　空间的悲剧

手记：住宅是一种文化模具，在相当大的程度上，它决定着人的生活方式。人生的三分之二，是在住宅环境中度过的。住宅的适当与否，直接影响着人的工作、学习、心理、情绪、健康和寿命。

钢铁也会疲劳

住宅，首先是饮食起居的场所，是消除疲劳、补充精力的场所。

我从孔集矿的井下爬上来，又冷又饿，疲惫不堪。我先到浴池里泡了一个澡，接着吃了一顿丰盛的午餐，然后到招待所舒舒服服地睡了一觉。尽管如此，腰酸背痛还持续了三四天。

假如我下井不是参观，而是采煤；不是短短两三个小时，而是 8 个小时；上井之后，不是走进招待所，而是进入一个狭窄的、拥挤的、阴暗的、潮湿的、闷热的、嘈杂的、气味难闻的、蚊叮虫咬的空间，那么，将会怎么样呢？真是不寒而栗！

事实上，数以万计的矿工，正是这样生活着。他们每天的工作时间，远远不只 8 个小时。

班前会，班后会，换衣洗澡，前前后后 10 个小时以上。要是住宅离矿井远，所用的时间就更多。孔集矿有一位名叫陈荣希的老工人，家住大通矿，相距 70 里。他每天早晨 3 时起床，怀里揣一个摸头，骑自行车上矿，赶到矿上买一碗稀饭喝，6 时下井。下午 3 时上井，空着肚子骑车回家，到家已是下午 5 时了。春夏秋冬，天天如此，数十年如一日。

假如居住环境恶劣，睡不好觉呢？

那天在井下参观，发现有的矿工在车上打盹，有的在坑道旁睡觉，当时心里很不以为然，觉得纪律未免太松弛了。自从参观了矿工住宅之后，理解了。理解万岁！

钢铁也会疲劳。

只是因为房子……

公路上，车水马龙，事故频繁；街道上，熙熙攘攘，争争吵吵。人们抱怨：人口膨胀，世界太小。

七八口男女老少，在一个狭窄的空间，用水要轮流，洗澡要排队，锅碗瓢盆，免不了要叮叮当当，磕磕碰碰。

婆媳争吵的，兄弟打架的，父子反目的，姑嫂骂街的，油盐酱醋一样的平常，每天都有。

因为房子问题，一位姓张的矿工家里，婆媳闹矛盾，媳妇喝农药死了。

因为房子问题，一位姓部的矿工家里，天天发生纠纷，老太婆一气喝了农药。

因为房子问题，刘氏二兄弟吵架，家具全砸烂，相互捅刀子。

因为房子问题，媳妇不肯进门，儿子结婚眼看成泡影，母亲自感活着占面积，不如一死了之，于是喝了农药。

因为房子问题，老工人胡金忠被迫住车间，儿子不慎被绞盘绞死。

因为房子问题，棚内积水，电线漏电，一个协议工不慎触电而亡。

因为房子问题，邻里之间为争地皮打架的，不计其数。

因为房子问题，夫妇不和闹离婚的，时有发生。

因为房子问题，找领导哭的、闹的、磕头的、下跪的，屡见不鲜。

因为房子问题，一名妇女竟公开宣称：“谁答应给我房子，我现在就脱裤子跟他睡觉!”

文明在角落里呻吟

衣食住行，生存所系，缺一不可。“仓廪实则知礼节，衣食足则知荣辱。”文明是人类进步和社会发展的结晶。离开了温饱，离开了起码的生存条件，诸如人的尊严、道德规范、“五讲四美”之类，统统都变得软弱无力，高不可攀。

住宅拥挤，需要分窝，需要搭棚筑窟。别小看一砖一瓦，在矿区，稀而珍贵。需要的人太多。有钱的去买，有门路的去分，有关系的去借，无钱又无其他办法的，似乎就只好偷了。有一个矿工，每天下班时，从矿上偷偷拿几块砖，装在提包里，用自行车带回，一直持续了半年多。有的矿工自己不便出面，便唆使家属，甚至在儿女中悬赏：谁从外面搞到一块砖，奖励看电视一次；谁从外面搞到一块瓦，奖励5分钱。

偷盗的对象，最方便的莫过于公共厕所。于是厕所问题，便成了矿上一个棘手的问题。

盖多少，拆多少；哪里盖，哪里拆；白天盖，夜里拆。水泥板，扒掉；砖，挖掉；瓦，掀掉。除了光溜溜的粪池，其他一切都是猎取目标。人们形容厕所：进不去，蹲不下，出不来。只要稍微能憋一憋，谁也不肯轻易光顾。有一次，一位新媳妇上厕所，惊慌地跑出来，哭诉某青年偷窥。青年不承认，说："你上你的厕所，我解我的小便，无墙又无壁，谁偷看谁？"惹得两家大动干戈，几乎出了人命。至于一些歹徒借此环境图谋不轨，侮辱妇女，乃至施暴强奸的，这在矿区已经不是什么新闻。

夫妇间的性生活，原是人的生命进程中极其和谐的乐章。它是自然的，同时又是隐秘的。性生活的公开暴露，无论对于当事人，还是对于其他人，都是不道德的，有害的。不幸的是，七八口之家，合群而居，方寸之地也就无秘密可言。父母在儿女面前，儿媳在公婆面前，一举一动，都被迫半公开化。这样，"透明度"固然增强了，心灵却留下阴影，人的尊严受到伤害。

集体宿舍里，凡是有家属探亲，同室的人就自动让开，外出打游击。也有因为这样、那样原因而让不开的，就只好凑合着住。一天，某一房间就是如此。久别胜似新婚，那对年轻夫妻情投意合，如鱼得水，旁若无人。另一同室也正血气方刚，不堪其扰，辗转难眠。清晨，那丈夫打点上班，室内只剩下一男一女。这男子早已被折磨得神志不清，旋即糊里糊涂地扑向女方，敷演出了一场人生悲剧。

像这样不该发生的事，在矿区已经不止一起。究竟是谁的罪过？

一次小小的地震

房子是热点，是雷管，是哧哧燃烧的导火索。处理不当，随时都有可能发生爆炸。

1987年9月，李一矿建成一批新居，着手分配。粥少僧多，怎么能摆平？

上千名职工和家属拥到矿部。楼上楼下，院内院外，到处是人群，就像赶庙会一样。

晚上，人们就地安营扎寨，楼梯上，办公室门口，位班室内，横七竖八睡满了人。

上访团也浩浩荡荡地出发了。哭的，骂的，诉苦的，喊冤的，磕头的，下跪的，捶桌子的，砸板凳的，挥拳的，踢脚的，应有尽有。人们就像发了疯一样。

有的说，我上吊的绳子已经挂在屋梁上！

有的说，我已经到劳改队报到了！

有的说，不给房子，就捅刀子！

有的说，我回去就喝农药，先来打一声招呼！

矿领导分头组织了六个接待组，认真倾听群众的意见，该解释的耐心解释，该纠正的立即纠正。大家居住情况都差不多，各有各的理由，你说该谁住不该谁住？后来，还是从各处抽集资金，又突击盖了82间平房，主要分配给第一线的采掘工，又给另外50家困难户分发了一批建筑材料，让他们自己扩搭棚子。这样，一场风波方告平息。

第四章　矿区首脑忧思录

手记：普罗米修斯把天火盗给人类，给大地带来了文明。宙斯为了报复，派神把普罗米修斯锁起来，让一只恶鹰啄食他的肝脏。普罗米修斯的肝脏一面被啄食，一面又不断地长好，最后终于被赫拉克勒斯解救。

如今，我们的普罗米修斯也不断受到恶鹰——房荒的啄食。那么，英雄赫拉克勒斯在哪里呢？

“我这局长没当好，工人受罪了！”

一次，淮南矿务局局长杨宗震陪同记者下矿。目睹矿工们的住房状况，杨宗震感慨万端，他沉痛地说：“我这局长没当好，工人受罪了！”

中国城市住房问题是个老大难问题。新中国成立以来，国家为城镇居民建房投资达1670亿元，建成13亿多平方米住宅，其中大部分是1979年以后兴建的，但住房紧张状况仍没有得到根本性缓解，各种困难户、无房户加危房户，仍占城市总户数的31.6%。

赵紫阳前不久指出，现在许多城市有两大问题：第一是物价问题。第二是房子问题，或者说，第一是房子问题，第二是物价问题，有些城市的住房问题已成为群众与政府关系的一个焦点。

那么，我们能因此而怪这些市长没当好吗？

淮南煤矿“三下”（铁路下、水体下、建筑物下）采煤占总量60%，吨煤成本高达50余元，而国家指令性计划吨煤只卖36元。也就是说，矿上产一吨煤，就要亏损15元左右，从1981年起，全局由盈变亏，1985年至1987年共亏损2亿~3亿元，还有近亿元内外债务。

就在这样的经济状况下，淮南矿务局近三年来为建房共投入资金1134万元，共兴建6.3万平方米的住宅。其中，1988年投入资金510万元，建房面积达3.5万平方米，创造了历史最高水平。

在蔡家岗，从谢一矿、谢二矿到新庄矿沿线看去，一排排崭新的大楼拔地而起，鳞次栉比，绵延达数华里。这都是近两三年来兴建的矿工宿舍。

在李一矿的赖山脚下，竖立着一片矿工住宅楼，红砖灰瓦，成群结队，看样子也是兴建不久。至于平房的建设，几乎到处可见。那天，矿上一位年轻的宣传干事陪我去看贫民窟，及至到了目的地，贫民窟竟不翼而飞，倒是一连十几排平房即将竣工，变化之快，连这位小伙子也大感意外。

李一矿有座“科技楼”，是一栋五层的崭新建筑，住着20户工程师以上的科技人员。每户三室一厅，建筑面积75平方米。我拜访了两家，一是会计师刘信，一是工程师程东禄，他们二位对目前的住房都表示满意。

在困难的条件下，矿上没有忘记尊重知识分子。

在李一矿，我还参观了幼儿园。这是我迄今见到的最漂亮、最规范、最整洁的幼儿园。两幢成“厂”字形崭新楼房，从楼梯、扶手、走廊到教室、活动室、厕所，都是精心替孩子们设计的。所有教室都是窗明几净，所有睡床上的被褥都叠得整整齐齐，所有的厕所都冲洗得一尘不染。大楼前面是两个大草坪。坪上建有水池、栏杆、小桥、亭阁、假山，还装设有滑梯、旋椅、跷跷板等等适合于孩子们游戏的器具。门口的黑板上，公布有一周食谱。

我因为是傍晚偷空去的，适值幼儿园已经放学，可惜没有见到孩子们。一间教室里，有一位年轻的女教师正在弹风琴，从她那微笑的神态里，从那轻松活泼的旋律中，我仿佛看到了孩子们一张张鲜花似的笑脸。

“一切为了孩子！”这是大楼上书写的一行字。这不是一般的字，是千千万万矿工的心血和汗水。为了孩子，矿上是舍得花钱的。

孩子是明天的太阳！

毕竟欠账太多，人口增殖太快，方方面面都要兼顾到。单解决住房一项，需要兴建130万平方米的住宅，需要上亿元的投资。这对于一家亏损企业，显然力不从心。

局长确实不好当。

可能是病急乱投医，矿务局首脑们采取了一项大胆行动。他们派人把矿工的住房状况，如实地拍摄下来，制作成录像，然后把这些录相当作礼物，转呈省政府、煤炭部、能源部、国家计委乃至国务院，希望上面也能体察矿工的疾苦。

此举不啻是往自己脸上抹黑！

看重头上乌纱帽的人，是绝不会这样干的！

矿长们抱怨：关卡多，盖房难

淮南矿务局所属县级单位有41个。管理体制高度集中统一。局下面的矿和施工单位都不是企业，尽管上万人，也只能是一个“车间”，矿长当不了人、财、物、产、供、销的家。

矿上要盖房，首先必须得到局里批准。

第一步，矿上提出设计方案，报局审定。

第二步，矿上提出预算方案，报局审批。

第三步，由局里纳入基建计划。

第四步，由局里提供建材指标。

上述手续完备之后，报送区政府城建部门，由他们逐一审查。然后，再报市里城建局，由他们从头到尾再审查一遍。

现在，要由城市房屋开发公司再来一遍。此外，还必须得到市建设银行的准许。

申请一张建房许可证，需要三五个专门跑腿的，赔笑脸，说好话，花上半年时间盖上几十个图章。往往是上半年报，下半年才批，及至施工，已近年关，天寒地冻了。

倘若需要征地皮，牵涉到与地方谈判，那就难上加难了。有扯不清的皮，摆不完的宴，说不尽的附加条件。你这里谈判尚未结束，他那里已经闻风而动：一房变数房，一家变几家，胡乱栽几颗菜，便是菜园地，拆迁费猛增好几倍，倒霉的自然是国家。即便一切谈妥了，最后还得由对方承包施工，有无施工能力一概不管。在一个矿上，我亲眼看到一幢由农民施工的楼房，已经落成，由于质量不合格，职工无法搬入，只得重新加固。据说，加固费还得另行计算。

有一煤矿（应矿领导要求，不便点名）建造一座楼房，历尽艰难，好不容易竣工。一天，上面某部门一行人员驾到，适值矿上正在紧张地开会，未遑款待，这帮人随即拂袖而去。煤矿上下惴惴不安，知道凶多吉少。果然，罚款通知下达，好端端的新房，最后被迫拆掉半截。

盖房难，难如上青天。有位矿长说，谈房色变，即便有钱也无法花。

呜呼！

“长此以往，矿工后继无人”

在北京召开的一次煤矿首脑会议上，淮南矿务局党委书记吴友忠慷慨陈词，他说：“煤炭如今是人人喜爱，吃香得很。可是，矿工有人喜爱了没有？没有！挖煤的吃香了没有？没有！我从小就当矿工，在煤矿干了一辈子。现在新社会了，新中国成立快40年了，我们许多矿工上不遮天、下无立地，连个像样的住所都没有。我感到很惭愧！从我国目前情况看，石油满足不了需要，核能为时尚早，海水提氢遥不可期，离开煤炭这第一大能源还难以想象。不知领导考虑了没有，独生子女越来越多，如果矿工还继续处在目前这样经济状况和社会地位，将来矿井下是否还有人去干?!”

吴友忠在淮南素以沉着、稳重著称。不论发生什么事，只要有吴友忠在场，人们就像吃了定心丸一样。他的这番充满感情的话，当然不是心血来潮，危言耸听。这是发自煤炭战线一位老兵内心深处的忧患和呐喊！

淮南煤矿面临的问题千头万绪，吴友忠认为，归根结底是煤炭价格与价值相背离。一吨煤的成本要 50 多元，指令性牌价只有 36 元，燃料公司卖出是 100 余元，运到江浙一带转手就是 300 余元。挖煤的赔钱，卖煤的赚钱，结果是：富了倒煤的，坑了用煤的，苦了挖煤的。

其次，在诸如投资体制、人事制度、工资制度、就业制度等方面，也存在许多弊病，核心问题仍是大锅饭。大锅饭固然好吃，但是调动不了积极性，生产效率低。杨宗震访问美国时，参观了一家煤矿，该矿年产 100 多万吨，全部人马只有 28 个，与淮南矿务局看大门的人数差不多。我们生产相同数量的煤，人数几乎是美国的 1000 倍。

不改革没有出路。

解救我们普罗米修斯的英雄赫拉克勒斯，不在美国，不在日本，不在欧洲，而在于我们自身，在于脚踏实地的改革。

1989 年元月 6 日至 16 日　淮南—合肥

走向斯德哥尔摩
——记张家顺与小张庄

什么是社会主义，俺说不全。俺想，总该是让老百姓干好，吃好，住好，玩好吧。

——张家顺的话

联合国官员来到小张庄

1990年9月8日，淮北大平原，晴空万里。一行十几辆小轿车，沿着颖潘公路，缓缓地向小张庄驶去。

车上，有联合国副秘书长兼联合国环境规划署执行主任莫斯塔夫·凯·托尔巴博士，环境署亚太区办公室主任吴剑声，环境署情报资料查询处处长李峨岩和环境法规处处长罗密欧·巴斯卡。

陪同他们考察访问的有国家环保局局长曲格平、安徽省副省长龙念、学者专家以及当地官员。

车队驶过谢桥镇的雪松大街，立即进入一片绿色的世界。那满眼青翠欲滴的树木，那遍地姹紫嫣红的花卉，使客人们精神大振。他们纷纷下车，乘兴步行。

20条水泥公路，纵横交错，洁净平坦。公路两旁的松柏、梧桐，间隔有致，巍然屹立，就像是一支支训练有素的仪仗队，精神抖擞地迎接贵宾的检阅。那星罗棋布的花圃，那鳞次栉比的花坛，为客人们铺就了一路鲜花，洒满了一路馨香。20 条宽阔的沟渠，傍路延伸，碧波莹莹，垂柳依依，鱼儿追波逐浪，鹅鸭“引颈高歌”，逗得客人们喜笑颜开。树荫掩映下的 9 个居民点，依水傍竹，青砖红瓦，坐落有序；家家户户门前的小花园，栽红种绿，五彩缤纷。

由村向东一里许，客人们来到张庄公园。公园为绿水环抱，面积约 60 亩。一座工农桥横跨水上，直通大门。大门上绣有松鹤延年和熊猫抱竹的巨幅铁画，两侧的白壁上，镶嵌着浮雕，虎、豹、象、鹤，形态各异，栩栩如生。进入园内，一条林荫大道迎面铺来，两旁陈列着大片苗圃，培育有几十万株名贵花木，雪松、水衫、龙柏郁郁葱葱，桂花、蜡梅、牡丹四季飘香，这些苗木花卉，除供游客观赏，还大量外售，每年可收入 15 万多元。大道南侧，曲径通幽，那碧绿的池水，鲜艳的荷花，游弋的金鱼，玲珑的假山，隽秀的石景，憨态的小动物，使客人如置身画境，流连忘返。

大道尽头，屹立着四季常绿的“望富山”。山高 90 余米，它不是大自然的恩赐，而是勤劳的小张庄人，利用挖沟的废土，一筐一筐堆集起来的，“望富”二字表达了他们当年的心境。贵宾们忘却了旅途劳顿，兴致勃勃地拾级登山，每登一级，他们都能感受到小张庄人艰苦奋斗的分量。爬上山巅，个个气喘吁吁，大汗淋漓，一座古色古香的“望富亭”早已恭候在此，供客人小憩。从山上极目远眺，脚下方圆 5700 亩土地，宛如巨大的调色板，那 3800 亩水稻，金黄灿烂；那 400 亩果圆，硕果累累；那 310 亩材林、110 亩风景林、730 亩防护林和 120 亩竹林，苍茫一片；那 16.7 万棵树木及 40 多万株花卉挥绿摇翠，飞彩流红。所有这些汇聚在一起，仿佛是造物主铸就的一颗绿莹莹的珍珠，把它镶嵌在淮北大平原上，熠熠生辉。

联合国贵宾惊讶、激动，赞叹不已。披着晚霞，客人们再一次来到小张庄村。这里的沼气设施引起了他们的兴趣。就在 3 个月前，世界沼气委员会委员、国际著名沼气专家、丹麦皇家畜牧农业大学工程研究所博士祖伯·约瑟夫先生曾经来小张庄考察过，他说：“这里环境保护和沼气方面整个系统都在运行，做得非常好。这个地方太美妙了，我永远不会忘记这个地方!”村里家家户户都建有沼气池，平时把粪便积存在这里发酵，利用沼气烧饭点灯，既净化了环境，又节约了烧柴，减少了化肥，沼气渣还可以投入鱼塘喂鱼，塘泥肥田，一举几得，形成良好的农户生态小循环。

随着人类社会和经济的发展，环境问题变得日益尖锐和突出。滥伐森林，水土流失，空气污染，生物灭绝，人口爆炸，以及由此而产生的酸雨、臭氧层破坏和“温室效应”，威胁着全人类的生存，科学家们再三警告：对地球的蹂躏如果再不停止，我们人类将失去生存之地。1989 年 1 月 2 日出版的美国《时代》周刊，一改每年一度评选“风云人物”的传统做法，出人意料地评选“处于危险中的地球”为 1988 年的“风云行星”。《周刊》认为，在 1988 年“没有一个人，没有一件事比这个由石头、土地、水、空气组成的人类共同居住所更发人深思、更被突出报道了”。全世界统一行动，保护环境，刻不容缓。这是一场求得生存的战争，全人类都是战友，所有的国家都是盟国。无论大国、小国，富国、穷国，都必须立即停止对地球生态的大规模破坏，以逐步恢复和形成地球的生态平衡。不幸的是，环境的严重性、尖锐性和迫切性，并非为所有人所认识，在一些贫穷地区，人们只重经济效益，忽视生态效益，只重眼前利益，忽视长远利益，继续在干“南辕北辙”的蠢事。许多地方围湖造田，本来是想增产粮食，但由于水面缩小，不但减少了鱼类的产量，而且加剧了洪涝灾害，反过来又影响了粮食增产。许多地方一方面花费大量人力、物力修建水库塘堰，一方面又毁林开荒，造成水土流失，塘库淤积。我国每年生产几千万吨化肥用于补偿土壤的肥力，但由于森林的滥伐，每年流失的 50 亿吨农田表土所含的养分，折合化肥，相当于全国化肥的年产量。因此，如何把经济效益、社会效益和环境效益统一起来，建立起生态农业，一直是全世界特别是第三世界苦苦寻求的课题。

联合国环境规划署的官员们，从小张庄看到了希望。

小张庄从 20 世纪 70 年代中期起，自力更生，艰苦奋斗，坚持不懈地开展生态村建设。通过村庄全面规划，统一建设林、田、路、房，植树造林，治水改土发展农业，开发生物资源、能源，发展养殖业，调整种植业结构，发展工副业，彻底改善了生态环境和生产条件，促进了经济迅速发展。人均收入由 1976 年的 51. 3 元，提高到 1989 年的 808 元，增加 15 倍；粮食亩产由 1976 年的 50 公斤，提高到 1989 年的 1030 公斤，增加 20. 6 倍。林木覆盖率由过去的 6. 9% 提高到 26. 2%，改善了农田小气候，土壤有机质含量由不到 1% 提高到 1. 63%，土壤由碱性变成适宜作物生长的中性。

小张庄的经验给贵宾们留下了极其深刻的印象。托尔巴博士在留言簿上郑重地写道："很愉快地看到像这样自力更生的具有杰出成就的典型。这个成果是惊人的。我对你们镇的领导以及参加取得这个伟大成就的每个人表示敬意。我祝愿你们取得越来越大的成就。我希望把这里的经验传播到全世界。"

吴剑声先生临行激动地写道："感谢你们所取得的巨大成功。我相信张庄的这个典型的模式将为第三世界许多贫困地区带来希望，它将有助于他们摆脱贫困。我将尽力协助联合国把这个生态农业发展的成功经验介绍给世界。"

李峨岩先生题词是："小张庄的成就将永垂史册，造福万代。"

巴斯卡女士异常兴奋，她只身访问了万秀中的家庭，并向女主人赠送一瓶香水和一支眉笔。她说："我很高兴看到这座花园式的富裕村庄，这里太漂亮了！"

联合国的官员离去不久，日本、丹麦、马来西亚、冈比亚、赞比亚、埃及、索马里、肯尼亚、坦桑尼亚、乌干达、津巴布韦、加纳、塞内加尔、利比亚等国家的专家学者，又先后来小张庄参观考察。国际友人盛赞说，小张庄是中国的骄傲。

中国是第三世界。安徽是个农业省，在中国又属于"第三世界"。阜阳地区在安徽，素有"西伯利亚"之称；而颍上县在阜阳，又是著名的蓄洪区，新中国成立以来，曾经历多次炸堤蓄洪。在这块土地上，突然冒出一个世界惊羡的小张庄，不啻是个奇迹！

奇迹是怎么创造的呢？

善于总结的人，或许可以罗列一大堆原因。而在当地群众嘴里，通常却只有一句话："小张庄出了一个奇人，他的名字叫张家顺。"

茅草窝里赌咒发誓

1967年暮秋，天气阴沉，西北风挥舞着枯枝，抽打着茅草，在小张庄上空呼啸。低矮的茅草棚里，不时传出几句凄凉的歌："砂僵地，茅草荒，年年讨饭上他乡……"

村头的荒地上，一个汉子在漫无边际地徘徊。茅草淹没了他的膝盖。三五成群的土老鼠，鼓着圆圆的眼睛，好奇地瞪着他。几只野兔在他身前窜来窜去，旁若无人。大队干部的话，再一次在他耳际萦回：“眼下的小张庄，成了端不起来的烂摊子啦。三百多亩土地，大多被抛荒，九十多口人，过半数流浪在外地，队上只剩下一条瘸腿驴的家当啦。难道，能让小张庄绝村绝户吗？家顺，你是党员，挺起来挡一阵子吧。”

小张庄无论怎么小，毕竟是一个生产队，总得有一个领头的。否则，吃喝拉睡统统找上面，大队部将无安宁之日。然而，眼下的状况明摆着，谁当队长谁背锅，吃力不讨好，没人肯伸头。张家顺是个党员，大队干部再三动员他，语调可怜巴巴的，几乎是在哀求。其实，对改变小张庄现状，大队干部也不抱什么信心。他们只是希望张家顺临危受命，出来“抵挡”一阵子。

家顺捡起一块砂礓，狠狠朝一群地老鼠砸去。老鼠不慌不忙地散开，转过身来，又一起鼓起眼睛瞪着他。再一次用砂礓砸，依然如此。家顺恼火了：“他娘的，老鼠欺人，小张庄真要绝村绝户吗？俺就不信！”他脚一跺，转身跑到大队部，甩出两个字：

“俺干！”

大队干部王清胜和凌秀英喜出望外，真是磕头来不及忙作揖。他们唯恐家顺变卦，当即传令小张庄，召开社员大会，选举新队长。

牛棚里，稀稀拉拉坐了十几个人，懒懒散散抽着旱烟。大队干部宣布候选人名单，大家把手一举，就成了。新的队委会产生了。极其顺利，极其简单，前后用不了几分钟。宣布散会，大家缩着头、夹着膀子，慢吞吞地走了。没有人鼓掌，没有人要求新队长发表就职演说，更没有人询问施政纲领。对此，也没有一个人感到奇怪，大家已经习惯了。

目睹这冷冷清清的场面，家顺明白，年年换队长，年年都一样，父老乡亲们的心已经冷了。对他张家顺，大家同样不抱什么指望。问题是，怎么才能把乡亲们的心温热点燃呢？他坐在牛槽上，陷入了深深的沉思。完成例行公事的大队干部，拍拍家顺的肩，表示告退了，家顺竟浑然不觉。

新当选的队委会成员，原地没有动。大家低头品烟，缄默不语，他们不时睨视新当选的队长：你有什么好招法？

家顺吸了一窝烟，没讲话；接着又吸了一窝，还是没讲话。第三窝烟吸完，他霍地站起来：

“走！到茅草窝去。”

大家愣了：这是卖的哪关子书？

家顺没吭声，出了牛棚，一个劲往前走。大伙没再问，跟着走。

到了东老洼，家顺选块最深的茅草，扎住脚。西北风飕飕的，透心凉。有的急忙选块砂礓盘，箕踞而坐；有的干脆倒在茅草上，抱头取暖。

家顺火了：“站起来！”

大伙懒懒散散地站起来。

家顺盯着大家：“你们愿不愿干？”

“愿意……”声音细弱，稀疏。

“不行，没有劲！再来一遍：干不干？”

“干！”整齐而洪亮。

“好！大伙愿意干，咱们就赌咒！”

赌咒，是淮北农民最朴实、最真诚的盟约。俗话说：男子汉，大丈夫，一诺千金。谁如果赌了咒，那便是赤诚之心，金石可鉴，别人信得过。谁如果赌咒后又失信，不但会受到鄙视唾骂，甚至还会受到老天的惩罚。

张家顺挺直了身子，亮开了嗓门：“俺张家顺要是不决心把小张庄搞上去，把茅草荒、砂礓地治好，叫父老乡亲吃得好，穿得好，住得好，就是孬种！就是兔子熊！就不是人着的！就是老驴将的！”

开始有人忍不住想笑，但看到张家顺一脸严峻，两眶热泪，不由深受感动。一个个挺直腰杆，穆然肃立。

副队长万青胜接着赌咒：“俺万青胜，要有三心二意，不齐心合力把小张庄队搞好，就是兔子将的！就不是人！就是畜生！”

会计接着赌咒……

队委委员接着赌咒……

赤诚的心愿，把这几条汉子紧紧拧在一起，风雨同舟，万死不辞。大伙就像是出征的将士，一个个摩拳擦掌，热血沸腾。

新队长下达第一条指令：“立即分头通知，仍在牛棚里召开社员大会，咱们一起向乡亲们赌咒发誓！”

大家大步流星地赶回村里。

奇特而又令人振奋的消息，像是长了翅膀，很快飞到家家户户。沉寂多年的小张庄，顿时一片欢腾。人们扶老携幼，全家出动。万家、连家有几位老人，腿脚不方便，硬要孩子们用木椅把他们抬进会场。邻队的社员，好奇的行人，闻讯也纷纷赶来。三间牛棚挤得水泄不通，门前窗外还密密匝匝地站满了人。

大会上，没有主持人，没有开场白。队长张家顺，第一个上台赌咒。接着，副队长、会计、队委依次上台赌咒。多少年来，官话、套话、大话、假话，群众听多了、听惯了、听腻了，耳朵听起茧了，难得听到的是真话和实话。如今，新的领导班子用这种极其原始的方式，把他们改变全村贫穷落后面貌的决心活脱脱地捧在父老兄弟姐妹面前，那么虔诚，那么实在，大家真是从未有过的感动。

会场静极了。许多男人面孔颤抖，泪流满腮；妇女蒙面抽泣；棚角的几位老人，不禁放声痛哭。有激动，有钦佩，有理解，有同情，有希望，有感激，有喜悦，有自豪，有爱惜，总之，各种各样的情绪，如同三江春水，宣泄而出。台上台下，哭成一团；棚里棚外，唏嘘一片。

“家顺，你能把娘老下赌咒，俺们也下：如果要赖，不合着劲干，俺就不是人养的！”

“老子不信邪，豁出去啦！”

“家顺，俺们信得过你！你说怎么干，俺就怎么干，装孬是秃驴将的！”

“你家顺带着大伙干吧！哪怕顿顿喝稀饭，我们也不怨你！”

“他娘的，咱小张庄人也不是矮八辈，活个样子给人看！”

面对沸沸扬扬的会场，张家顺百感交集，泪水汪汪。他挥动双手，大声讲道：“大伙的决心很大，好！俺拿这一百多斤拼啦！要干不好，你们就用俺赌咒的话，骂！把俺张家顺抬起来，打！要是干好了，你们只要说一声，家顺不是孬种，就行啦！”

话音一落，掌声四起，经久不息。

炸馓子，共渡难关

昏黄的煤油灯下，坐着全体队委，大家冥思苦想，研究第一步棋的走法。

眼下的小张庄人，全靠国家救济糊口，每天两顿稀，哪能吃得饱？手头上的零花钱，更是短缺，有的家庭连油盐都买不起。年关将近，别说筹办年货，就是开春二三月的口粮也没着落。人是铁，饭是钢，填不饱肚子，叫大家怎么去战天斗地？

张家顺认为，当务之急是解决全队社员的生计，设法带领大家渡过难关。为此，他提议炸馓子卖。炸馓子成本不高，不需要多少投资，技术活多数人都会，虽说赚不到大钱，但却是稳稳当当的买卖，总比坐在家里晒太阳强。大家一合计，都赞成。

队委会的决定，在社员大会上得到热烈响应。家顺当众宣布：任务包到人，多劳多得。加强监督，民主管理，干部及其家属如果多吃多占，一以罚十。

会后，社员纷纷走亲串友，筹措粮款。开张那天，放了一挂鞭炮。然后架起三口大锅，支起四磨盘。姑娘媳妇抱棍推磨，技术人员揉面制作，老头子烧火，老奶奶掌锅，青壮男子则挑担经营。闲散的小张庄人，顿时忙碌起来，四溢的油香，给村庄带来一片生机。

做过这门生意的中年人，挑起担子叫卖着，从从容容出了村。年轻小伙子脸皮薄，见了熟人躲躲闪闪，羞羞答答难以启齿。他们宁愿挑两筐石头，也不想挑两筐馓子。家顺笑着对他们说：“我们是为生产队挣钱，也不是做贼，有什么难为情的。”他亲自领着他们走村串户，一到村口，就伸长脖子，高声吆喝：“馓子嘞——脆生生，香喷喷，吃在嘴里甜在心哪!”

小伙子们给逗笑了，他们先是小声学，渐渐脸皮厚了，嗓子越扯越大，有的还有所发明和创造，生意越做越精了。

买卖不大倒红火，赚钱不多不断线。一个冬天下来，庄户人家吃上了粗茶淡饭，缝制了新衣，备齐了春粮。队里也有了积累，添置了 9 条小驴和 50 头小母猪。

年轻的姑娘媳妇们，有了三餐饱饭，黄巴巴的脸蛋渐次变得红润了。队里有了驴，从此不必再抱棍推磨，她们一边用筛子罗面，一边轻轻哼起梆子戏。那瘸腿驴也不瘸了，麦麸子使它胃口大开，恢复了元气，拉起石磨，跑得飞快。

正当小张庄起步爬坡的时候，张家顺突然失踪了，三天三夜没露面。乡亲们四处寻找，八方打听，不得一点消息。大家急得六神无主。

家顺被劫持了。小王庄一个姓郑的造反派头头，把他关进黑屋，日夜进行批斗。网罗的罪名是新的走资派，把红彤彤的小张庄，变成了资本主义的黑窝窝。家顺生性倔强，宁折不弯，尽管拳脚交加，他决不低头。

郑头头怒气冲冲拍桌子：

“张家顺，你炸馓子卖，是不是走资本主义的当权派？”

“俺不够格。”

“胡说！这馓子就是黑货，就是资本主义黑货！”

“俺们馓子是用豆油炸的，是红的，不是黑的。”

“表面是红的，包的是黑心！”

“馓子就放在你面前，你解开看看，里面可是红的？”

“是黑的！”

“是红的！”

“黑的就是黑的！”

“红的就是红的！”

“好！我看你就是红的！”郑头头飞起一脚，把馓筐踢了个底朝天。几个打手忙走过来，把馓子踩个粉碎。

家顺看到油亮亮的馓子被践踏，心里像刀割一样难受。父老乡亲渡过难关，靠的就是这个馓子。平时大家肚子再饿，谁也舍不得吃一根。有时馓子掉在地上，孩子们拾起来，刚想往嘴里送，见大人眼一瞪，又乖乖地放回筐子里。仓库上了三把锁，怕的就是有人忍不住嘴馋。

“你这个败家子，俺和你拼啦！”家顺喊叫着，扑过去制止。几个打手，转身把他捺在地上。郑头头一把揪住他的头发，厉声问道：

“你老实交代，是不是贩毒？”

“是毒，你娘昨天还买两把子哪！”

“混蛋！”

“你不混蛋，快回家去收尸吧！”

“啪！啪！”

郑头头扬起巴掌，左右开弓，把家顺的嘴巴打出了血。

张家顺破口大骂。

"好！叫你骂，老子饿死你！"

郑头头带着打手，气哼哼地走出去，嘭地把门关上，咔嚓一声落了锁。

门窗紧闭，屋里一团漆黑。

家顺一天多没吃饭，却并不觉得饿。肚子鼓鼓的，脑子胀胀的。他咽不下这份窝囊气，一门心思想拼。他娘的，拼死了，俺张家顺还是一条好汉，决不在他们面前丢脸。转而又想：他要饿死俺？小张庄的群众，还在眼巴巴等着我回去呢，俺要是这样饿死了，乡亲们岂不是要骂我没出息，赌咒不算数！这骂，不比打死我还难受？他娘的，决不能活活饿死！

想到这里，他的肚子倒真的饿了。他蹲下身来，用手在地上摸索着，把踩碎的馓渣连同灰尘堆起来，一把一把抓向嘴里。平时舍不得吃，这下倒好，可以饱餐一顿。

这一夜没有人再来批斗他。他蜷缩在墙角里，睡着了。

晌午时分，黑屋的门打开了。郑头头带着打手，把家顺拖到村边空场上。家顺一瞅便明白，造反派抬着横幅，手里拿着半截棍，这架势，不是叫游乡，就是叫游街。这分明是要出我的丑，我一个人丢丑倒罢了，可小张庄的群众脸往哪里放？卖馓子求生难道真有罪？我一游街，乡亲们谁还敢炸馓子？不炸馓子，没有钱买粮食，全队几十口吃什么？想到这些，他热血直往上涌，大声骂道：

"你们这些王八蛋，不得好死！"

"你还敢骂人，我敲掉你的牙！"郑头头举起手中的铁棍，直捣家顺的嘴。家顺趁势夺过来，像疯了一样，两眼喷火：

"奶奶的，老子今天和你们拼了！打死一个够本，打死两个赚一个……"

常言道，一人拼命，十人难挡。那帮造反派，貌似虎狼，实是乌合之众。对家顺突然发起的凌厉攻势，他们缺乏思想准备，一个个抱头鼠窜，落荒而逃。

张家顺挥舞着铁棍，追着追着，猛然醒过神来，连忙调转身子，撒腿向小张庄跑去。

郑头头看张家顺跑了，连忙收拾散兵游勇，跟在后面追。

说也凑巧，小张庄的群众已经闻讯，他们手拿木棍和抓钩，一路呼喊着前来抢救自己的队长。郑头头一看来势不妙，赶紧策马而回。

家顺被群众簇拥着，回到村子里。看到他遍体伤痕，老人们心疼得直抹眼泪。乡亲们围着他，七嘴八舌，问长问短。

“那帮龟孙子，会不会夜袭小张庄?”

“不要怕，他们敢来，咱们打扁他!”

“上头当权的，要不要拿咱们开刀?”

“你们尽管放心，一切由俺担!”

“这馓子……”

“继续炸!”

张家顺想起了一桩事，连忙转向大家：

“大伙正好都在这里，有一件事，说出来跟你们商量，看行不行。前几天我进城卖馓子，看见造反派正忙着夺权，城里的大粪，到处抛撒，没人过问。咱们是农民，以种庄稼为本，离不开肥料，依俺看，咱们组织一部分劳力，趁着这个机会进城去拾粪，以备明年春耕，怎么样?”此时此刻，家顺还在为乡里事操心，大家感激还来不及，谁不说好?

家顺忍着双腿疼痛，强打精神，匆匆回到家里。他一头扎到床上，咬住被头，一声不吭，唯恐妻子过于伤心。文英端来一盆盐水，解开家顺衣裳，一边帮他擦洗伤口，一边默默流泪。

说起家顺和文英的婚姻，还有一段传奇故事。

那是1953年，这对青年男女彼此真诚相爱，难舍难分。文英的爹嫌家顺穷，又是单门独户，不同意他们婚事。为了防止他们往来，他把文英关在家里，不准她跨门一步，否则就要打断她的腿。文英虽然年轻，却有主见，她认定家顺聪明能干，心眼好，非他不嫁。一天深夜，她偷偷溜出门，跑到家顺家里，决心和他私奔。为了不致遭到追赶，年轻的家顺别出心裁，他在文英屋后水塘边摆双文英鞋，然后找块大石头，抛到水里，大喊着：“有人投河喽!”双双溜之大吉。

文英爹娘听到喊叫，一看女儿不在，知道大事不好，连忙喊人打捞，一直折腾到天亮，方知上了当。

家顺和文英跑到陈庄，结为鸳鸯。文英爹娘听说后，气得半死。文英爹带领一帮亲友，扛着锹、杈、钉耙，把陈庄围了三天三夜。文英毫不反悔，她咬着丈夫耳朵说：“你放心，俺死也不变心。要是变了心，鹰叼狗嚼！”

文英坚贞的爱情，给家顺增添了无穷的力量。他决心彻底打破这尴尬的局面。一天深夜，他拿把抓钩，摸黑冲出包围圈，跑到文英家里，对着文英爹娘，把抓钩狠狠地砸在桌上：“文英和我自由恋爱，有什么罪过？你们硬要拆散我们，究竟为什么？今天当面讲清楚，到底同意不同意？不然的话，我们都死在一起！”文英爹娘吓得直颤抖，连连摆手：“走吧，走吧，俺们再也不管啦……活了一辈子，从未听说过像你这样求亲的……”

十几年来，家顺和文英同甘共苦，相依为命，乡亲们无不称赞他们是一对好夫妻。

家顺拉住妻子手，安慰说：“你不要难过，没有伤筋动骨，过两天就好了！”

“这两天，你在家里好生歇着，俺顶你卖几天馓子。”“哪有妇女出去卖馓子的？”

“那怕什么！”文英沉思道，“这当口，咱们不带头，队里群众不敢卖馓子，别人还真以为咱们理亏了呢！”

妻子的理解和支持，家顺深深感动。他笑着问道：“你不会吆喝怎么办？”

“学呗。”

“学给我听听。”

“想拿我开心呢，没门！”妻子一扭头，笑了。

第二天，文英早早起床，烧好饭，扛起扁担，挑起馓筐，不声不响出了门。

家顺看着妻子的背影，很动情。他有些不放心，远远地跟在后面，想看个究竟。妻子出了村口，左瞅瞅，右看看，没发现有人，便清清嗓子，吆喝起来：

“馓子嘞——脆生生，香喷喷，吃在嘴里甜在心哪！”

那韵味，那招式，同家顺一模一样，只是声音比家顺甜润、优美。

这个天不怕地不怕的强硬汉子，此刻竟泪水滂沱。

傍晚时分，文英挂念着家顺，急急地折回家来，一进门，便傻眼了：家顺连同他的被褥、洗漱用品，统统不见了。她心疼得坐在床沿上，放声大哭。

家顺上哪儿去了呢?

此刻，他正带领着80多位社员组成的拾粪专业队，挑着粪筐，拉着架车，装着锅碗瓢勺和棉被，浩浩荡荡行进在征途上。这以后，他们冒着严寒，顶着风霜，在唐跺湖、正阳关、蔡家岗、淮南、寿县和王岗等地安营扎寨。每天天不亮，他们就起床，走大街，钻小巷，四处掏粪。耳朵被冻烂，手脚被冻肿，没有人叫一声苦，说一声累。打那以后，运肥的车辆，就络绎不绝地进出小张庄。三个大粪池，填得满满的，堆得高高的。

年关将近，家顺带着拾粪专业队，顶着漫天大雪，喜气洋洋地返回村里。

漂泊在江西和南乡的群众，获悉小张乡庄有了起色，也纷纷返回故里，与亲人团聚。

小张庄充满了喜庆气氛。每人分了4斤馓子，2斤猪肉，10余斤麦面，算是过个“肥年”了。家家门前爆竹声声，笑语阵阵。

大年初一，家顺又出新招，在白雪皑皑的晒场上，举行别开生面的体育运动会。没有专门的竞赛班子，没有固定的裁判。奖品是廉价的香烟，硬邦邦的糖果。比赛项目有捧跤、拔河和斗鸡。参赛对象是全队社员，不分辈分，不分性别，不分年龄，不分高矮，不分体重。自愿登场，自挑对象。参赛者积极踊跃，比赛时龙腾虎跃，呐喊声、助威声，此起彼伏，一浪高过一浪。小张人的雄风，震荡在空寂的冬野。

泼辣而健壮的年轻媳妇，甩掉棉袄，要与表弟试比高低。也许表弟腼腆怯生，落了个阴盛阳衰，雌雄颠倒。逗得老头老奶一个劲抹泪，逗得小伙子们直翻筋斗，逗得姑娘们捂着肚子笑。

偏僻而贫困的小张庄，开始焕发了青春，焕发了活力。

迢迢千里买骡马

人勤春来早。大年一过，小张庄就投入了紧张的备耕。割荒草，清砂礓，挖地头沟，热气腾腾。张家顺一会儿田头地边，一会儿村前屋后，两条腿像车轱辘，不停地运转。

掌灯后，家顺再累再乏，也要去牛棚看看。队里的牲口时时挂在他的心头。他是庄稼人，深知牲口的价值，它们是春耕大生产的关键，是全队老少赖以生存的命根子。

对于饲养员，家顺特别尊重，把他们当作特殊人物，在队里享受“高干”待遇。有次他去外地开会，别的什么都不买，独独买了几件皮袄，分发给饲养员，免得他们晚上受冻。

有包好烟，家顺自己舍不得抽，拿到牛棚里，送给饲养员品尝。万华堂的小肠气发作，卧床不起，家顺亲自把他拉到县医院动手术，给他端茶送药。住院费没让他出一分钱。饲养员受到这样的礼遇，个个心里热乎乎的，把照料好牲口当作自己神圣的天职，一年四季守在牛棚，深更半夜，还爬起来添草加料。条条牲口，膘肥体壮，繁殖率也相当高。全队已有十条牛，五条驴，相当不错了。饲养员总还不满足，心里像缺点什么，家顺一来，就在他耳边唠叨：

“家顺，咱队添匹骡马吧?”

家顺不吭声。他晓得队上底子不厚，大牲口买不起。

“咱队上土地薄，活土浅，要深翻就得要大牲口，依俺看，骡马少不得。”

“等等吧。”

“家顺，你看看，过去的大财主，现在的富裕队，哪个没有几匹大骡子大马，够气魄的。要是咱队有几匹骡马，运肥运粮不用发愁，社员看了，心里也舒畅。”

饲养员三番五次地叨咕，家顺不由动了心。找队委们商量，大家也认为队里确实需要添置大牲口。可是会计一合算，队里经费仅 140 元，当地一匹小马驹就卖 700 多元，这点钱中什么用?家顺皱紧眉头，吧嗒吧嗒抽了两袋烟，脑子闪出一个念头：曾听漂泊归来的社员说过，江西彭泽县的马便宜，能不能上那里去买?两千多里路呢，跋山涉水够苦的，谁肯去呢?当然是俺。可是，外出办事很难说，万一有了差错，或者空跑一趟，回来怎么向大伙交代?人多嘴杂，要是有人说俺拿队里钱去游山玩水，纵然身上有一千张嘴，到时也说不清。对！应该有人结伴去，一人为私，二人为公嘛。而且，这人最好是俺的对头，由他回来说，大伙信得过。

主意拿定了，家顺召开社员大会。在会上，他把心里话一股脑儿倒出来。大家听了，哈哈大笑，觉得家顺想得周到，于是推选万秀中同行。老万爱跑江湖，见过世面，不久前他和家顺打过一次架，至今见面，还冷冷的，磨不开脸。家顺想：管！

初春的早晨，寒风刺骨。家顺和秀中，背着行李，带上粮款，肩负着乡亲们的期望，踏上了旅途。

他们一鼓作气，步行60余里，到了江店车站。此时已是日升三竿，他们找个饭摊吃饭。家顺吃了两角钱的米饭，喝了一角钱的豆腐汤，抹抹嘴，起身要走。秀中急忙拦住，拍拍肚子说："队长，咱这是为大家办事，又是苦差，不能太克扣自己，咱们还是放宽些。"

"这是社员大会定的，每人每天五角钱，一斤半粮票。你想吃好的，自己掏腰包！"

家顺说罢，转身而去。

秀中气得直吐唾沫。

他们上车下车，渡江过河，睡车站，宿码头，经过三天三夜的折腾、颠簸，终于到了彭泽。

他们一下汽车，便直奔大街，向行人打听马行的下落。无奈淮北人的话，当地人听不懂，望着他们直摇头。家顺急得直跺脚。这个从小讨饭出身的汉子，没有上过学、读过书，斗大的字不识几个，无法同别人笔谈。走着走着，他忽然笑了，想起老年人曾经打过的谜语：王子扛犁弯，犁弯下面四个蛋，是个"马"字。于是，找个草棍在地上划马字问路。

好不容易才找到了马行。一问价，行东伸出的手指头，吓了他们一跳：一匹小马驹，就要价200元。那大骡大马，他们问也不敢问了。

"队长，咱们回去吧？蹲的时间越长，花费越大。"

"两手空空的回去，钱不是白扔了。"

"你说咋办？咱们就在这里受清苦，坐等降价？"

"到马当集，找田老保，他在这里住的长，情况熟悉，找他问问。"

秀中犟不过家顺，只好悻悻地跟着走。

天下起了小雨，他们披块塑料布，一步三滑地朝前迈。百余里山路，刚刚走了一半天就黑了，渐渐伸手不见五指。饥肠辘辘，他们能忍受；寒风凛冽，他们也不在乎；唯独这深更半夜走黑路，他们有些发怵。世道很乱，人生地不熟，要是碰见坏人，怎么办？草丛里窜出一只野兔，树林里飞出一只乌鸦，都使他们心惊肉跳，头皮发麻。家顺小时候四处讨饭，有些走夜路的经验，他从包里取出一双换洗鞋，叫秀中也这样做，两人一边走，一边"啪啪"地打着鞋底，假装人多势众的样子，嘴里还不断高声吆喝着："买马，买马，一定能买到好马！"这法子还真灵，既壮胆，又提神，额头上很快就沁出了汗珠。

小晌午到了马当，找到田老保，田老保看到他俩水淋淋的，烂叫花子般的模样，既好笑，又心疼，忙不迭地抱柴生火，给他们烘衣裳，又转身上街买菜打酒，款待他们。自出门以来，这是他们第一次吃顿像样的饭菜，痛快极了。

家顺和田老保，从小在一起抱棍讨过饭，亲如兄弟。叙到昔日的苦处，不由黯然神伤；谈到小张庄的新变化，又兴高采烈。

可是，提到当地的马价时，家顺和秀中发呆了。

田老保是乐天派，忙笑嘻嘻地说：

"别急，别急，俺给你们想个法子。"

家顺忙问："快说，啥法子？"

"你们到乐平县去，那里是空山窝，山高路远，外地很少有人去，马准便宜。"

"有多远？"

"三百多里，全是弯弯扭扭的小山路，不通车，得靠脚力，苦哇！"

"苦倒不怕，啥苦俺没受过？就是到那里，两眼黢黑，找谁呢？"

"俺有一个好朋友，是茶场的胡场长，他为人爽快，好客，你们到了那里，就说是田老保的家乡兄弟，他准帮忙。要不是这里打工离不开，俺就陪你们走一遭了。"

家顺性急，站起来就要动身。

"俺可不去啦。"秀中无精打采地说。

"你是社员大会推选的，怎么能不去？"

"俺浑身酸疼，生病了。"

"刚才，你不是能吃能喝的，咋就病了？"

万秀中恼羞成怒，腾地站起来，挥舞着双手，大声吼道："你不要瞎折腾，要去你自己去，我留在这里！"

家顺又急又气，也腾地站起来："怎么，你还想打架？可以，俺打断你的双腿，叫你永远留在这里！"

田老保一看要动武，连忙把他们拉开，连劝带哄："别吵别吵，到俺家里，就得听俺的。依俺看，你们也确实够累啦，就在俺这里住几天，歇歇脚，养养神。然后，俺给你们备些干粮，带着路上吃，可行?”

家顺碍于兄弟的情分，不便闹僵，答应了。秀中自然没意见。

三天后，他们带着田老保准备的干粮，上路了。

平原上长大的人，很难体味到翻山越岭的艰难。山路陡峭，崎岖不平，每登一步，都要花费很大的力气。他们开始两腿走，后来拄根棍，再到后来，干脆四肢爬。每攀一座山，都要累得气喘吁吁，连话都讲不出来。渴了，喝口泉水；饿极了，啃块干馍；困了，钻进山洞。两天下来，腿像灌了铅，骨头散了架。就这样，咬着牙，一步一步往前挨，五天以后，终于到了乐平县。

按田老保的指点，他们找到了茶场，找到了胡场长。场长50来岁，身板硬朗，性格豁达，待人非常热情。听说是田老保的家乡兄弟，他特意扛起猎枪，打了一头野猪回来款待他们。酒足饭饱之后，天色已晚，家顺和秀中好几天没睡过囫囵觉，这时，不禁瞌睡得要命。场长连忙着人安顿他们休息。他们被引进一间石头房，正准备熄灯就寝，家顺眼尖，突然发现有女人衣裳和用品，心脏不由怦然直跳：这分明是闺房，我们男人住在这里算什么？人生地不熟的，万一别人诬我存心不良，想走邪门，那就糟啦！以后，俺咋还有脸面回去见乡亲父老？越想越害怕，连忙把秀中从床上拖起来，拉到屋外，把自己的担心告诉他。秀中听了，酒也吓得半醒。

外面正下着滂沱大雨，没有别的地方可去。家顺和秀中只好蹲在屋檐下，紧紧偎依在一起，整整熬了一夜。

次日天明，胡场长在集市上找到他们，脸色铁青：

“什么地方得罪了你们?”

“……”

“这点面子也不给，算什么朋友?”

“……”

双方费了很大劲，才把各自意思说清楚。原来，当地有个风俗，女儿出嫁前，闺房要请陌生男人睡一夜，目的是图个吉利，有早生贵子的意思。胡场长是想借重他们远客的身份，为女儿冲冲喜。

误会消除了，彼此哈哈大笑，关系更加亲密。家顺和秀中也就心安理得地在胡场长闺女房中住下来。

胡场长兴致很高，亲自披挂上阵，带着他俩进山买马。不到三天，买到两匹，一匹骚马，120 元，一匹骡马，60 元，真是价廉物美，称心如意。钱不够，胡场长慷慨解囊，家顺和秀中感激涕零。

秀中牵着骡马，笑逐颜开，隔阂和怨恨早已烟消云散。他兴奋地捅家顺一拳：

“你这个犟疙瘩，俺算服了你！队里有你当家，大伙儿可放心了！”

春风得意马蹄疾，二人踏上归途。胡场长送了一程又一程，叮嘱的话儿说不完，家顺连连拜谢，依依惜别。

他二人翻身上马，一路神采飞扬，气概不亚于镖骑将军。岂料，一辆汽车迎面开来，深山里的马，从未见过这等庞然怪物，惊慌失措，前蹄腾空，把他俩重重地撂在地上。他二人还没回过神来，就滚下了山坡。

秀中害怕了，再也不敢骑了。他宁肯牵着马走，再也不愿享那清福。

家顺偏不服气，他像吃了豹子胆，硬又骑上去。骚马一次次受惊，一次次撒泼，他一次次摔下，鼻青了，脸肿了，牙齿出血了。秀中看了，幸灾乐祸，不住地嘲笑。家顺的倔脾气上来了：“他娘的，老子今天豁出去了！”他又一次跨上了马背。野性的山沟马，没犟过这个硬骨头，经过几番折腾，终于服帖了。

家顺骑在马背上，悠然自得，他瞅瞅步履蹒跚、精疲力竭的秀中，现在轮到他暗暗好笑了：你这个轻骨头，该受罪了。受受罪也好，兴许能磨条好汉。

可是，一段路走下来，家顺焦急了。他虽然骑马，却不能撇下秀中。这样慢吞吞，什么时候才能到家？

家顺只得跳下马，把服服帖帖的骚马交给秀中骑，自己跨上骡马，再吃二遍苦，受二茬罪。

骡马终于也被驯服了，他们快马加鞭，加速了回程。

一天下午，他们来到香口。香口与华阳一江之隔，有渡船沟通。码头上站满了熙熙攘攘的旅客。航运部门规定，牲口不准上渡船。

家顺叫秀中去喂马，他去找航运站负责人商议，站长告诉他，这是制度，任何人无权违反。家顺缠过来、磨过去，费尽口舌，终究无济于事。眼看天色将晚，最后一班轮渡即将起航，望着烟波浩渺的长江，他火烧火燎，恨不得给马插上翅膀飞过去。

家顺抚摸着两头高大的枣红马，心里直叫苦："马啊！马啊！你为什么只长腿，不长翅膀呢？"忽然，一个怪念头产生了。他连忙跑到店里买来两床紫被单，把马裹得严严实实的，趁着天擦黑，悄悄混上了船。

一声汽笛长鸣，渡船起航了。轮机隆隆，波涛翻滚，家顺和秀中挤眉弄眼，好不快活！

谁知牲畜不配合，上船之后，又拉屎，又撒尿，周围旅客捂鼻皱眉，四处躲闪。青年船员发现了，起先还不知道是个什么货物，仔细一看，露出了马脚，不由火冒三丈："这是谁的？"家顺连忙趋步上前，一边赔不是，一边用手捧起马粪，朝江里撤，用袖子在甲板上擦。那年月，提倡斗争哲学，温良恭俭让不吃香，人们的火气都很大，青年船员不问三七二十一，动手就把马往江里推。

家顺吓坏了，急忙抱住马头，哭喊着："同志呀！你们行行好吧，这是俺们社员用血汗钱买来的呀！你要推，就先把俺推到江里去吧！"

旅客围上来，有同情的，也有非议的，吵吵嚷嚷，乱成一团。争吵声惊动了一位老人，看模样像是船长，家顺扑通朝他跪下，用沾满马粪的双手不住地作揖，哭诉着原委。

老船长听了，深受感动。他双手搀起家顺，说："为集体办事，难得你这样一片苦心！每匹马罚两张船票算了。"

家顺听了，如蒙大赦，连连拱谢。

渡过长江，家顺和秀中归心似箭，马不停蹄，日夜飞奔。进村那天，全队上下，一片欢腾。男女老少，围着高头大马，这个摸摸，那个拍拍，爱不释手。啊，小张庄终于有了自己的马了！这可是几辈人的愿望啊！

家顺和秀中呢？哪里去了？社员找到他们时，他俩已躺在茅草地上，鼾声如雷。翻翻他们的口袋，钱无一分，粮（票）无半斤。再看看他们的脸，又黑又瘦，胡髭贼长，仿佛比启程时老了十几岁。大伙含着泪，把他俩轻轻抬回家中。他俩一天一夜没睁眼。

"如果我不干，你们也别干！"

又一个秋冬交替的季节。张家顺随着县里组织的农业参观团，到大寨参观学习。回村后，一连数日，没见他学大寨的动静，不知他闷葫芦里装的什么药。有几个人在背后叽叽喳喳，说家顺对抗红旗，学大寨不积极。家顺权当没听见。

其实，家顺到大寨参观，态度是非常虔诚的。为治理小张庄的洼地砂礓，他苦苦寻求良计妙策。别人参观，游山观景，购这买那，他则聚精会神，看得认真，问得仔细，总希望取点真经，唯恐路费钱白花了。大寨人艰苦奋斗的精神，他很钦佩，然而小张庄人缺少的，似乎不是这个，只要干部肯带头，小张庄人同样能吃苦。至于大寨人垒石造梯田，治理七沟八梁一面坡，他觉得小张庄既无山，也无石，没那条件，学不上。那么，究竟怎样治理小张庄的水土，改善生产条件，实现旱涝保收呢？他陷入了苦苦思索之中。

一天，他从收音机里听到一条消息：蒙城县唐集公社，为解决庄稼年年水浸的难题，挖了地头沟，获得好收成。他心里一动，当即借部自行车，带上一包干馍，不声不响出发了。

在唐集，他找到了解决难题的答案。小张庄地势低洼，“蛤蟆尿一场，遍地水汪汪，人家地里咧开嘴，张庄地里泥常淌。”如果采取唐集的办法，深挖地头沟，让地里的积水渗入沟内，就能增加活土层，改良土壤，提高单位面积产量。

家顺这次取经回村，容光焕发，踌躇满志。他连夜召集队委商定计划，研究措施。次日早晨，便召开社员大会，详细介绍唐集的做法，动员大家投入挖地头沟的战斗。

好端端的麦子要挖掉，群众舍不得。

家顺反复强调，挖掉的只是极少部分，舍弃小部分，可以保住大面积丰收。

“挖沟，挖沟，把土地挖完了，还吃什么？”有人这徉议论。

家顺犟劲上来了，他一拍胸脯说道：

“这样吧，咱们先挖两条做试验。增产了，属于大家；减产了，俺张家顺赔！”

没有人有异议。随后，他们把任务分配到户，每个劳力每天挖一丈。

在一个寒流滚滚的天气里，挖沟战役开始了。张家顺和副队长万清顺，一早就扛着标杆，拎着铁锹，到了东老洼。他们量好线，划好尺寸，标上各种记号，可是，太阳爬上了树梢，还不见有人上工。

家顺急了，他把锹一扔，调头回村。

跑到村头，只见一群社员被造反派小头头万某挡在那里，不让出工。

家顺气得脖子一硬，冲着万某："你想干啥？"

万某把眼一瞪："你为啥不学大寨？"

"俺不学大寨，这是干啥？"

"你是学唐集！"

"唐集学的是大寨，淹学唐集，就是学大寨！"

"你胡扯淡！"

"俺胡扯淡？那么你说说，大寨是啥样的？咱怎么个学法？"

万某虽然热心造反，却没有见过世面，对于农业学大寨，也只是喊喊口号，其他全然不知。就像今天人们对待社会主义一样，无论是拥护的，还是反对的，若问他社会主义究竟是怎么回事，未必能有几个人说得清楚。家顺一问，万某不由张口结舌。

然而万某不服输，他来一个死搅蛮缠：

"你说是学大寨，俺说不是学大寨。谁评判？"

"当然是大伙儿。"

"不行！"

"你说咋办？"

"咱们摔跤，你赢了，听你的，挖沟；我赢了，听我的，不挖！"

"你说话可算数？"

"君子无戏言！"

万某身高力大，他想借此挽回面子。只见他把棉袄一脱，用力一扔，叉开双腿，摆开了架势。

与万某身材相比，家顺要矮一截，兼之连日奔波，十分疲劳。群众唯恐家顺吃亏，纷纷上前劝阻。

面对万某的挑战，家顺不肯示弱。他心想：娘的！这小子气焰太嚣张，今天如果不狠狠杀杀他的威风，日后他更要上天了，还能听俺的？他冲大伙一笑，唰地脱掉棉袄，转脸对万某说：

"来吧，让你后腰！"

"好大的口气，输了不准耍赖！"

"照你的话，君子无戏言！"

万某来个饿虎扑食，躬身上去搂住家顺的后腰，左甩，右扳，转了十几圈，未能把家顺摔倒。家顺双脚叉开，稳稳扎在地上。他趁万某不备，突然腰一弯，双手一伸，从裆后抱住了万某的双腿，然后牙一咬，猛挺身，只听“扑通”一声，万某四肢朝天，家顺的屁股正好坐在他的肚子上。

围观的社员，拍手欢呼。

万某从地上爬起来，灰溜溜的，提起棉袄便要走，家顺一把拽住：“兄弟，对不起！现在俺赢了，得听俺的，跟大伙儿挖沟去！”

群众也叫道：“对！对！君子无戏言嘛！”

万某无话可说，只好乖乖地跟着大家上了工地。

这场摔跤比武，虽说只是游戏，但其效果不亚于古战场上的斩将祭旗、誓师出征。张家顺英勇顽强、敢于拼搏的品质，将士们无不钦佩。古人说：“成大事者，不唯有超世之才，亦有坚韧不拔之志。”人们从自己队长身上，感受到了力量，增强了信心。

挖沟工地上，大家说说笑笑，热火朝天。张家顺一马当先，他带领全家大小捡重活，包两头，把沟挖得直如线、平如镜，做出了好样子。经过几天酣战，两条5尺深、15尺宽的地头沟挖成了。

地头沟，承受了绵绵阴雨的考验。东家洼的春季庄稼，棵棵苗壮，粒粒饱满，收成明显超过往年。由每亩单产100多斤，增加到280多斤，较之未曾挖沟改土的，收成要高出1.5倍。

家民最器重的是事实。“说一千，道一万，不如干了看。”实验地的丰收，使小张庄人尝到了挖地头沟的甜头。经过规划，全面开挖工程，顺利展开。无须多费口舌，人人争先上阵，个个奋勇当先。在又一个冬春交接的日子里，小张庄的排水沟工程，全面告捷。每10亩土地一条沟，纵横交错，形成巨大的排水网络，大大改善了低洼地的生产条件。

1970年以前，小张庄属于“五包队”，靠吃回销粮过日子。从现在起，小张庄甩掉了救济队的帽子，在兄弟队面前第一次昂起了头。

可是，天有不测风云。正当小张庄人乘胜前进的时候，一场罕见的特大暴雨和接踵而来的延续数月的秋旱，又一次把他们推向灾难的深渊。尽管张家顺的带领社员冒着狂风骤雨，拼死排涝；顶着炎炎赤日，挑水救苗，采取了一切可能采取的措施，终究力不胜天，好端端的庄稼，减产过半。

老天爷的闷棍，把淮北农民打懵了。不少人重整箩筐，拿起了讨饭棍，扶老携幼，外出逃荒。小张庄人没有趴下。他们在家顺的带领下，发展副业生产，扩大种植面积，实行生产自救。全村老少，团结友爱，互济互助，共渡难关。小张庄人没伸手向国家要一分钱、一斤粮，硬是挺过来了。

逆境通向真理。苦难是人生的老师，不幸是一所最好的大学。这场惨痛的教训，使张家顺认识到，零打碎敲地搞水利建设是不行的，要想确保丰收，必须沟塘配套，大雨能排，大旱能灌。

这样，挖塘的工程又上马了。

数九寒天，冻土如铁，一镐下去，虎口震麻。那呼啸的北风，在淮北大平原上无遮无拦，吹得人站立不稳。清涕不断，涕冻成冰。

面对苦难，家顺对群众提出的口号是："俺当队长的干，你们干；俺不干，你们也别干！"

塘里的泉水冒泡了，瞬间，龙沟积水盈尺，怎么办？家顺脱掉胶鞋，高高卷起裤筒，毫不迟疑地跳了下去。队长的行动，是无声的命令。党员跳下去了，队委跳下去了，青年跳下去了。

气温是零下20摄氏度。脚被冰块划破，鲜红的血，染红了泉水。不一会功夫，嘴唇发抖，脸色青紫，浑身僵麻。他们爬上来，喝几口白干酒，又陆续跳下去。

一口8米深，占地面积达4亩的蓄水塘，就这样在小张庄人脚下产生了。

与此同时，他们用挖上来的砂礓和泥土，在塘边垒起一座露天会场，四周栽上长青树木，中央排列种植梧桐。如今，环场绿木如屏，99棵梧桐浓荫似盖，夏日坐在里面，绿草如茵，阴凉清爽，是村民集会和歇息的极好场所。

小张庄人的血汗没有白流。打这以后，骤雨旱魔虽然屡屡侵袭，其暴虐程度有时超过历年，然而小张庄的水利工程却发挥了巨大威力，暴雨来了，能排能蓄；旱魔降了，能灌能浇。1974年，他们夺得了有史以来的最好收成，小麦每亩单产达600余斤，一季完成全年征购任务，贡献给国家70万斤，社员每人分得粮食600多斤。小张庄不仅在全县独占鳌头，在整个地区也名列榜首。

默默无闻的小张庄，逐渐引起了人们的注意。张家顺的名字，开始出现在地、县领导人的笔记本上。

死神险些夺走他的生命

为表彰小张庄的贡献，地区分配给他们一部手扶拖拉机指标。在当时，这是一种奖励。

一部小小的手扶拖拉机，今天的人们也许不当一回事。现在的小张庄，有汽车4辆，拖拉机6部，摩托车、自行车更不稀奇。可是当时的小张庄，“只有吃草的牛马，没有渴油的鸡（机）”，一部手扶拖拉机，在大家眼里比金豆豆、龙宝蛋还珍贵。

家顺和青顺接到通知，连夜筹措2000余元机款，次日天一亮，就赶到阜阳市去取货。事情办得很顺利，崭新的拖拉机很快提到。他们心里美不可言，拖拉机由聘请的小郑驾驶。家顺和青顺依傍而坐，一路春风往回开。

岂知小郑业务不熟，爬过七里坎，顺坡急下，拖拉机像脱缰野马，东撞西窜，一头栽进路边水沟里。家顺他们还没回过神来，就被翻在沟底里，灌了几口泥浆水。费了好大劲，爬上路来，彼此看看，吉人自有“地”相，满身泥巴，幸好没有送命。家顺到附近摊上买来两盒香烟，拦住过路人，敬上一支，求大家帮帮忙，把拖拉机拖上岸来。苍天保佑，拖拉机大难无损，大家不由暗暗庆幸。只是小郑脖子扭伤了，不能再驾驶了，咋办？前不着村，后不着店，蹲在荒郊野外总不是事，家顺和青顺像热锅上的蚂蚁，急得团团转。

“娘的！活人总不能叫尿憋死。这机子，俺来开！”说着，家顺心一横，上去了。

家顺虽没文化，但生性聪明。依照小郑的指点，他踩踩油门，试试挡码，开开停停，停停开开，逐渐摸着了窍门。到后来，索性挂上三挡拖拉机冒着青烟，“突突”狂奔，风驰电掣般地抵达村里。像上回骡马进村一样，社员又是一片欢腾。

拖拉机进庄，正赶上深翻土地。大伙好奇，要家顺下地试机。家顺虽然虎着胆子把拖拉机开了回来，驾机犁地却不曾尝试过。为不使群众失望，他二话没说，答应了。

一阵轰鸣，机子开到南地破土试犁。尾随机后的社员，看到滚滚翻动的泥块，欣喜若狂。家顺也很兴奋，不意调头时，忘了倒挡，猛一用力，手把狠狠捣在胸脯上，疼得他冷汗直冒。家顺怕大家扫兴，强忍剧痛，挤出笑脸，扳下倒挡，继续试犁。

中午时分，天落雨了。家顺疼痛难熬，便趁闲赶到县医院检查。经X光透视，右下一根肋骨劈裂。医生嘱他至少要卧床半月，他回来没躺两天，又照样上工了。

秋收一毕，拖拉机赋闲。家顺的脑子又开动起来：能不能设法在车后安装一个车斗，像汽车那样，农忙时运肥运粮，农闲时载货运输，给队里增添点经济效益？他把自己的想法与青顺商量，青顺也很赞成。于是，他俩驾驶着拖拉机，赶到阜阳农机修配厂。

厂门紧闭，庙里无神。在那动荡的岁月里，这乃是常有的事。“宁要社会主义的草，不要资本主义的苗”，工人们都干“社会主义”去了。

太阳日渐西沉，眼看只有坐等明天。捺不住寂寞的青顺，硬要驾驶拖拉机去寻找厂长。他的技术不精，没开出多远，就撞到白杨树上，机头扎个砂盆大的凹坑。

第二天，他们几经周折，终于找到了厂长。厂长是位女同志，年过半百，听了家顺的叙述和请求，她很惊讶，想不到在这造反有功、劳动有罪的年月里，小张庄人还在热火朝天搞生产，并且夺得了空前大丰收。她作为厂长，因为抓了生产，于是被当作罪人，挂牌子游街。“不搞生产，财富从哪里来？老百姓吃什么、穿什么？”从农民兄弟那里，厂长仿佛找到了知音，他们越谈越投机。为了小张庄，厂长决定冒一次风险。她暗暗请来两位师傅，大家一起动手，为他们特别设计制作了一副车斗。安装好车斗，接着又帮他们把损伤的拖拉机修理好。

开机试了试，十分理想。家顺他们非常高兴，正待要掏钱，厂长却说：“不必付款了，这副车斗就算是我们工人一点心意吧！请转达我对小张庄人的敬意。”

家顺很感动。自他执政以来，这是小张庄首次，也是唯一的一次获得的无偿支援。

这部带斗的拖拉机，成了小张庄的运载主力，为他们改土、积肥、绿化、建设新村立下了不朽功勋。

“秋分早，霜降迟，寒露种麦正当时。”入秋之后，家顺即发动群众，主攻小麦。他的方针是：“午季小麦吃全年，秋后要抓钱（指经济作物）。”确保小麦丰收，至关重要。社员们起五更，睡半夜，深翻土壤，捡砂礓，砸疙瘩，平整土地，选种运肥。家顺驾着“小铁牛”，披星戴月，日夜耕耘。

一日，为缩短横头地，家顺用红肿的肩膀扛起了手把。谁知，犁铲戳到脚背上，削去了一块肉，露出了白花花的骨头，鲜血直流。家顺忍着钻心的疼痛，取下擦汗的毛巾，草草裹上，继续耕地。中午收工回家，妻子一看不对劲，劝他上医院，他说：“哪有那样娇气。”找块干净布重新包扎了一下，饭后又驾机出工了。

傍晚，家顺关节疼痛，四肢无力，晚饭也不想吃，早早上床了。夜里，骤然发冷，浑身打颤，接着便是高烧。他想，大概是感冒了，头痛脑热的，躺躺就好了。谁知，一连两天，高热持续不退，第三天便神志不清，进入昏迷状态。

妻子及弟弟家旺慌忙把家顺抬到龚集医院。医生诊断是败血症，乃是病菌由伤口侵入血液所致。病情十分严重，家顺几次出现感染性休克，生命垂危。

乡亲们听说后，个个都像掉了魂似的，茶不思，饭不想，整整一天，全村不见炊烟！

人们实在放心不下，纷纷赶往医院去探望。有的提水果，有的拎糕点，有的挎鸡蛋，还有的捧来鸡汤。

张家顺面色蜡黄，奄奄一息。

平时在一起，不感到咋样，有时磕磕碰碰，还曾怄过气。现在，生龙活虎般的队长，眼看就要长眠而去，他昔日的种种好处，很自然地浮上人们的心头。

有的想到，在那艰难的岁月，年关将近，举家发愁，家顺突然给他们背来了粮，拎来了肉。

有的想到，人口众多，生活无着，家顺把自己家的小猪无偿相送，帮他们脱贫致富。

有的想到，外流回村，房无半间，家顺千方百计帮他们盖房子，辛辛苦苦，连饭也不肯吃一口。

有的想到，单门独户，受人欺侮，家顺带上酒，特意上他家过年，放一通鞭炮，给他们长志气。

有的想到，自己是个孤儿，是家顺一手把他拉扯大，帮他成家立业，为他娶了亲。

各有各的恩，各有各的爱。无数的恩和爱，汇集成一个共同愿望，一定要救活自己的亲人！

他们哭着给医生下跪。

他们喊着给医生磕头。

那一幕幕情景，谁见了都要落泪。

院长组织会诊，医生精心治疗，护士日夜守护。

几天以后，家顺终于苏醒了。

败血症来势凶猛，入院前，已经在家耽搁了几天。在那动乱的年代，在那简陋的医院，家顺能被抢救过来，真是一个奇迹。

或许这是天意，小张庄的事业，还仅仅是个开头。张家顺命不该绝。

他离不开小张庄

大难不死，必有后福。

果然，张家顺的官运来了！

家顺病愈不久，被地委推荐到省委党校学习。对别人来说，这或许是千载难逢的好机会，乐得清闲，而家顺生成是劳碌的命，三天不下地干活，就腰酸背痛，浑身不自在。最主要的，他不识字，什么资产阶级法权，什么剩余价值，什么儒家法家，把他弄得晕头转向，如坠云雾。别人谈的是哲学理论，他想的是水肥土种；别人关心的是继续革命，他惦挂的是小张庄乡亲。想不到一起，谈不到一块，他孤独烦闷，度日如年。

终于熬到结业了！就像是刑期已满的囚徒，他早早打好了背包，等待释放。

谁知省革委会负责人把他找了去，与他谈话，并通知他，决定派他到省中医学院担任革委会主任，领导斗、批、改。

起先家顺还以为自己听错了，或者这不过是负责人同他开开玩笑，乃至他弄清楚这是真的，连连摆手：

“不！不！……”

那位省革委负责人以为张家顺嫌官小了，脸一沉，说道：“你急什么？干好了，还可以再提嘛！”

家顺真是哭笑不得，他近乎哀求地说：“俺是一个大老粗，当不来大官，你还是放俺回生产队干吧。”

家顺当然不明白，其时正是“四人帮”覆灭的前夕，野心家们加快了夺权的步伐，他们需要的正是不懂业务的大老粗，让他们执掌各级政权。这样，“四人帮”们就可以随心所欲、指鹿为马了。

领导人的决定就是命令，不服从也得服从！张家顺违拗不得，只好惴惴地去上任。

来到了中医学院，就像是刘姥姥进了大观园，而刘姥姥不过是去贾府做客的，张家顺却是奉命去当“贾母”。中医学院师生们尴尬，家顺自己也尴尬。因此，院革委会主任的椅子还不曾挨一下，他就逃之夭夭了。

时隔五天，张家顺又接到地委任命，就任县农办主任。这里虽然距离小张庄不算远，但办公室里那种气氛，家顺非常不适应。他喝茶，茶不香，吃饭，饭不甜，整天心神不定，如坐针毡。他身在办公室，两眼却总是盯在窗外，希望能发现一个熟悉的身影。只要小张庄有人来，即便这人以前同他打过架，他也兴高采烈，一蹦三尺高，问长问短，喋喋不休。小张庄的一草一木，时时刻刻都在对他发出无声的呼唤，他再也坐不住了，终于卷起了铺盖，不声不响地溜回去了。

踏上小张庄的土地，他神采飞扬。喝水，水也甜；闻土，土也香。这里，才是俺家顺用武的好地方，什么“书记”呀，什么“主任”呀，统统见鬼去吧，俺生来是农民，当不好大官，也享不了那清福！

1975 年，小张庄大队领导班子换届，张家顺当选为大队（后来改称为村）党支部书记。他把小张庄生产队的经验，推广到全大队，甚至连新班子上任赌咒也不例外。不过，这回不是叫赌咒，而是叫宣誓，言语也文明了好多。毕竟，他进过了一期中级党校嘛。

大年三十，召开全大队社员大会，由新的领导班子宣誓就职。张家顺第一个发言：

“当干部，俺张家顺主张说真的，干实的，来硬的。什么是社会主义，俺说不全，俺想，总该是让老百姓干好、吃好、住好、玩好吧。大家都过上好日子，俺还会饿死？俺一个人有吃有喝，别人没有，俺又怎能吃得安、喝得安？但是，粮食、钱，不会从天上掉下来，要想吃好、住好，首先得干好。俺还是以前那句话：俺干，你们干；俺不干，你们也别干。如果三年不叫全大队家家户户吃上细粮，俺这支书就不干了，干了也丢人！

其他领导成员也纷纷表态、宣誓。肺腑之言，掷地有声。群众听了，心里热乎乎的。

接着，家顺就带领全大队干群，治水治土，大搞农田基本建设。几个冬春下来，全大队开挖大沟20条，筑渠10道，打机井64眼，整修旧塘15口。建立了比较完整的农田排灌系统，使全大队5400亩耕地实现了旱涝保收，稳产高产。不到两年，全大队人人都吃上细粮。1978年，小麦亩产突破500斤，一季就向国家交售70多万斤，相当于全年粮食征购任务的5倍。他们一边主攻小麦，一边扩大复种面积，增加复种指数，使粮食产量大幅度提高，到1980年，全村小麦亩产达到680斤，成为全省主攻小麦的高产单位，粮食常年亩产达到986斤，总产增长一倍多。

吃饱穿暖，是人类生存的最基本的需要。小张庄的温饱问题解决了，张家顺并不满足，他的目标是要让乡亲们都富裕起来，不但吃好、穿好，还要住好、玩好。为了实现他心目中的社会主义蓝图，他在向更高的层次冲刺。

要想富，先种树

1975年秋，阜阳地区召开林业表彰大会，通知张家顺代表绿化最差的大队列席。当时，小张庄在阜阳地区已小有名气，曾经接待过不少参观者，其中就有这次受表彰的单位。这次，张家顺由唱主角变为坐冷板凳，由自己介绍经验变为听人家介绍经验，这个一向争强好胜的汉子，就像是偷了人家东西被抓住似的，无地自容，羞愧难当。他躲在会场角落里，头也不敢抬，只顾抽闷烟。他巴不得会议早点结束，然后溜之大吉。哪知，地区领导好似有意治他难看，在组织林业参观团时，又把他列为正式成员。不去吧，领导会说张家顺骄傲了，翘尾巴了；去吧，招摇过市，实在是丢人现眼。他左右为难，心里像揣个五味瓶。参观团立即出发，容不得多想，他只好硬着头皮，怏怏地随行。

说来似乎是天意，这次外出参观，竟使小张庄获得一个致富的重大契机。家顺参观了河南的林益大队，北京的颐和园和中山公园等地，那参天的松柏、壮观的林海、秀丽的果园、珍贵的花卉，那精美的楼台亭阁、巧夺天工的假山、浓荫下的幽径、涟漪上的曲桥，使这个农民眼界大开，流连忘返。出发前的那股委屈、怨气，顿时烟消云散。一个新的生财蹊径伴着一幅宏伟蓝图，随着参观的足迹，一步一步在他心里萌发、生长、壮大……

回村后，一连两天，他一声不吭，只顾在路边徘徊，沟旁徜徉。不了解的人，以为张书记外出辛苦了，大概是在休息；摸透他脾气的人，则暗暗预测，这家伙又要来新招了。

第三天晚上，召开全大队干部会议。张家顺把两个圆鼓鼓的黑挎包往桌上一放，几个青年干部蜂拥而上："哈！张书记身在北京，不忘记咱们老搭档呢！看看，带来什么好吃的……"他们争着、抢着，打开拉链，急不可待地往桌上一倒，只听"哗"的一声，满桌都是一捆捆带泥的棍棍棒棒，一包包塑料袋装的颗颗粒粒。

大家愣住了："这是啥玩意?"

家顺抿嘴笑了："先别急，听俺慢慢说。"

他把外出参观的所见所闻，连同自己的感受，一五一十地给大家介绍。家顺的语言质朴、生动，他侃侃而谈，大伙儿听得津津有味。

"俺看的眼馋，你们听的有味，咱大队究竟该怎么办?"说到这里，他顿住了。

"经是你去取的，咋样念法，你快掏出来。"大伙儿知道他葫芦里有药。

家顺亮出了自己的想法。他说："要使乡亲们尽快地富起来，依俺看，不能整天窝在庄稼地里，按常规走路。要想富，先植树。俺参观时一路揣摩，种树有许多好处。头一桩，种树可以美化村庄，改善居住环境。大伙儿干活累了，看看树木花草，心里也舒畅。咱老土也爱美嘛！第二桩，咱队少树缺林，每年小麦灌浆时期，干风热风几天一吹，飞沙走石，小麦就要减产好几成。要是像别人那样，建立了巨大的防护林，这个问题也就解决了。第三桩，种树可以挣大钱。现在提倡搞绿化，看这势头，今后城乡还要大搞。眼下急缺的是树苗。我们种庄稼，满打满算，一亩地顶多挣300多元，如果种树苗，至少也有1000多元的进项。大伙儿有了钱，盖房屋，买机器，什么事都好办了。现在可是一个机会，不干才是傻瓜蛋!"

家顺一席话，把大伙儿说得心里痒痒的。人们议论纷纷，摩拳擦掌，性急的恨不得连夜就动手。

趁着热乎劲儿，家顺又亮出了他进一步的想法。他说，树要栽，花要种，但不能乱栽瞎种，东一棵，西一株，将来想拔都不好拔。必须有一个整体规划，有了建设规划，可以分段栽植，逐年实施，一年搞一批，几年下来，就能成大气候。他把这两天勘探的情况及初步想法，提了出来，请大家讨论。

这可是小张庄的未来大计，不能掉以轻心。干部们严肃了，开动了脑筋，有的想到大队的自然条件，有的考虑到管理上的方便，有的认为应尽量节省耕地，人们七嘴八舌，互相修正，积极补充，集思广益，于是，一个花园式的小张庄便在干部们的脑海里初具了轮廓。

这一夜，大队部的灯光，直到天亮才熄。

十个指头，有长有短，对于种树，干部们的看法也并非完全一致，有些人还有疑惑。他们怀疑的并不是赚不了钱，他们知道张家顺鬼聪明，有魄力，他要是做生意，准能发大财，成大富翁。他们也并不是不想富裕，人往高处走，水往低处流，谁不想过好日子？问题是，这些年来的风风雨雨把大家弄怕了。今天这方针，明天那政策；今天这个是走资本主义道路，明天那个是现行反革命，整天斗来批去，折腾得大家不知所措。农民就是农民，耕地种田是本分，如今要种花种草，会不会是上面说的搞修正主义？赚了许多钱，会不会说我们是资产阶级？张家顺说，坐牢由他承担。你能承担得了？我们伙同你干，能不受牵连？

家顺明白他们的心思。他觉得，要打消他们的疑虑，光说道理还不行，况且，自己也说不出多少道理。还是老办法，让他们出去看看，见识见识。远的地方没条件，就跑附近吧。他带着大队和小队干部，到亳县，走涡阳，跑蒙城，参观绿化先进单位。这些地方虽不及外省搞得有气魄，但也小具规模，做出了样子。种树栽花，小张庄并非是始作俑者，别人已经在搞，好像没有听到哪个说是搞修正主义。这次参观学习，一些干部受到了启发，一些干部打消了顾虑，两级领导班子的思想，渐趋统一。

回村后，他们就召开群众动员大会。

这次群众大会，声势十分浩大。会场上，要道口，到处都有醒目的标语："种花栽树，就是绿化祖国，就是农业学大寨！""谁反对农业学大寨，就打倒谁！"各个生产队排着整齐的队伍，抬着金光闪闪的横幅，打着五颜六色的彩旗，一路高呼"农业学大寨"的口号，雄赳赳、气昂昂地进入会场。会上，有支部书记动员报告，大队干部宣读规划，生产队长表示决心，劳模典型发言，群众忆苦思甜，还有战斗队现场表演……当年所有最时髦的形式，这次都应有尽有。大会开得隆重热烈，产生了巨大的震慑力量。

王大队长大惑不解。家顺前年从大寨参观回来，抱着葫芦不开瓢，今天对农业学大寨，咋这般热火？会后，他来到家顺家，只见他端着老酒，就着葱花炒鸡蛋，喝得有滋有味。见王队长进来，家顺一把拉住，非碰个"四季发财""六六大顺"不可。

王队长端起酒杯，问道："家顺，你对农业学大寨的认识，啥时候改变的？"

家顺扬起酒杯，狡黠地说："老王，听说酒能助兴，喝吧！"

两位朝夕与共的战友，会心地大笑起来。王队长捶了他一拳："你这家伙，党校没白上，学会搞政治了！"那年头，不兴搞物质刺激，而植树又不像种庄稼当年能见效益，有些群众看不到长远利益，不感兴趣。怎样才能鼓起他们的热情？既然上头天天大叫学大寨，家顺也就顺手拿起这把尚方宝剑，做一回项庄，大舞一通。这是当时流行的法宝。阶级斗争，一抓就灵嘛！

一场植树造林的人民战争，就这样在小张庄打响了。

买苗购种需要资金，没有钱怎么办？党支部发动大家筹措。张家顺把家中的十几头仔猪卖掉，带头筹款800元，支部委员王清胜把准备娶儿媳的钱也拿出来了，村民们纷纷效仿，共筹集资金38000多元，购树种培育，买小苗移栽，建苗圃60多亩，育苗40多万棵，不仅满足了全村植树用苗，而且还有大量外售。

没有技术怎么办？学！他们从全村挑选出8个有文化的年轻人，送往合肥大蜀山林场培训。另一方面，又从外地请来技术人员，举办学习班，普及育苗栽树知识，使人人都成为能工巧匠。

说起请师傅，其间还有一段趣事。家顺在外地采购树种时，发现了几位技术人才，想聘请他们回去当老师，该单位负责人不肯，说这几个人是接受“改造”的，还没有“解放”。家顺拍着胸脯保证：“您放心，交给我们贫下中农，一定把他们管得严严的，改造得服服帖帖的，送回来以后，保证个个都会老老实实的！”当着负责人的面，他对这几个“劳改犯”吹胡子瞪眼睛，可是，上路之后，立即笑脸相待，在拖拉机的斗箱里铺上厚厚的麦秸，放上棉被，精心设计一个“软席”，请师傅们就座，而他自己则一路站到村。回家后，杀鸡打酒，款为上宾。这几位技术人员感恩戴德，为小张庄的绿化工程及培养人才竭尽毕生所学，效尽“犬马”之劳。

小张庄“弄花弄草”之举，惊动了四方，也招来不少非议。当时县委个别负责人闻讯后，专程赶到小张庄视察，环视一周，他气得脸色铁青：“张家顺，你还像个农民吗？尽搞这些洋玩意，简直是胡闹！限你三天之内，统统给我拔掉，否则，我要撤你的职！”不管张家顺怎样申辩，他就是不理睬。

撤职，家顺倒不怕，他本来就是农民，撤掉支书职务，还是农民。他害怕的是小张庄人辛辛苦苦的劳动，将会付诸东流。果然，有些人慑于上级权威，开始毁树拔苗了。那些日子，家顺像发了疯，睁着通红的眼睛到处阻止：“要拔树，你先拔俺的头！俺的头不拔掉，你要是拔树，俺就用俺的头换你的头！”张家顺的脾气，当地人是了解的，他天不怕、地不怕，说到做到。真是县官不如现管，既然张家顺拿命相拼，那些想拔树的，也不敢轻举妄动了。况且，绝大多数干群也不愿意眼看到手的成果毁于一旦。

泰山压顶不弯腰，小张庄人就这样硬顶了下来。

1976 年，“四人帮”被灭；1978 年，党的十一届三中全会胜利召开。春风吹遍了祖国大地，也吹散了笼罩在小张庄人心头上的阴霾。举国上下大搞经济建设，八亿农民争相脱贫致富，小张庄人如鱼得水，如虎添翼，他们干得更欢了！

让农民住好、玩好

大地永远是公正的。谁肯辛勤耕耘，谁就有收获。十年的艰苦奋斗，小张庄实现了农田林网化、村庄园林化、沟渠林带化、道路林荫化。林木蔽天，花草盖地，有效地改善了农田小气候，降低风速，减少水分蒸发，提高了空气的相对湿度，增强了抗御自然灾害的能力。林木的发展，又招引来了大量飞鸟。据科学家考查，小张庄有鸟类6目20科33种，它们栖居于果林，展翅于田间，降低了农药的使用量，减轻了环境污染。

苗圃和林木的发展，给小张庄带来巨大经济效益。当年，他们从南京江浦买来5000株雪松苗，每株售价是0.30元，栽培5年以后，每棵雪松价值100余元，仅此一项，他们就创收30余万元。现在，他们每年可间伐木材500多立方，价值25万元。

育苗的收入更可观，仅张庄公园的苗圃，除供观赏外，每年还可创收15万余元。

随着经济的日渐宽裕，张家顺便决心实施他建设社会主义新农村的第二步战略，即让农民住好、玩好。从1979年开始，家顺就带领全村群众建造新房，他们采取聚落归整的方法，把原来11个零散破乱的自然庄，统一规划，统一标准，统一施工，建成4个居民新村，把原来的茅草房全部改建成为砖瓦楼房，使人均住房面积达到20平方米。还铺修了20条宽阔的沙石道路，使村村大道相通，户户林荫相连。十字路口筑有花坛，各家门前有小花圃，院内有手压小水井，既美化了居住环境，又改善了卫生条件。与此同时，村里还兴建了一批娱乐设施，开办了一些福利事业，有幼儿园、小学校、敬老院、文化室、运动场、电影院、广播站等，“五保”老人终身保险，农民子弟免费上学，教师享受特殊待遇。收工回来，喜文的上文化室看书报，好武的上运动场打篮球，老人们在花圃边话家常，妇女带着孩子上公园散步。比起城里人，小张庄人差不了多少。

城里公园虽好，管理则令人头痛，稍不注意，花木就横遭攀折。小张庄全然没有这种现象，花开几枝，花落还是几朵，一年四季，遍地花木，完好无损。“小张庄难道是世外桃源?”开始，笔者也不相信，经过走访，听了群众的介绍，后来我们信了。

家顺把花木看得比命还珍贵。为损坏花木事，他曾经同别人打过架。后来，他建立了制度，严格加强管理，谁损坏花木，谁赔偿，干部及其家属加倍。

王会计的媳妇掐了一朵花，群众罚一元，她罚两元。

副支书庄崇明的兄弟媳妇用牛拉车，牛受惊，碰断了一根树枝，怎么处理？庄崇明二话不说，当场就罚她15元。

有个姓张的女青年，掐了两朵玉兰花，要罚她2元，她理直气壮地说："张书记（指家顺）是我哥！"有关人员带她请示家顺，家顺对她说："既然你叫俺哥，就是俺的亲戚，村里规矩，干部亲戚加倍，对不起，罚你5元！"

有一次，村里两棵松树被人砍走了，全村干部查了好几天，没有着落。于是，他们张贴布告：凡有知情举报者，奖励100元，并代其保密60年。三天后，有人来检举，两棵树系邻村某两人所盗。当时，就奖给检举人100元。根据举报，他们找到了被盗松树，并在当地政府的支持下，将盗树者带回村里，态度好的，罚款20元，差的罚款150元，并责令其写悔过书数百份，见村就贴。

其时，适值省里一位领导人来小张庄视察．问张贴的是什么，家顺解释说："这是我们管树的土政策。"那位领导人看后，说："不管土政策、洋政策，能管好树，就是好政策！"

小张庄人爱惜花木的自觉性，就是这样逐步培养起来的。朋友，你要是去小张庄参观，可千万不要随手摘花折木，否则，那里的小朋友会使你难堪，当然，他们劝告前会对你行少先队礼。

"十年树木，百年树人"。从多年的工作实践中，张家顺深切地感受到，开拓农民的眼界，提高农民的素质，是小张庄未来建设的根本保证。蹲在乡旮旯里，鼠目寸光，墨守成规，永远成不了大气候。以前许多思想障碍，就是把干群带出去见见世面才扫除的。现在，村里有了自己的汽车，具备了许多条件，应该让群众都出去走走，四处玩玩，长长见识，这对于活跃思想，开辟新局面会有益处。国家改革开放，咱村也要改革开放嘛！

组织农民参观团，分期分批到外地参观游览的想法，就这样产生了。

第一批是老大爷、老大娘。这些人在土地上匍匐了一辈子，有不少人连距离45里地的颍上县城都从未去过。应该让他们在瞑目以前，看看祖国的大好河山，看看社会主义建设的新成就。台湾的古稀老人，不辞千里迢迢，还赶回大陆观光，俺小张庄老人，就不能享享这个眼福？他们乘着队里的4部江淮汽车，来到南京市，在长江大桥上摸摸，在中山公园走走。

那浩瀚的长江，那车水人潮的街景，激动得他们老泪纵横，感慨万千。回村后，许多老人一连几夜都睡不着觉，再三叮嘱儿女："孩子，跟着家顺叔，好好干社会主义，把俺村建设好！"

第二批是村上的劳模和先进人物。这些人为小张庄的生产建设做出了重大奉献，家顺时刻感激在心，对他们格外敬重。每值村里开表彰会，他们总是披红戴花在台上就座，家顺和其他干部为他们端茶送水，点火递烟。外出参观游览，也是一种奖励。他们到山东曲阜等地，学习当地科学种植的好经验。

第三批是18个生产队的带头人。他们是村里的骨干，是启动群众致富的中坚。他们来到徐州、微山湖、江苏华西大队，参观农工商联合体，从未见过的新事物，使他们耳目一新。他们懂得了，农民要致富，光靠粮食生产还不行，必须兴办工副业，发展商品生产。回村后，他们在党支部的带领下，采取两手抓：一手抓家庭养殖，以养牛、养猪、养鱼、养长毛兔为主，增加家庭收入；一手抓村办工业，办起了轮窑厂、塑料厂、建筑队、运输队等13项企业，发展壮大集体经济。

第四批是村里的退职的老干部。这些人，为小张庄的建设出过力、流过汗，他们现在虽然不在职，但却是村里的智囊，家顺不能亏待他们。他们游览了黄山等风景名胜，个个笑逐颜开，心满意足。

第五批是儿童。儿童是祖国的花朵，是小张庄的未来，今后建设的重任就要落在他们肩上。家顺对他们的参观格外重视，尽管工作很忙，他决定亲自带队。

"孩子们，你们想看什么呀？"家顺问。

孩子们想了想，齐声答道："我们想看飞机！"

"好！伯伯就带你们去看飞机。"

他们乘车来到合肥，参观了少年宫，游览了逍遥津公园，接着浩浩荡荡开赴骆岗飞机场。

机场戒备森严，家顺找到机场工作人员，说明来意，再三通融，均未得到应允。眼看飞机看不成了，家顺望着可怜巴巴的孩子，心里很不过意。为了使孩子们希望不致落空，他决心再冒一次风险。

他领着孩子们，绕着飞机场，找到一个接近飞机的栅栏。他暗暗交代孩子们，勇敢些，跟着家顺伯伯往里冲。一声"一，二，三！"孩子们像脱缰的小马驹，一窝蜂地冲过栏栅，值勤人员没拦住，他们一直奔向停机坪。一架客机正在跑道上滑行，孩子们的到来，仿佛是一群小麻雀惊起一只苍鹰，飞机呼啸而上，腾空而起，孩子们大饱眼福。

家顺呢？被关进了机场禁闭室。

孩子们看罢飞机，发现家顺伯伯不见了，一打听，才知道是给关起来了。一个个急得号啕大哭。170 个孩子，最大 13 岁，最小 10 岁，在候机室里，哭成一团，地动山摇。值勤人员慌了，忙去请示首长。过了很长时间，来了一位军官，他把家顺狠狠训斥一顿之后，只好把他放了。

出了机场，家顺问道："孩子们，看到飞机了吗？"孩子齐声答道："看到了！"

"好！"家顺满意地笑了，"只要你们看到了飞机，家顺伯伯就是再关两个小时禁闭，也值得！"

从小张庄到斯德哥尔摩

张家顺的故事，还有很多很多。

1979 年，他担任小张庄乡党委书记、谢桥区委副书记。他把小张庄的经验辐射到全乡及全区，又在大地上写下了一篇篇气壮山河的文章。

1984 年 8 月，省政府批准，在国家重点工程、年产 400 万吨的大型煤矿谢桥矿区建立谢桥镇，张家顺被县委任命为该镇首位党委书记。几年来，他突出地抓了三件事：

狠抓乡镇企业。谢桥区的乡镇企业原是一片空白，近几年来异军突起，镇办、乡办、村办、户办，四轮齐转。仅镇办企业 6 年共创工业产值 4100 万元，创利税 458.6 万元，安置就业人员 1300 多人。

狠抓社会治安。谢桥有 10000 多名职工在建矿施工，人员流动大，治安情况复杂，家顺通过综合措施，打击坏人坏事，把谢桥治理得井井有条。该镇曾荣获全省社会治安综合治理先进集体称号。在全国治安工作会议上，家顺汇报情况，中央有关负责人听得津津有味，不时捧腹大笑，一再称赞他们干得好。

狠抓党风政纪。家顺要求自己严格，要求干部也严格。他有一条原则："对干部严严的，对群众宽宽的，对坏人狠狠的。"谁要是违法乱纪、以权谋私，即便是他亲爹娘，也决不姑息。笔者可以毫不夸张地说，在当今社会，像谢桥镇干部那样的廉洁奉公是不多见的，像谢桥镇干部那样的整日紧张繁忙也是不多见的。

可惜限于篇幅，这些激动人心的故事，我们不能一一详细叙述了，留待以后吧。

这些年来，党和人民给了张家顺很高的荣誉，他被评为全国劳动模范，当选为全国七届人大代表，并荣获全国优秀党务工作者称号。但是，张家顺本色依旧，他还是年复一年地在基层兢兢业业地工作着，日复一日地在乡亲们中间奔走着、呼号着。

当然张家顺也不是完人，更不是神仙。他有他的弱点，也曾遭受过挫折。然而，作为一名基层干部，他有着一颗可贵的爱心，深深地同情和热爱农民父老乡亲；作为一名共产党员，他又有着一颗强烈的事业心，一心一意为人民群众办实事、谋利益。他生活在群众中间，熟悉乡情，了解民意，崇尚实事求是，没有多少框框，不怕丢乌纱帽，认准了就干，他的许多决策往往带有“超前意识”，与后来的红头文件常常“不谋而合”。譬如前些年，社会上兴起经商浪潮，许多在职干部也纷纷卷入，家顺虽然善于经营，但他却按兵不动，绝对不允许谢桥在职干部参与经商，因为他意识到干部手中有权，经商会带来一系列危害。这在当时，还曾引起一些争议。两年后，中央颁布了文件，印证了家顺的想法和做法。此外，张家顺还有一个可贵之处，凡是要求别人做的事，他首先自己做到，大家服他，在干群中享有很高的威信。上述这些，或许就是张家顺——一个普通农民、普通共产党员，能创造出非凡业绩的秘密所在吧。

有人说，可惜张家顺没有读过大学，否则，他一定会有更了不起的作为。

也有人的看法正好相反。

是耶？非耶？只好留给读者自己去评说了。

1991年3月份，联合国环境署执行主任托尔巴先生给小张庄发来贺电。全文如下：

我很荣幸地告诉你们，联合国环境规划署书在1991年的“6·5”世界环境日正式命名你们为“全球500佳”，肯定你们在环境保护方面所做的突出贡献，请接受我的热烈祝贺！联合国环境规划署将定于6月5日正式宣布这一奖励。你们的荣誉证书将于6月份寄到，但如果你们的代表能在6月5日到瑞典的斯德哥尔摩的话，我将很乐意在那里举行的世界环境日大型国际庆典仪式上为你们颁奖，如果派代表前去，请通知在内罗毕的联合国环境规划署总部。

设立“全球500佳”荣誉称号，是联合国环境规划署为了表彰1987—1991五年间，对全世界为改善人类生存环境做出突出成就的个人和单位，所做出的决定。授奖名额总数为500个，故称“全球500佳”。

据悉，我国从1987年到1990年共有10个人和单位获此殊荣，其中属于生态村建设典型的有3个。1991年全球共评出50个，我国只有小张庄荣获此称号。在前不久召开的全国人大的一次会议上，国务院总理李鹏在接见安徽代表团时，特地对张家顺说：“我向你祝贺，你为我们祖国争了光。”

笔者从颍上县政府那里获悉，6月初，张家顺将代表小张庄人到斯德哥尔摩去接受联合国环境规划署颁奖，他将满载着“中国的骄傲”，走向世界……

1991.5.12定稿于颍上

（此文系与王秉才合作）

张家旺巧治八里河

初识张家旺

阳春三日，我去颍上县采访。车上坐的大多是阜阳地区的干部。一路上，大家谈论“全球500佳”，谈小张庄，谈张家顺。阜阳地区卫生局的一位同志感叹说：“小张庄人真不简单，一个张家出了两条好汉，张家顺的弟弟张家旺也是一个人物！”这是我第一次听到张家旺的名字。

抵达颍上后，我下榻在县委招待所。晚上无事，我一边看电视，一边抽烟。这时，县委常委、纪委书记杨明涛来看我。交谈中，他也兴致勃勃地谈到张家旺，说他治理八里河渔场，很有一套。

这位张家旺，不由引起了我的兴趣。于是，我决定上八里河渔场去看看。

八里河渔场位于颍上县城南部，登上汽车，大约10分钟就到了。八里河实际上是一个淡水湖泊。所谓“八里”，估计是指相距县城的路程而言。就“河”本身来说，东西长达12500米，平均宽度有2000米，水面大约15000亩。站在堤上，纵目逃眺，烟波浩渺，茫茫苍苍，望无际涯，远非“河”的概念所可涵盖。

湖面中部，一座刚刚竣工的大桥横空而跨，把湖南湖北连为一体。桥的两端，正在兴建公园，红旗飘扬，车水马龙，人声如潮。公园栽植的松柏郁郁葱葱，那成片的棕榈简直使你像置身南国。沿湖刚插不久的杨柳，也吐出了新芽，整整齐齐，生机勃勃。

大桥北端的公路两旁，几座青色平房，依次排列。这是前年新建的八里河联营渔场场部，也是八里河区政府，两块牌子，其实是一个机构，一套人马。走进大理石门楼，一条笔直水泥路迎面而铺，两个花圃隔路对峙。院子里姹紫嫣红，春意盎然。两条由冬青剪裁而成的绿龙，起伏腾跃，相对而舞，十分醒目。我不由想起以前在小张庄见过的情景，心里笑道：小张庄人走到哪里，就把美带到哪里。

水泥路尽头，一堵高大石壁迎面屹立。壁上绘有八里河区域图，道路村庄，湖泊田地，方圆百里，一目了然。石壁下横卧一座水池，池水晶莹清澈，各色金鱼在睡莲丛中追逐游戏，悠然自得。

我正看得入神，陪同我前来的县经委的苏云同志拍拍我的肩，指着迎上前来的一个人，介绍说："这位就是张家旺书记。"

我定睛一看，天哪！这哪里是张家旺，分明是张家顺嘛！那结实的身材，那灰色的中山装，那灼灼有神的眼睛，那紫红色的方脸，那抽烟的姿态，都同张家顺一模一样。

"要不是旁人介绍，我肯定会把你当作张家顺的。"我握着张家旺的手，说道。

"别人都说俺俩长得像，俺自己倒不觉得。"那语调，那略为嘶哑的嗓音，也与张家顺非常相似。

张家旺把我们引进党委会议室。就座之前，我一再声明，这次不是来采访，只是随便看看。老实说，对这里是否有东西采写，我心里还没有把握。我连笔记本都没有带。

"欢迎！欢迎！"家旺连声说，质朴的脸上洋溢着憨厚的笑容。

渔场其他几位干部也陆续进来了。大家一一见面，然后一边喝茶，一边交谈。

十几天以后，我结束了在小张庄的采访。在离开颍上县之前，我又一次来到八里河。

铸就一副铁牙齿

一个面积达15000亩的天然淡水湖泊，水质好，土质也好，没有污染，微生物多，水草丰富，无论在谁看来，都应该是一个聚宝盆，能够创造出可观的水产财富。然而，说来令人难以置信，1958年，这里曾经建立渔业社，由于管理不善，倒闭了。此后十几年，搞搞停停，基本上处于无政府状态，好端端的湖泊被抛荒，无人问津。1982年国家、省、县三级投资，兴建八里河联营渔场，为便于管理，还将沿湖三个乡划归八里河区，然而，由于经营不善，连年亏损，1988年沉入谷底，偌大的湖泊，只生产20多万斤鱼。

鱼到哪里去了？

吃的吃了，拿的拿了，偷的偷了，抢的抢了。

“靠山吃山，靠水吃水”嘛！方圆数百里，沿湖几十个行政村，数万群众，几乎都与此湖有着千丝万缕的关系。有不少人，既不种地，也不做工，靠什么生活？卖鱼。哪来的鱼？捕的。国营渔场给捕吗？偷呀。不给偷呢？抢呗！

问的蹊跷，回答的干脆。

场区干部为啥不管？他们在干些什么？

几百人哄抢，管得了吗？有的干部睁一只眼、闭一只眼，有的干脆提议把渔场承包给法院。许多人心灰意冷，巴不得调走，请调报告印了一大沓。

30年的徘徊局面，再也不能继续下去了。1989年元旦前后，颍上县委下决心治湖，他们四处物色到渔场挑大梁的人选。

“梁山泊好汉里有个浪里白条张顺，水性极好，武艺高强，张家顺，你不就比他多一个‘家’吗？干脆你去吧！”有人开玩笑说。

不过，倒有人想起了张家顺弟弟张家旺。张家顺带领小张庄人艰苦创业，张家旺幕前幕后也出了不少力，做过很多贡献。现在，张家旺担任小张庄乡党委书记，工作抓得生气勃勃，深乎众望。家旺同家顺一样，聪明能干，富于创造，是经营管理的一把好手，但也有人觉得张家旺是农民，到国营渔场挑重担，恐怕不合适。

颍上县委慧眼识英雄，县委书记陈怀贵果断拍板，决定破格提拔张家旺出任八里河渔场党委书记。

有人劝张家旺别去，说八里河赌博、酗酒、打架成风，是个马蜂窝，不好惹。

张家旺呢？一声不吭，打起背包，就单枪匹马赴任去了。

不信邪，敢碰硬，这是小张庄干部的性格。

张家旺采取的第一项措施，就是调整、充实、整顿区乡两级领导班子，重建一支过硬的管理队伍。这也是他多年积累的经验。小张庄人能脱贫致富，不就是因为他们有着一支团结一致、作风正派、敢于拼搏的骨干队伍吗？要想啃动八里河这块硬骨头，不铸就一副铁牙齿是不行的。

经过一番调查和考核，在县委支持下，张家旺大胆选拔了一批优秀村干部进入领导机构，以增强领导层的活力。对原来的干部，则妥替安排，合理使用，做到老、中、青相结合，德、威、技各有发挥，调动了诸方面的积极性。对于村队干部，则实行责、权、利挂钩，把他们的工资由农民负担改由渔场支付，既免除了他们的后顾之忧，又增强了工作责任感。你要干，就干好，干不好，对不起，渔场有经济措施。去年，有两名村干部，因为玩忽职守被扣除工资，还免掉了职务。

此外，通过区委一班人的共同努力，他们组建了一支由领导干部、专业人员和农民群众三结合的湖管队伍。党委分片包干，村乡分段负责，分工明确，责任到人，层层有人抓，级级有人管，各方面组织健全，关系理顺，形成一个巨大而有效的管理网络。

农民与渔场的矛盾，一定意义上也是群众与干部的矛盾。干部自身作风不正，以公谋私，违法乱纪，怎么能叫群众心服？水里养的鱼，与其被你们干部糟蹋掉，还不如我们群众偷来吃。你往家里拿，往亲友和上级那里送，与我偷又有什么区别？因此，打铁先要自身硬，己正才能正人。家旺十分重视干部作风的建设，他兴利除弊，建立了一系列规章制度，谁敢违犯，严惩不贷，决不手软。

有位乡党委委员、大队支部书记，下雪天无事，在家里与人赌牌，输了2.7元钱。乡党委的处理意见是：罚款300元，责令其检查，通报全乡。群众反映说："张书记宣布过，干部参赌就撤销职务，为什么不执行？"该乡乡长念这大队书记一向表现很好，工作有成绩，撤销他的职务，总觉得于心不忍。张家旺获悉后，严肃指出，当领导的，说话算数，才能取信于民。他坚持按规章办，要求该乡重新处理。消息传出，朝野震动，都说张家旺说到做到，敢动真格的，各种歪风旋即收敛了好多。

以前，渔场同样的鱼，却有两种价格，一个是高价，一个是平价，高价外售，平价卖给关系户。要买平价鱼，必须找场领导批条子。一些歪门邪道乘隙而入。群众对此很有意见，反映强烈。家旺上任后，取消两种价格，按统一标准出售。即便县长来买鱼，也按价收款，毫不含糊。

家旺作为党委书记，不搞特殊化。党委成员轮流值班巡湖，轮到他时，无论开会怎样晚，无论刮风下雨，他坚持照常出勤，巡湖一周80里，决不马虎。建大桥时他和民工一起抬土，一起拉车。民工身上有多少泥，他身上也有多少泥；民工流了多少汗，他也流了多少汗。休息时，民工可以就地坐坐，他却得四处走走，检查工程质量。春节时，场里职工每人分得30斤鱼，家旺把自己的一份全部交给了招待所，一斤也不肯往小张庄带。

群众的眼是尺、心是秤。八里河场区从上到下精神面貌和工作作风的变化，方圆百里看得清清楚楚、明明白白。对于那些偷鱼人来说，这本身就是一种威慑，好多人再也不敢轻举妄动了。

沉寂的八里河上，渐渐飘起了渔歌。

治病要治本

有一件事，对家旺触动很大。

那是他上任不到两个月的一天，湖管干部在鱼市上巡视时，发现一个卖鱼老农神色慌张，形迹可疑，便上前盘问。老农名叫强光宣，住在外区，他承认他的鱼是从渔场偷捕的。湖管员便把他带到场里。次日，该村的村长连同另一位村干闻讯赶到渔场，找到家旺，求情放人。

家旺听说后，陪同村长一起去看老农。只见老农坐在那里，黯然神伤。

家旺问道："偷鱼犯法，你不知道吗？"

老农说："张书记，实在没有法子呀！俺一个孤老头子，生活无着。茅草屋的柱子眼看就要倒了，俺也不敢住，天天到别人家里借宿。口粮早已没了，救济粮也没有钱买。俺只好斗着胆子，到湖里偷了几斤鱼，想卖点钱，买几斤粮。俺也知道，偷鱼是犯法的，可是，一天不死，总还得吃呀……"说着，老泪纵横。

家旺问村长，可是事实？村长说，千真万确。家旺不由一阵心酸。他想起小张庄的父老乡亲，早先，他们过的不也是这样的日子吗？

家旺对村干部说："老人生活困难，偷点鱼，也是不得已，不能全怪他。俺同意立即放他回去。不过，俺有一个要求，不知能不能办到？"

"你尽管说。"村干部心里惴惴的，怕是要罚款。

"老人回去后，请你们替他办两件事：一是帮他把房子维修一下；二是替他买些口粮，可管？"

村长连声答应："管，管！我们回去就办！"

家旺往衣袋里摸摸，想给老农20元钱，全数掏出来，却只有10元，他递给老农说："这点钱，你就拿回去先买几斤粮食吧！"

老农"扑通"一声跪下，声音颤抖："张书记，你真是大好人哪！往后，俺就是饿死，也不来偷鱼了……"

家旺连忙把老农扶起来，自己也忍不住泪流满面。

送走老农以后，家旺独自站在屋里，陷入了沉思。他不由想起张家顺说过的一句话："大伙儿有饭吃，俺当干部的还会饿死？大伙儿没有饭吃，我一个人有，又怎么能吃得安？"家顺讲的是干部和群众的关系，而渔场同农民的关系何尝不也是如此！周围农民穷，温饱问题未解决，渔场那白花花的鱼，他们能不偷？衣食足，知荣辱，要是湖区农民都像如今的小张庄那样，不愁吃，不愁穿，统统走上富裕道路，谁还会为几斤鱼而丢人现眼？治病要治本，除弊要除根，只有帮助湖区农民脱贫致富，才是消除场农矛盾、杜绝偷盗现象的根本途径。

治湖的第二步方案，在家旺心里成熟了。

八里河区（场）辖3个乡，17个行政村，25800余亩可耕地，2万多农业人口。湖区周围地势低洼，每逢汛期，湖水上涨，内涝外浸，灾害连年。治水改土，改造低产田，这原是小张庄人的拿手好戏，张家旺自然不缺少办法。

两年来，全区投入资金40万元，建成4个排涝站、8个灌溉站，完善水利配套设施，帮助群众治理低洼地。另外，发动群众大搞植树造林，1989年栽树11.6万株，1990年又新栽水杉2万多株，基本实现四级林网化。根据湖区坡地多的特点，场区委发动村民主攻小麦，扩大水稻种植面积，积极推广优良品种，科技兴农。为适应农村第二步改革，搞好社会化服务体系，政府、物资、技术三个部门齐心协力同唱一台戏，支农工作搞得扎扎实实。在稳定粮食生产的基础上，他们还利用渔场优势，扩大稻田养鱼面积近8000亩，仅此一项，平均每农户增收200元。他们积极开发农业的做法，受到省委书记卢荣景的称赞。

农民脱贫致富，当然不是一朝一夕能办到的。小张庄为此整整奋斗了20年。目前，农村各种“苛捐杂税”很多，多方面提留数字累计起来非常可观，林林总总一扣除，农民所剩有限。设法减轻农民负担，尽快让他们过上温饱日子，则是八里河区委面临的急迫课题。

张家旺对湖区农民说：“渔场是国营的，国家的财产也就是人民的财产，农民与渔场应该是一家。你们帮助渔场管好湖，渔场帮助你们减轻负担。1989年，村队干部工资不再要你们负担，改由渔场支付。1990年，民办教师的工资也不要你们出，改由渔场发给。1991年，如果渔场经济效益好，所有农村提留，都不要你们负担，全部由渔场承担。你们说，好不好?”

这真是天上掉下来的大好事，农民能不高兴?

1989年和1990年，为支付村队干部和民办教师的工资，渔场共拨出资金35万元。这副重担原本是落在农民肩上的，渔场把它挑过来了。

这两年春节，渔场还不忘记给湖区每家每户分点鱼，让大家欢欢喜喜过个年。另外，他们还给全区65家五保户送来了棉袄、白糖、酒和鱼。大年初一，家旺到村里去看望贫困户，发现谁家过年吃不上饺子，他就开张条子，让他们到区里领点钱，买几斤肉，包顿饺子吃。这并非慷国家之慨。家旺两年来应得巡湖费、奖金加起来有千余元，他分文不取，就是为了用于济困扶危的应急开支。他是用自己的钱，为国家做了好事。

村村队队、家家户户都在传颂：“如今渔场待我们这样好，谁要是再去偷鱼，真是没心肝!”

偷鱼的变成了管鱼的

恶习养成，改之不易。“没心肝”的人，多少还是有的。

对此，张家旺的又一项措施是：以法治湖。

首先是宣传教育。结合抓社会治安，他们大力宣传《渔业法》。大会讲、小会谈，广播、黑板报、大标语，一齐上，反复灌输法制观念，扫除“法盲”。男女老少都懂得：联营渔场是国家的企业，偷盗八里河的鱼，就是破坏国家财产，是违法行为，违法必究。

法律是无情的。1990 年初，有三个歹徒，内外勾结，拉大网盗鱼，情节严重，影响很坏，结果，受到法律应有制裁。

辅之法律的，还有《乡规民约》。有的人虽然偷了鱼，却又算不上触犯刑律，对于这种人，则依据《乡规民约》，处以一定数量的行政罚款，并责令偷盗者写出悔过书，四处张贴。

当然，这些都只是手段，目的还是要使众人遵纪守法，做“四有”公民。对于偷盗者，张家旺的原则是，尽可能地做思想教育工作，促使矛盾向好的方面转化。

1989 年 5 月底，为强化社会治安，当地公安部门统一行动“拉大网”。八里河区派出所把 40 多个有过不法行为的人。统统“请”到区里，关在一间屋里。其时，适值天气闷热，40 余人挤在一起受不了，大家起哄，治安人员连忙向张家旺报告。

家旺赶去一看，立即下令：“把门打开!”

治安人员担心：“他们跑了怎么办?”

家旺毫不犹豫：“由俺负责!”

打开之后，家旺对众人说：“如果你们信得过俺张家旺，就到树荫下纳凉，听俺讲几句话。如果信不过俺，谁想跑，就跑吧!”

张家旺虽然到位不久，他的名字却是方圆百里人人熟悉。

40 余人，没有一个逃跑。

大家在树荫下站定后，家旺发话了：“这次把诸位‘请’来，各人做的事，各人心里都有数。俺的看法是，坦白从宽，抗拒从严，过去的从宽，今后的从严。对于过去的违法行为，你们只要坦白交代，保证以后不再犯，就没事了，可以回去。”

治安人员对家旺挤挤眼，家旺补充道：“在这里，俺说话算数!”

头一个站出来的是一个老头子：“俺是一个光棍，住在公路边，下雨天，没有事，有人上俺家里玩麻将，俺同他们赌过两回。张书记，如果你信得过，俺马上回去把赌具交上来。今后，如果再赌，你就剁俺的手!”

“好！请到食堂里去吃饭，吃饱了再走。”家旺说完，还特意嘱咐炊事员打两个鸡蛋。

老头子一边抹着眼泪，一边上食堂去了。

众人见张家旺说话果然算数，便争先恐后地坦白交代。他们吃了饭，写了检查，陆陆续续回去了。

树荫下只剩下一个人，蹲在那里，一声不吭。

家旺问他：“你叫什么名字?”

“赵华禄。”那人答道。

此人大名，家旺多次听说过。赵华禄住在崖台乡，是偷鱼的行家。张家旺到任后，他还偷过两次，共计3000多斤，用小四轮拖往外地出售。他自知情节严重，就跑到华阳河农场亲戚家躲藏起来，一连几个月，不敢露面，想等张家旺调走之后再回村。这天，回来取衣服，白天不敢进村，在堤边蹲到天黑，才偷偷摸回家。说来也凑巧，偏偏当夜拉大网，他一进家，就给撞上了。他知道这回完了，得蹲大牢去了。

“你怎么不讲话?”

“张书记，你这做法对俺可管?”

“只要坦白交代，痛改前非，照样管!”

“好，俺交代……”赵华禄把这些年来的所作所为，来了一个竹筒倒豆子，全盘托出。末了，他说道：“张书记，俺是准备蹲大牢的。这回，你要是能饶俺，俺今后再要偷鱼，你就剁俺的脚、扒俺的皮!”

“管!”家旺拍拍他的肩，“吃饭去吧!”

第二天，赵华禄把他的偷鱼网具统统扛到渔场。在他的带动下，崔台乡的其他人也主动交了偷鱼网具。这以后，赵华禄在家一心一意搞生产，还主动帮助渔场看鱼。在建桥劳动中，他表现很出色，最近还当选为村民组组长。

精诚所至，金石为开。“没心肝”的也渐渐回心转意了。偷鱼现象逐年减少。1989年发现9起，1990年发现5起，今年以来，还未曾发现。从前，每值渔场捕鱼，总有人乘机大肆偷盗，“大捕大偷，小捕小偷，不捕也偷”，岂止是偷，甚至扛着红旗，开着拖拉机，排着浩浩荡荡的队伍，公开哄抢。

今年元月份，又值渔场捕鱼，湖区岸边，鱼山鱼海，没有谁去动一片鱼鳞。职工夜以继日地搬运，有的鱼滑撒在路上，晚上掉的，次日早晨去清扫，一条不少。更有一回，女村民王家芳在湖边拾到一条跃上岸的鲢鱼，重约4斤，她不声不响地送还给渔场。场里职工感叹说：“这在以前，真是连想也不敢想的事。”

一个多年来使许多人、许多渔场都深感头痛的偷鱼难题，在八里河，就这样被张家旺巧妙地攻破了。

前进，八里河！

管理的好形势，带来了经济的高效益。

1989年，大湖鱼产量达到80万斤，比1988年提高了三倍。

1990年，大湖水面及精养鱼塘产鱼量160万斤，比1989年又翻了一番。

1991年，大湖产量及精养鱼塘预计可达180万斤以上。

为加速特种水产品的养殖，去年冬季，全区发动3000多民工，奋战二个月，改造了荒置多年的冲天圩和潘冲圩。当年就从江苏、浙江等地购进蟹种10700斤，投放到3000亩的冲天圩内。又在500亩的潘天圩内繁殖蟹苗。预计今秋即可见成效，纯利可望获得100万元。

与此同时，他们还出动民工5000多人、1300多辆架车，苦战两个月，自力更生建造了一座横跨八里河的大桥，桥长600余米，宽20米，把大湖两岸连为一体，方便了生产，方便了生活，实现了当地群众梦寐以求的夙愿。

前不久，省委负责同志到八里河视察，孟富林副书记说：“八里河区，近两年在家旺同志的带领下，面貌焕然一新，与我前几年来相比，起了很大变化。八里河区的低洼地治理及大湖面管理经验要向全省推广。”卢荣景书记则赞扬说：“张家旺同志是大干社会主义事业的带头人，是实干家!”

在张家旺心目中，眼前的一切，都仅仅是刚刚掀开的第一页。他的目标是，要把八里河建设成重要的商品鱼基地、鱼种基地、特种水产品养殖基地以及技术培训基地。同时，他还要推广小张庄经验，美化环境，把这里建设成一个旅游胜地以及鸟类保护区。

站在大桥上，我望着碧波粼粼的万亩湖面，目送着翩翩翱翔的白鹤，一幅垂柳依依、彩帆点点、人欢鱼跃、游客如织的未来画面，仿佛就呈现在我的眼前。

前进吧，八里河!

1991 年

观云测天的人

——记全国劳模、优秀测报员刘长忍

1986年元月28日11时39分14秒，美国卡纳维拉尔发射场上空一声巨响，刚刚升空的“挑战者”号航天飞机旋即化作一团烈火，7名机组人员全部罹难。这次发射失败的直接原因是，固体燃料火箭助推器上的O型密封圈受低气温影响而破裂。当时发射场气温是零下2摄氏度，低于航天飞机发射所必需的气温。事前，马歇尔航天中心的气象工程师曾就此提出警告，并曾几次要求推迟发射，可惜他的意见未被采纳。

1989年4月27日，安庆市15号港口存放的1000吨白砂糖正待向茅岭、五里仓库发运，市糖业烟酒供应站打电话询问天气情况，气象台答复是：20分钟后有大到暴雨。该站立即停运，并采取了预防措施。刚安排就绪，大雨倾盆而降，价值200万元的砂糖幸免于“灾”。

同年7月11日，淮河第一次洪峰直逼霍邱县，防汛形势十分严峻。如果未来淮河上游继续有强降水，该县就将于当夜炸坝向城西湖放水蓄洪。值此紧急时刻，霍邱气象局在省气象台的指导下，做出了“近期内大别山区和淮河中上游不会有强降水”的正确预报，据此，县委、县政府决定暂不蓄洪，从而避免了巨大损失。1990年元宵节前夕，铜陵地区大雨连绵，原拟举办的大型焰火活动是否按期进行？直至正月十五日早晨，面对淅淅沥沥的阴雨，市府领导还举棋不定。不一会，传来了市气象局的报告：这场雨下午4时可止，晚间天气将转晴。据此，市领导立即下令，全力加紧准备，放焰火按时举行。结果，一切都同预期的那样完美，数十万群众得以大饱眼福，过了一个欢天喜地的元宵节。

上述是笔者随手拈来的几个事例，从中人们不难看出，在今天的世界上，气象工作与军事、工农业生产、交通运输以及人民群众日常生活是何其密切相关！

近些年来，随着科技发展和气象卫星的上天，我国气象工作者的观测手段有了巨大的进步，然而地面观测仍然必不可少。大大小小的气象台站分布在城乡各地，千千万万的测报员用自己的眼睛和智慧，密切监视着天气变化，为生产建设站岗放哨，为人民群众祈福禳灾，他们用自己的辛勤劳动默默地为社会做出了巨大奉献。

共产党员、全国劳动模范、优秀测报员刘长忍同志，就是气象职工中的一位杰出代表。

一

1952年的一天，庐江县一所山村小学大门前，有一个拾粪的少年在徘徊，教室里那琅琅书声磁石般地吸引了他，以致他情不自禁地放下粪箕和粪铲，再一次溜到窗户前，偷偷向里面张望。教师发现了他，对他猛挥教鞭，他吓得转身就跑，不料撞到一个人的怀里。

那人双手把他拉住，问道："你叫什么名字？"

"我叫刘长忍。"他想：糟了，得挨骂了。

"家在哪里住？"

"就在附近村子里。"莫非老师要去找父母告状？他连忙解释："我不是故意捣蛋。我只是忍不住想看看……我以后再也不来了……"

那人没有骂他，反而对他笑了笑，拍拍他的头："知道了，你走吧。"

那人是小学校长。连日来，刘长忍几次三番地探头探脑，他早就注意到了，他从少年的眼神里，看到了一股强烈的求知欲，不由为之感动。他觉得应该为这样的孩子争取受教育的机会，于是，他设法找到了刘长忍的父母，动员他们让孩子入学。无奈，刘家的生活实在太困难了。新中国成立前，刘长忍父亲外出打长工，母亲则带着他四处讨饭。新中国成立了，虽然有了土地，由于子女太多，兼之年成不好，仍然未能走出困境。刘长忍是长子，不得不过早地分担劳动，他每天外出拾粪，回来必须交父母验收，不敢懈怠，哪有福气去上学？

好心校长接二连三地登门劝说，终于感动了刘氏父母，答应让孩子去上学。然而，三角三分钱的课本费，却把全家难住了，后来还是刘长忍把自己玩耍的十几块铜板掏出来，总算凑足了数，高高兴兴地上学了。久旱的禾苗逢甘露，刘长忍拼命汲取知识，学习成绩直往上蹿，接连跳级。1956 年，他考取了县城中学，这对他既是喜事，也是难事：县城离家 60 里，得住学校，每月伙食费 7 元，交不起啊！共和国再一次向这少年伸出了温暖的手，每月让他享受 5 元 4 角钱助学金，剩下 1 元 6 角，家里筹筹措措，自己勒勒裤腰带，也就挺过来了。1959 年，他以优异成绩被安徽省气象学校录取。这里，伙食费国家负担，各方面条件都很优厚，刘长忍真是如鱼得水，全身心扑在学业上，多次被学校评为优秀生。1961 年，他光荣地加入中国共产党。1962 年，他走上工作岗位，成为一名气象测报员。

刘长忍由拾粪的穷孩子成长为气象工作者，党的阳光，共和国的雨露，人民的浇灌，他总是铭刻在心。知恩不报非君子！“刘长忍哪刘长忍，你不刻苦学习，不勤奋工作，你还算是人吗？”他时时刻刻这样激励自己。十万字的《地面气象观测规范》，他记得滚瓜烂熟，任何时候、任何人提出其中任何一项，他可以一字不漏地讲出来，并能够指出在哪一页、哪一行。同事们无不钦佩，誉之为“活规范”。个中他倾注了多少精力，花费了多少时间，是谁也想象不出来的。

气象观测是气象预报的根据和基础，观测站则是气象部门的前沿阵地。在那四方形的白色栏栅里，设置着各种观测仪器。器测和目测项目有气压、温度、湿度、日照、蒸发、雨量、风向、风速、云态、能见度、天气现象等，每一项又有许多具体划分，例如，温度包括地上温度、地表温度及地中温度，其中又有最高温度、最低温度以及温度计温度等，云有 29 种，天气现象有 46 种，所有这些都有具体数码为标志。一般每小时观测一次，然后在正点后 3 分钟内把观测记录编码用电话报给电信局，由电信局发报给有关部门。超过 3 分钟为迟报，延误 10 分钟为漏报。遇有天气转换，还要随测随报，所以雷雨大风时，别人往家里躲，测报员却要往室外跑。这是一项极其艰苦细致的工作，既要认真负责、业务熟练，又要全神贯注、一丝不苟，稍一大意，就难免出错。新上岗的青年人，一天出几个差错，毫不奇怪；即便老测报员，连续十几天不出错情，也很不容易。而刘长忍呢，从1972年当地开始建立值班日记起，竟达到了连续397个班无错情！1977年全国气象工作者开展百班无错情劳动竞赛活动以来，他又奇迹般地创造了连续636个班无错情、预审气象月报表连续45个月出门合格的全国纪录！为了表彰他的忘我劳动和卓越成绩，国家气象局先后授予他“质量优秀测报员”和“双文明建设先进个人”等光荣称号。

丰硕的成果，来源于汗水的浇灌。春夏秋冬，风雨雷电，刘长忍值班观测，总如时钟一样准确，从不误点。有时离观测时间还有两分钟，他便在观测仪旁边转悠，不到准点不张目。记录编码时，他口中念念有词，立即进入忘我境界，有一回甚至连自家厨房失火也不管。对于数据，他精益求精，不肯放过任何小数点。对每项环节，都要进行纵向比较、横向比较，顺5遍、倒5遍，反复核算直至确信无误。发报之后，他还要立即复核一遍，万一有误还能抢在电信局发报前更正。

气象观测是一个整体流程，各班测报记录互相关联，即使本班不出错情，前后班如果出差错，也会殃及本班。刘长忍要保证自己不出错情，还必须兼顾到“左邻右舍”。因此，凡值复杂天气，即使他不当班，也忍不住要到值班室看看，帮忙把关，确保无虞。对于刚工作的青年人，他总是手把手地耐心传教。每值季节转换，他就把注意事项提前给他们讲解，并把各种类型的复杂天气编成习题，让大家练习编报，发现错误，就耐心地指出。曾在石台工作过的小谢感叹说：“我原在部队机场搞气象，9年学的东西还不及跟老刘一个月学得多。”小霍刚来铜陵气象站时，对测报工作不感兴趣，有一次他与老刘一起观云，老刘把云的演变和发展趋势一一讲给他听，当时空中对流强，一两个小时后，一切演变发展同老刘预计的一模一样。小霍觉得老刘真神了，佩服得要命。刘长忍从事气象测报近30年，他带班的青年人一个个脱颖而出，大都成为气象战线上的骨干。

二

黄山，以她迷人的风采驰名中外。那里的奇松、怪石、温泉、云雾千姿百态，变幻莫测，令天下游客心旷神怡，流连忘返。然而，对黄山气象站的观测员来说，黄山则完全是另一副面孔。

气象站坐落在炼丹峰的光明顶上，海拔达1840米。这里全年有280天弥漫着湿漉漉的云雾，墙壁渗潮，被单能拧出水。每年10月20日左右便结冰，最低温度达零下21度，不小心触到金属仪器上，手皮会被拉掉，一个冬季下来，砖头能冻裂成粉末。刮起大风，风速常在20米/秒以上，最高可达40米/秒，相当于12级以上台风。就在前不久，一位观测员取日照纸回值班室，大风硬将他揣在袋里的一卷日照纸拔出掏走，结果全站人员攀悬岩、爬峭壁，冒着生命危险苦苦搜寻五天，最后在半山腰的石缝里将日照纸找回。遇有雷暴，更是惊天动地，避雷针蓝光闪烁，灯泡被击毁，火球就在室内飘滚，房屋摇晃，人从床上震到地下。

明知山有虎，偏向虎山行。1964年4月28日，刘长忍背着行李来这里测云观天，一待就是6年。开始站里共有8个人，“文化大革命”开始后，无政府思潮泛滥，站里人几乎跑光了，只剩下刘长忍和另外一个同志。黄山气象站是国际气象资料交换站，观测必须绝对保持连续性，一旦间断，其损失将无法弥补。刘长忍深感责任重大，心想：即使只有我一个人，也绝不能让宝贵的高山气象资料中断。人手少，无法排班，他干脆把铺盖搬到值班室，“人在，阵地在”，日日夜夜地坚守在观侧岗位上。

当时气象站的生活条件很差，没有高山补助费，米要自己下山买，柴要自己动手砍，水要自己出门挑，连电也没有，点的是煤油灯。最令人头痛的，是吃不上新鲜蔬菜，有时甚至连咸菜也吃不上，长年累月的艰苦生活和恶劣气候，严重损害了刘长忍的健康，他日渐瘦削，并生了一种怪病，一会儿高烧，一会儿奇冷，高烧一来，汗珠如豆，全身衣服和垫被都湿透；发起冷来，脸色乌紫，两三层棉被压在身上仍颤抖如筛，每隔半个月左右就周期性地发作一次。对此，刘长忍并不放在心上，高烧一退，照样坚持观测，直到1970年6月，领导为照顾他的健康，把他调到石台气象站。

到石台上班没几天，适值当地连续暴雨，山洪暴发，七里老街被水淹，许多群众被困在阁楼里，十分危急。刘长忍闻讯后，立即和同事扎了个竹筏，前往抢救。他不顾自己水性不好，一头钻进民房里，抢物救人。水灾一过，他又报名下乡抢收水稻，虎口夺粮。当时县里经常组织干部参加义务劳动，例如抢收抢种、挑塘泥、修马路等，刘长忍只要不值班，总是带头参加，从不考虑自己的健康。

金属也有疲劳的时候。刘长忍病疾在身，34 元钱的月工资，只能勉强维持养家糊口，谈不上加强营养。不久他旧病未愈，新病又生，先是腹股沟淋巴结炎伴反应性增生，接着胃部又出毛病，持续性疼痛，发作起来，脸色蜡黄，打止痛针也无效。同事们怀疑是癌，再三劝他外出就医，他总是说不要紧，照常值班。省气象局局长曾醒吾获悉后，专程驱车赶到石台，硬是强行下令把他带到合肥，经医院诊断是胆汁返流性胃炎，稍经治疗，刘长忍又急急返回石台，尽管还是常常大吐酸水，胸腹绞痛，依然坚持上班。

1983 年 1 月，省气象局决定在国家级自然保护区牯牛降进行气候考察。牯牛降位于石台与祁门交界处，海拔 1728 米，被称为华东第二峰。那里山势险峻，人迹罕至，野兽经常出没，毒蛇随处可见，特别是祁蛇，奇毒无比，人倘若被它咬到，不出五步路便会倒地，当地人称之为“五步龙”。考察任务下达给石台气象站后，刘长忍第一个报名参加，站里领导考虑他年岁大，身体有病，要他留守站里值班或在山腰考察点工作，可是他执意不肯，毅然上了主峰，一干就是半个多月。

贵池市气象局的李宣平后来在一篇题为《在和劳模共事的日子里》的通讯中回忆说：“山顶考察点只有三人，刘师傅、我和临时炊事员老钱。考察生活是难以想象的艰苦，薄膜树干搭成房，松枝枯草铺成床。吃的是有蛆的咸萝卜干，喝的是五里以外山谷中的腐叶水。尽管环境恶劣，但刘师傅对观测工作像在地面一样一丝不苟，抠得很紧，保证了气象考察资料的准确性。按理，炊事员负责我们的后勤工作，但刘师傅常常早早起来，把烧好的饭、开水端到我们面前。偶尔山下送来点荤菜，他总是往我和老钱碗里猛挟，致使老钱这位 40 多岁的农村汉子感动得热泪盈眶，连声说：‘位置搞错了。我一辈子没见过像你这样的好干部！’深秋，皖南山区凌晨，天色依旧朦胧，刘师傅常常悄悄披衣而起，进行 05 时观测工作，待我一梦天晓，他说观测过了，劝我再多睡会儿。每每望着他那深凹疲倦的双眼，我感激、内疚得不知说什么好。”

铜陵县气象局一度比较涣散，需要调配一名得力领导。1984 年，省局决定调刘长忍去铜陵担任局长兼党支部书记。刘长忍接到通知后，二话没说，就走马上任了。他一方面调查研究，建立健全各项制度，一方面以身作则，埋头苦干。在他的带领下，全站职工团结一致，艰苦奋斗，精神面貌迅速改观，工作年年迈大步，1985、1986、1987 连续三年被省气象局评为先进单位。

工作上去了，刘长忍的健康却每况愈下，胆汁返流性胃炎越来越严重，继续担任局长工作，他感到有些力不从心。他认为，担任基层领导，就是要带头苦干，自己不能干，就应该及时让给别人去干，千万不能尸位素餐，影响全局。他三番五次地请求组织上解除局长职务，省局领导见他言辞恳切，体谅他的苦衷，同意他不担任局长，拟让他从事比较轻松的业务管理工作。他再一次谢绝了领导的一片好意，仍坚持干他的老本行，当一名普通的气象测报员。对于老刘来说，气象测报就是灵丹妙药，一回到熟悉的岗位，他就精神抖擞、意气风发，仿佛年轻了好几岁。他所在的测报组连续三年达到省气象局 A 级标准。

避雷设施检测服务是项既辛苦又危险的工作，老刘不顾体弱多病，坚持同青年人一道出勤。有一次在市苎麻厂二厂检测水塔避雷针，需要攀登塔顶，望着几十米高的水塔和锈迹斑斑的扶梯，大家心里直发怵。老刘围着水塔转了一圈，二话没说，就要上去。几位青年连忙劝阻，他笑了笑说："你们还年轻，来日方长。我老了，我上。"望着他那悬在空中瘦骨伶仃的身影，人家都情不自禁地流下了泪。同事们都说，老刘是一块纯亮的金子，放到哪里，哪里就闪光。

三

南京大学气象专业 80 届毕业生钱冬梅告诉笔者，她调来铜陵以前就听说过刘长忍的模范事迹，在她心目中，老刘既高大又神秘，及至见到老刘，又觉得很平常，瘦巴巴的，其貌不扬，与常人没有两样。可是，相处久了，就感到老刘身上有一股无形的凝聚力，遇到不顺心的事，就想找老刘谈谈，哪怕在他面前痛痛快快哭一场，心里也舒畅。

有这样感受的不只钱冬梅一个，观测员小华，是位勤于思考，有个性的青年，可是，自从失恋之后，就日渐消沉，甚至自暴自弃。老刘找他谈心，同他下棋，耐心地开导他。小华与人斗殴，老刘发火了，严肃地批评他，小华很不服气，以为老刘对他有成见。1985 年夏天，小华突然得了急性阑尾炎，疼病难忍，老刘一面送小华去医院动手术，一面安慰他：不要害怕，亲人不在，身边还有我呢。当天晚上，老刘亲自看护他，端盆送水，抱上抱下，守候了一个通宵。天亮后，刘长忍怕气候炎热，刀口化脓，连忙跑回家扛来一台电风扇。小华再也控制不住自己的感情了，倒在老刘瘦弱的怀里失声痛哭，他哽咽着说："刘师傅，您就跟我父亲一样啊!"

1976年早春，石台气象站老职工钟发贵患晚期肝腹水，肚皮鼓胀得像吹足了气的皮球，病人家属看了都发怵。刘长忍满怀深情，带着他辗转南京等地，四处求医，后来听说癞蛤蟆汤有疗效，老刘冒着寒冷，撬石缝，挖鼠洞，到处搜寻癞蛤蟆，病人逝世后，他又全力帮忙料理丧事，到了晚上刚就寝，他突然想到太平间老鼠多，遗体可能没盖好，连忙翻身下床，悄悄摸到太平间仔细检查一遍才放心。

刘长忍热忱待人，赢得了同事们普遍信赖。陈康荣身患双癌，脾脏全切，胃脏切除五分之四，他要求到福建省福清县故乡去疗养，并指定要刘长忍护送。从皖南山区到福建沿海，千里迢迢，关山重重，病人骨瘦如柴，极端虚弱，一路颠簸，随时都有生命危险，况且老刘自己也被疾病缠身，望着他那面黄肌瘦的样子，站领导感到十分为难。老刘知道后，二话没说，接过了这趟差，从石台到安庆，由安庆到九江，由九江到南昌，由南昌到福州，由福州到福清，下了汽车上轮船，下了轮船上火车，排队买票，住店吃饭，道不完的曲折，洗不尽的风尘，老刘忍着自身病疼，一路精心护理，直至把陈康荣安全送到故乡。当病人的家属亲友看到刘长忍一副瘦削的身躯，一张瘦惫不堪的脸，一双冷汗涔涔的手时，感动得不知说什么好。

"爸爸对人有求必应，总是替别人办好事，可就是不肯替我们办好事!"老刘的子女们有一次这样发牢骚。是啊，儿子结婚时，老刘既不给请酒，也不让受礼；女儿工作单位离家远，天天上夜班不方便，想换个单位或工种，凭老刘全国人大代表的地位，找市里领导帮帮忙，还不是一句话，可是老刘就是不肯。气象局里发奖励工资，老刘考虑到制度是自己制定的，竟一分钱不要。市气象局新建一座宿舍楼，老刘夫妇都是工程师，子女又多，分配新房乃属天经地义，谁也不会有意见，可老刘却说："我的房子够住了，新房还是分给别的同志吧!"至今他还乐呵呵地住在一套旧平房里。对于老刘的举止，孩子们有些不理解，觉得父亲的思想还停留在20世纪50年代，与当今的社会不合拍。

是的，社会进步了，人们的观念应该相应的更新，抱残守缺，故步自封，势必会被呼啸的时代车轮撞得头破血流。改革开放的十多年来，人们获得了许多，同时也失去了许多，该得的应该得，该失的应该失，无可厚非。可是，对于我们这个负担沉重，步履艰难的中华民族来说，艰苦奋斗，密切联系群众，全心全意为人民服务的优良传统绝对不能丢失。就中国共产党而言，这是生命所系；就中华人民共和国而言，这是生存之本。具有悲剧意味的是，恰恰这最不能丢失的，竟在许多共产党人包括许多担任要职的共产党人身上几乎丧失殆尽，于是，由此引发出了种种令人头痛的危机。这不能不是一个深刻的历史教训。刘长忍能够数十年如一日地保持艰苦奋斗、密切联系群众、全心全意为人民服务的优良传统，这恰恰是我们党的希望所在！

当我结束采访，走出铜陵市气象局崭新的办公大楼时，已是薄暮时分，外面寒风凛冽，我连忙裹紧了围巾。这时，我忽然发现在那乳白色的观测栅栏内，一个单薄的身影跪伏在地面上，长长的脖颈撑着瘦削的面庞，双眼几乎抵在地温表上，是那样专一，那样全神贯注，以致北风掀开了后衣，他也浑然不觉。同行的老金和小赵告诉我，那是老刘在观测。不知怎的，我的鼻子顿时一酸，两行热泪竟夺眶而出。

刘长忍，真正的共产党人！

1991 年

追来的厂长

一辆北京吉普，由绩溪出发，风驰电掣般地驶往歙县。先到八村，他的老家，一问，人不在；旋即赶到汪村，他的亲戚家，又问，人刚走。再追，吉普车向屯溪飞驰而去，车后扬起了漫天尘土……

发生了什么事？这么火急火燎的？难道他犯了什么案不成？可又不像，车上坐的不是武装干警，而是两位文质彬彬的知识分子……邻里乡亲，这样交头接耳。

为了满足人们的好奇心，让我们把追踪的镜头转向绩溪，对准绩溪县印刷厂。

这个厂有位工人，名叫舒清泉，今年五十岁。此人聪明能干，从小跟随父亲学印刷，十八般武艺，样样精通。他生性豪爽，乐于助人，厂里每有难题，总是找他。说来也神，凡事只要他一出马，便能逢凶化吉，水到渠成。几十年来，他为工厂排忧解难，无以数计。在工人们的心目中，他实际上不是挂职的厂长。然而，不知怎么搞的，在一九八四年夏秋的人事更动中，正当盛年的舒清泉忽然被免去生产供销股长职务，而改当厂长顾问。顾问，在这个小小工厂里是个什么样的角色，大家是清楚的。对此，老舒倒也不计较，他觉得自己劳碌了大半辈子，也许是该休息一下了。

不料，消息传到百里之外的地区印刷厂，竟在那里引起了一场“地震”。他们说：“这样的人才，绩溪不用，我们用！”适值地区正在筹建包装装潢厂，苦于找不到挑大梁的人选，他们当即派人到绩溪征求老舒意见。地区印刷厂所从属的报社党委也随即召开会议，决定调任老舒为包装装潢厂副厂长兼地区印刷公司经理办公室副主任。不但如此，他们还对老舒的子女户口、妻子调动以及住房问题，都做了周密而妥善的安排。精诚所至，金石为开，当地区第四次派人做工作时，老舒终于应允了，县里有关部门也同意放行。

这期间，绩溪文化部门也曾打算筹建一个彩印厂。文化局长章飚，“文革”期间曾在县印刷厂“接受再教育”，对老舒的干练和魄力深为了解，他向县领导提出，要筹建彩印厂，非老舒出马不可。当他们获悉老舒可能到地区报到时，于是就敷演了本文开头的那段“萧何追韩信”的新节目。

“韩信”是追回来了，然而，对他的任用却存在分歧，县委、县政府的负责同志当机立断，决定县印刷厂实行民主选举，由职工自己挑选领导人。结果，舒清泉以多数票当选为厂长。就在正式任命下达后的第三天，即今年三月二十八日，地区竟第五次派人来催老舒报到了。是的，在这场“舒清泉争夺战”中，地区印刷厂或许是败北了，然而，在求贤授能、开发人才的思想境界上，他们无疑是属于胜利者。要是我们所有单位都能像徽州地区印刷厂那样珍惜和开发人才，我们的事业也许就兴旺多了。

舒清泉没有辜负印刷界同行的器重和本厂职工的信任。上任之后，他采取了一系列除弊革新措施。首先是完善各种规章制度，合理地调整生产定额，狠抓质量管理，把职工劳动报酬同产量和质量挂钩，每月一次评议，有奖有罚，奖惩分明，极大地调动了职工的劳动积极性。其次是大力挖掘企业潜力，压缩非生产性人员，合理地劳动组合，将原来搁置的元盘自动印刷机开动起来，并扩大包装装潢业务，大大地提高了生产效益。此外，还千方百计节约原材料，降低省耗，精打细算，把以前废弃的零头纸变成好纸加工出厂，从而降低了生产成本。仿佛画龙点睛似的，几项措施一兑现，这个死蛇一般的工厂顿时热气腾腾、蒸蒸日上，今年后三个季度的产值较之第一季度平均每月增长一点六倍，利润翻了一番。

工厂兴旺发达，工人信心百倍，甚至连已经退休的职工也纷纷要求回厂贡献余热。

内政稍定，老舒即腾出手来抓外交。他深知，在一个开放的社会里，坐井观天、墨守成规是办不好工厂的。他上杭州，到南京，走芜湖，登合肥，调查研究，收集信息，广泛征求客户意见，大力开辟供销渠道建立各种横向联系，为明年的腾飞奠定了坚实的基础。

就在老舒四处奔走，八方张罗的时候，一个新的使命下达了。绩溪县境内有个海峰印刷厂，原属上海后方基地，遵照中央指示，将移交给地方。这是一个比县印刷厂规模大得多的工厂，数百名职工将撤回上海，要保证机器照常运转，这绝不是一件易事。派谁去负责接受和经营？这一次，县领导毫不犹豫地考虑到舒清泉。老舒也毫不犹豫地答应了。他说：“只要县领导支持，我保证不辱使命！”

于是，这位从普通工人中产生的厂长，又朝气蓬勃地踏上了新的征途了。

1986 年

附　　录

FU LU

儒者段公

胡 迟

在安大中文系硕士论文答辩会上，意外地看见《清明》的段儒东老师。他担任本场答辩会的会议主席。不知怎么的，原先有些悬着的心就放下了……

大学毕业后，我在父亲的督促下写着各类文章，陆陆续续地发表在省市刊报上。当时我的工作单位就是在文联的楼上，但我一直没觉得自己与文联会有什么瓜葛。1996 年，美协的章飙叔叔拿了一张作协会员申请表让我填，我说我没要求入作协呀，我哪有那资格？在我的印象里，入作协是要有专著的。章飙叔叔说，你填你的，有没有资格，作协开会研究。

因为没抱指望，我草草填了就交到章飙叔叔手上。几个月后的一天，章飚叔叔急火火地找到我，劈头一句就是：“你填的表推荐人都没有！差点黄了……”我懵懵懂懂地听了原委才知道，那张表还有两栏要求自找两位推荐人写评语，我忽略了。作协开会讨论新会员入会，我的那张不合规范的申请表原本要打回来的，但段公和石楠救了我，当场自愿做我的推荐人，终于使我顺利取得会员资格。

我听得诚惶诚恐，却又有些不知所措，我说：“那……”章飚叔叔说，那什么，还不去谢谢人家！于是，我被章飚叔叔带下楼，走进《清明》的主编室，见到了段公。

那是一间灰蒙蒙的屋子，吱吱作响的旧木地板，油漆剥蚀的桌椅，到处堆放着杂志与文稿……我想象中的 20 世纪 30 年代的编辑部就是这个样子。

段公站起身。光线从他身后打过来，他的面容在光影里有些模糊。我听到他的声音，沙哑但充满悠扬的乐感。他说话时喜欢微微昂着头，目光投向远方。那天，他说了些鼓励的话，并建议我多写一点纯文学的东西。他从地上堆放的杂志里抽出了一本《清明》给我，说："可以给我们投投稿么!"这句话，让我写出了《徽州三题》。后来，我又写了中篇小说《爱情谎言》。

那几年，我上班下班，常常会碰见段公，他总是很亲切地和我打招呼。参加作协活动时，段公看见我，也总是适时地给我鼓励。

我向父亲提起段公，父亲说："知道，知道，我认识他时，他还是一个才华横溢、潇洒英俊的小伙子呢！他知道你是我的女儿，一定会好好帮助你的!"不管我愿意不愿意承认，我都明白，我在文学上的成长，的确沾了父亲不少光。一些长辈多是看在父亲的面子上才对我另眼相看，因为他们年轻时，多多少少也受到过父亲的举荐，我想，段公也是如此吧。

有一天，父亲和文联的人聊天提到段公，那人听父亲夸段公，有些诧异地说："不是一直有传言说，在评他职称时，你说过一些负面的话吗?"父亲很愤怒，大声嚷这是哪个造的谣！事后，父亲屡次要我向段公澄清一下，他非常急切。可我一直没有去做，一来不知从何说起，二来我相信许多事情是清者自清的。但我由这件事情对段公刮目相看，因为不管他信不信那个传言，心里总存一些阴影。可他对我不仅毫无芥蒂，反而那样热忱，可见段公的胸襟了。

文联向来是非多，文坛的新仇旧怨都集中在那里，任谁才高八斗也难逃明枪暗箭。我几乎很难在一个文人那里听到关于另一个和他等量级文人的好话。但奇怪的是，许多人说起段公时，那些刻毒的词都消失了，即使碰上不习惯说人好话的，也说不出段公什么"不是"来。一个圈内人曾说过这样一句名言："能在文人扎堆的地方获得好名声的，往往不是极聪明的人，而是极单纯的人。"我想，段公最大的"好"，就在他有常人不及的诚恳与单纯吧。我印象最深的就是杜子建《活罪难逃》的出笼。

那是在安徽省青年作家座谈会上，大概两三天的会议，白天开会，晚上自由活动。我在市内，不住会，一般是听完会就走。有一天晚上，会议主席要大家留下来，说北京、上海几家出版社的编辑想和大家聊聊。大约八点，大家吃过会议餐，陆陆续续地来了，围着会议桌坐了一圈。因为和那些编辑不熟，大家话语寥寥，气氛蛮沉的。过了一会儿，段公开口了，他说："我最近发现了一篇好稿子，作者没读过多少书，还进过监狱，但他写的这部小说非常好，我是一口气看完的。我在结构上给了他一些建议，他正在改第二稿。现在既然大家没什么可说的，我就给你们介绍一下小说内容，你们听听看，有没有出版价值。"

于是他开始叙述，说实话，段公并不擅长讲故事。他叙述时很激动，语音微微颤抖，但我们听了半天也没听出个子丑寅卯。他说那个男的如何如何，有一个女的如何如何，还有一个女的……又有一个男的……大家听着这些容易混淆的指称，一头雾水，有人甚至开始打哈欠。但段公却微昂着头，沉浸在一种意境中，欲罢不能，坚持用了将近一堂课的时间把故事讲完。

口干舌燥地讲完后，他才清醒地看到听众的反应，于是非常抱歉："我这个人，不会讲故事，但这小说真的很好……"我们哈哈大笑。沉默了一会儿，作家出版社的编辑说，把小说拿给我看看吧。这个编辑之所以挺身而出，我想很大成分是被段公的"苦心"所打动。第二天晚上吃饭时，我就看到了杜子建，他坐在喜气洋洋的段公和京城编辑中间，脸上有一种被巨大的幸福击中的茫然……

前几天朋友聚餐时，我顺口问段公年轻时的一位好友："段公年轻时什么样儿?"她想了想，说："央视主持人朱军，知道吧？他就是那个调调，当然他比朱军更英俊些。那时，他很潇洒活泼，很浪漫。"

段公在我心中清晰的印象被这几句话点染得有些模糊。这几天，我一直寻思着：活泼浪漫的段公是什么样？我的文字离真实的段公到底有多远？后来，我想通了。每个人都是一个多棱镜，我不能妄想用一片短短的文字呈现出一个人丰富的全部。那么，就写一个我印象中的段公吧，至于别人记忆里的东西，我想我无权打捞。

2003 年载于《新安晚报》

谈笑有儒东

捷　子

时逢安庆二中百年校庆，校友们从各地赶来欢聚，其中有我省《清明》文学期刊的主编段儒东。段先生应邀给母校师生讲了“文学欣赏和创作”课，我有幸聆听了这堂课，并在课后与段先生作了简短交谈。

段先生是江西人，小学到高中阶段在安庆度过，初中三年就读于安庆二中。安庆这座古城，留下了段先生青少年时代的天真烂漫，也刻下了他勤奋学习、立志成才的足迹。对于安庆，对于二中，他怀着深深的眷恋。

段儒东先生投身文坛后，主要致力于文学创作和文学理论研究，著作颇丰，现为中国作协会员和省作协副主席。中年以后，他将更多精力放在文学创作的组织和文学期刊的编审上，是我省文学事业的领军人物之一，对文学有赤子般的执着，对文学的功能也不乏真知灼见。

怎样看待市场经济下的文学，段先生认为，文学在提高全民素质方面有着其他科学不可替代的作用，一个人无论从事什么事业，无论在哪个领域有建树，文学都是不能缺少的一门知识。首先，文学作品能拓宽人的视野，给人以多方面的知识和启迪；其次，当代人面对社会的竞争，需要有良好的品德和心理素质，文学作品能陶冶人的情操，培育人的素质。

寥寥数语，寓意深远，简单而又深奥的文学理论，从段先生那略带安庆乡音的口中说出，好像甘泉般沁人心脾。

经济转型带来文化转轨，文学欣赏不再是人们的唯一需求，文学刊物有很多改面换颜，可是作为我省唯一的大型文学期刊《清明》，始终坚持现实主义的创作原则，不断推出反映现实生活、揭示社会矛盾的力作，在社会各界的口碑甚好。该刊近年发表的一个中篇，引起某省主要负责同志的重视，指定在一定级别的领导圈内阅读。今年上半年，国内颇具有权威的《中篇小说选刊》传出信息：该刊近几年选载的作品中，《清明》发表过的名列首位。这对于既无京沪文学刊物那样的地理优势，也少粤苏文学刊物那样的经济实力的《清明》来说，实在是件很不容易的事，由此可见，段主编及其办刊人员的胆识和能力。

对此，段儒东先生说，坚持纯文字，追求高格调，一直是我们的办刊宗旨；面对现实，贴近生活，反映平民百姓的喜怒哀乐，是《清明》的一贯原则。

交谈中，天已经黑了，二中校园内的路灯远明近亮，段先生和我们漫步在这花团锦簇般的校园。文学，创作，刊物，读者……尽管段先生已连续讲了两个小时的课，但仍然谈笑风生，指点文坛。他还提到了安庆作家石楠、沈天鸿、甲乙等，提到了安庆新近出版的《皖江走廊丛书》。真难想象出，段先生那不算健壮的身躯里有那么坚强的文学信念和那么深博的理论学养，我似乎感触到了他那颗炽热的文学的心。

1999 年载于《安庆日报》

后　记

这是继《酹浪集》之后，我的第二本文集。

我从事文学期刊编辑生涯将近40年，先是服务于《安徽文学》杂志社，后来又主编《清明》大型文学期刊。年轻时主要精力用于组稿、阅稿、编稿、审稿，以及刊物自身的营运，很少能顾及写作。另外，我还曾担任安徽省作家协会常务副主席将近18年，参与并组织了大量的文学创作活动，就全省文学创作态势以及各地作家具体创作撰写评述文章，同编辑职责一样，原也属分内之举。其他一些诸如散文、杂文、报告文学以及小品等，多是利用业余时间断断续续写就的，零打碎敲，不成气候。

斗转星移，时过境迁。于今，在一个为金钱所驱动的社会里，原本就不敢奢望有多少人还能淡定地潜心于读书，文学巨匠们尚且少有问津，何况平庸如我辈乎！所以，当一些文朋诗友劝我把旧文结集付梓，我却很犹豫，几次拿起又放下，断断续续一两年，实在提不起多大兴致。

最终帮我敲定决心的，是不断流逝的无情岁月。我已年逾古稀，“枫叶荻花秋瑟瑟”，冬日不远。散见于各地报刊的一些零星文字，不亲自收录，或将从此石沉大海，再也没有问世的机会了。我虽然蹉跎一生、碌碌无为，好歹也曾生活过、奋斗过，为他人尽力过；或褒或贬，也算为社会进步建言过。因此，《枫荻集》的出版，于自己计，于友人计，于儿孙家人计，多少也是一个纪念、一个交代吧。仅此而已，岂有他哉！

2016年国庆假期

图书在版编目(CIP)数据

枫荻集/段儒东著．—合肥：合肥工业大学出版社，2017.3
ISBN 978-7-5650-3286-8

Ⅰ.①枫…　Ⅱ.①段…　Ⅲ.①中国文学—当代文学—作品综合集
Ⅳ.①I217.2

中国版本图书馆 CIP 数据核字(2017)第 036175 号

枫　荻　集

段儒东　著　　　　责任编辑　郭娟娟

出　版	合肥工业大学出版社	版　次	2017 年 3 月第 1 版
地　址	合肥市屯溪路 193 号	印　次	2017 年 3 月第 1 次印刷
邮　编	230009	开　本	710 毫米×1010 毫米　1/16
电　话	人文编辑部:0551-62903205 市场营销部:0551-62903198	印　张	20.75　彩　插　0.5 印张
		字　数	324 千字
网　址	www.hfutpress.com.cn	印　刷	安徽联众印刷有限公司
E-mail	hfutpress@163.com	发　行	全国新华书店

ISBN 978-7-5650-3286-8　　　　定价：49.00 元